HEYNE BÜCHER

Das Buch

Splatterpunk-Autoren, das sind die ›Jungen Wilden‹ der Horror-Literatur, die im Bewußtsein des modernen Menschen herumwühlen und bohren, seine verborgenen Ängste ans Licht zerren und ihm in Form von Geschichten vor Augen halten.

Eine reale Umwelt, die so viel mehr an Blut und Schrecken, an sinnlosem Grauen enthält als die Umwelt zur Zeit der Horror-Klassiker wie Poe oder Lovecraft, und die durch den Einsatz der modernen Medien mit all ihren Schreckensbildern jedem täglich vor Augen geführt wird, zwingt die junge Generation von Autoren dazu, diese täglichen Bilder und die von ihnen im Unterbewußtsein hinterlassenen Eindrücke in Prosa umzusetzen.

Die Splatterpunk-Erzählung ist nichts anderes als der Versuch des Autors und die Chance des Lesers, durch überspitzte Horrorvisionen die Realität zu verarbeiten. Und so, wie durch neue Waffen und ständig ›verfeinerte‹ Mord- und Foltermethoden das reale Grauen ins Extrem getrieben wird, treiben unsere Autoren den literarischen Horror ins Extrem. Vielleicht ist das eine Art von ›Urschreitherapie‹.

Der Herausgeber

Uwe Luserke ist Spezialist für fantastische Literatur. Er schreibt Artikel und Kurzgeschichten, und die von ihm herausgegebenen Anthologien erscheinen in mehreren Ländern, u. a. in den USA. Von Beruf Lehrer schreibt er ansonsten auch Artikel und Kurzgeschichten. Die von ihm herausgegebenen Geschichtensammlungen erscheinen in einer Reihe von Ländern, u. a. nun auch in den USA.

SPLATTERPUNK 3
»HORROR EXTREM«

Herausgegeben von Uwe Luserke

Originalausgabe

WILHELM HEYNE VERLAG
MÜNCHEN

HEYNE ALLGEMEINE REIHE
Nr. 01/8544

Redaktion: Werner Heilmann

Printed in Germany 1994
Einzelrechte: s. Anhang
Umschlagillustration: Gerd Weissing
Umschlaggestaltung: Atelier Ingrid Schütz, München
Satz: (1800) IBV Satz- und Datentechnik GmbH, Berlin
Druck und Bindung: Elsnerdruck, Berlin

ISBN 3-453-07213-8

Laßt uns heilige Kühe schlachten,
auch wenn dabei das Blut spritzt!

Für Birgit, die mir bewiesen hat, daß der extremste Horror nicht in der Literatur zu finden ist, sondern in der Wirklichkeit.

Uwe

Inhalt

Vorwort

SPLATTERPUNK – das ist die Literatur der Jungen Wilden, die Literatur junger Intellektueller, die sich nicht mit der gepflegt-nebulösen Eleganz eines Dracula, mit der Andeutung geisterhafter Erscheinungen, mit dem Bild schleimiger Monster, die durch ihren bloßen Anblick töten, zufriedengeben. Ihr Weltbild ist nicht durch Biedermeiertum, durch vornehme Zurückhaltung, durch rettende Distanz geprägt.

Sie sind die Rock-Generation, und ihr Weltbild, das ist der Lärm von Diskotheken und staubigen Straßen, das grelle Locken von Peepshows, der Uringestank von Unterführungen, die zerstochenen Arme von Fixern in den dunkelsten Ecken der Tiefgaragen, die blutig-zerfetzten Leiber von Bürgerkriegsopfern in den Fernsehnachrichten, das Scheppern von Blech bei Auffahrunfällen, die Verzweiflung Hilfloser in der Hand von Gangstern, das bunte Flimmern von Drogentrips, die Abartigkeiten ›ehrbarer‹ Bürger...

In den Menschen, die in dieser Welt aufgewachsen sind, besteht der Wunsch nach Ehrlichkeit, so brutal sie auch sein mag. David Schow, der den Ausdruck SPLATTERPUNK prägte, sagte einmal dazu: »Es ist nicht genug, den Schatten zu sehen, der hinter der Tür lauert – die Menschen wollen sehen, was diesen Schatten wirft, wie es aussieht und wie man es auseinandernehmen kann.«

Kritikern, die nur angeekelt die Oberfläche dieser Geschichten begutachten und sich über ihre derbe Offenheit beklagen, ist nicht klar, daß menschliche Werte wie Vertrauen, Freundschaft und Liebe auch hinter dem blutigen Schleier solcher Literatur blühen!

Hier wird nicht realitätsfern und distanziert geschildert, hier wird die Seele ausgekotzt! Und ist unsere Welt denn nicht auch zum Kotzen?

Uwe Luserke

J. N. WILLIAMSON

Schlag nach im Webster

J. N. WILLIAMSON, ein sportbegeisterter, fröhlicher Bursche, hat neben vielen Romanen und Kurzgeschichten ein ›Wörterbuch des Teufels‹ verfaßt. Muß ich Ihnen noch mehr erzählen?

Schlag nach im Webster

Dellie und Kee sind mit ihrem Kleinbus und einer Kühltasche voller Bier losgefahren, um sich Land und Leute ganz nach ihren eigenen Vorstellungen anzusehen...

Der Kleinbus zuckelte gemütlich von Osten nach Westen über das flache Land in der Mitte Amerikas. Ein bißchen erinnerte er an das Maßband in den tastenden Fingern eines lüsternen Schneiders – er ließ sich mit Absicht Zeit. Das paßte auch zum Gemüt des Fahrers. Dell fühlte sich am wohlsten und sichersten, wenn es gemächlich zuging. Ohne sich je Gedanken darüber gemacht zu haben, richtete er es sich in der Regel auf genau dieser Bewußtseinsebene ein.

Wer der grauen Rostlaube nachsah – und das waren auf diesem schnurgeraden Highway ganze Legionen von in regelmäßigen Abständen postierten Trampern –, dem konnten zwei widersprüchliche Phänomene nicht entgehen: Die alte Kiste und ihre zwei Insassen schienen eigentlich kein bestimmtes Ziel zu verfolgen, doch andererseits legte ihr beharrliches Bestehen auf immer dem gleichen Tempo eben diesen Schluß nahe.

Selbst wenn der Fahrer, ein stark schielender Mann um die vierzig – wie gestern wegen einer Frau in Clarksburg und letztes Wochenende wegen eines Mannes bei Lima –, erst nach kurzem Überlegen anhielt und dann zurücksetzte, vergeudete er danach keine weitere Zeit und brachte die Anhalter zügig im Wagen unter. Zweckdienlichkeit, systematisches Vorgehen und Gründlichkeit, so lauteten die Mottos von Dell. In der komplexen Hierarchie seiner inneren Werte standen sie an oberster Stelle, und nie ließ er daran rütteln.

Kee saß während der ganzen Fahrt in dem mehrfach ausgebesserten Ledersitz hinter Dell. Neben sich hatte sie eine mit einer Gardenie bemalte, schmale Büchse stehen, die sie nie aus den Augen ließ. Sie war ein durchschnittlich hübsches Mädchen. Je nachdem, ob sie sich im Sonnenlicht aufreizend bewegte oder unter der fluoreszierenden Neonlampe einer Raststätte blaß und müde wirkte, konnte sie wie eine Achtzehnjährige oder eine Zwölfjährige aussehen. Tatsächlich war Kee fünfzehn.

Wenn ein männlicher Tramper in den Bus, ihre Welt, steigen durfte, nickte Dell beim Öffnen der Tür in Richtung Rücksitze – und Kee. Dann knallte er die Tür zu, ohne lang zu warten, bis der Mann sich gesetzt hatte. Protestiert hatte noch keiner. Anhalterinnen waren dünn gesät, und ihre Zahl nahm ab, je länger der zeitlose Treck durch die Weiten des Mittleren Westens andauerte. Ihnen wurde immer der Beifahrersitz angeboten. Wenn sie das Mädchen hinten überhaupt wahrnahmen, döste sie vor sich hin. Soweit es der Sitz zuließ hatte sie sich hingefläzt und die Knie wie ein Fötus an die Brust gezogen. In solchen Momenten sah sie aus wie eine Zwölfjährige.

»Wird ja jetzt viel zu schnell dunkel«, seufzte Kee.

»Im Spätsommer isses halt so. Is' ja bald das Äqui*nok*tium.« Dell wandte sich nicht um, neigte nicht den Kopf und gab auch sonst durch keine der üblichen Gesten zu verstehen, daß er sich mit jemandem unterhielt. Auffällig bei ihm war die überdeutliche Aussprache, sah man einmal von seinem Dialekt ab. »Die Tage wer'n merklich kürzer.«

»Dell, magste 'n Pils?« Kee fuhrwerkte auf ihrem Sitz herum, bis sie eine neben ihrem Stuhl stehende geräumige Kühltasche zwischen den etwas zu langen nackten Beinen stehen hatte.

»Sag lieber Bier. Das is' und bleibt der korrekte Ausdruck für das aus Hopfen, Malz, Hefe und Wasser durch Fermen*tie*rung gewonnene alko*ho*lische Getränk. Merk dir endlich: Jedes Pils is' 'n Bier, aber nich' jedes Bier is' 'n Pils.« Dells Hände, die das Lenkrad fest umklammerten, zuckten. Unbeirrt starrte er geradeaus. Obwohl es noch gar nicht nötig war, hatte er bereits die Scheinwerfer eingeschaltet. Er kämpfte mit dem kranken linken Auge, das sich schon wieder selbständig gemacht hatte.

Kee kringelt sich vor Lachen. »Mann, Dell, du bist 'ne Wucht! Ehrlich!«

»Das verdank' ich meiner Bibel.« Der Mann mittleren Alters tätschelte seine Jackentasche, in der eine zerfledderte Paperbackausgabe des *Webster's* steckte. Im Gefängnis hatte er das Wörterbuch von A bis Z durchgearbeitet, und das mehrmals. Begierig hatte er Definition um Definition auswendig gelernt. »Wer seine eigene Sprache nich' kennt und keine Ahnung vom richtigen Gebrauch hat, is' 'n Vollidiot und eigentlich nich' lebenstüchtig. Aber einer, der das alles weiß, der erhebt sich über die Herde wie 'n Adler – der wird wiedergeboren wie 'n Phoenix.«

»Wo du recht hast, haste recht.« Kee rutschte auf ihrem Sitz hin und her. »Aber sag, kann ich 'n Pils haben? Dell? Dellie?«

»Bier heißt das verflucht noch mal, *Bier!*« In seiner Erregung hätte er fast das Gaspedal durchgetreten. Schnell erholte er sich wieder und ließ statt dessen die manikürten Finger über das Lenkrad gleiten. »Es is' noch nich' soweit. Warte, bis ich es dir hiermit *kund*tue.«

Kee wollte sich schon schmollend abwenden... aber hatte seine Stimme nicht den vertrauten, versöhnlichen Ton gehabt? Sie setzte sich gerade auf. »Du hältst doch bestimmt gleich an?« Lachend schüttelte sie die Büchse. Etwas darin klimperte. »Stimmt doch, oder?«

Er antwortete mit einem feierlichen Nicken. Von Kees Position aus war nur der kurzgeschorene Hinterkopf mit spärlichem, mausbraunem Haar und leicht abstehenden Ohren zu sehen. Der kräftige Stiernacken hatte eine leicht rosa Farbe angenommen, als wäre er eben erst der Sonne ausgesetzt gewesen. »Die Zeit ist gekommen«, erklärte Dell schließlich.

Kurze Zeit setzten sie die Fahrt schweigend fort. »Da, schau!« befahl Dell, ohne auf etwas zu deuten oder die Stimme zu heben.

Kee beugte sich vor. Am Straßenrand tauchte rechts der Schemen eines Mannes auf. Mit ihnen zugewandtem Rücken trottete er vor sich hin. Die Dämmerung brach herein. Im Licht von Dells sich hartnäckig vortastenden Scheinwerfern nahm ein junger Mann Gestalt an. Für einen Moment wirkte er nackt. »Ist der scharf!« hauchte Kee.

»Er gehört dir«, brummte Dell und drückte auf die Hupe.

Der junge Bursche hatte außer einer abgeschnittenen Jeans nichts an. Mit der einen Hand trug er einen Benzinkanister, von der anderen baumelte ein Pollunder herab. Er wirkte frustriert und voll und ganz mit sich und seiner schlechten Laune beschäftigt. Dell hupte beim Überholen noch einmal. Dann ließ er den Wagen auf dem Seitenstreifen auslaufen. Durch das Heckfenster beobachtete Kee den Burschen und sah, wie Verärgerung freudiger Erregung und Erleichterung wich. Er fing an zu laufen. Seine mit Turnschuhen bekleideten Füße wirbelten weiße Staubwolken auf.

Dell öffnete ihm die Tür. »Steig hinten ein, Kumpel«, meinte er grinsend. Der Junge bekam nur seinen auf den Rücksitz zeigenden Daumen zu sehen. Das schielende linke Auge blieb im Schatten.

Der Junge hatte noch nicht neben Kee Platz genommen, da knallte Dell schon die Tür zu und gab – allerdings behutsam – Gas. Sie fuhren auf dem alten Highway. Etwas weiter östlich verlief der neue, ein vielspuriges Monster, auf dem der Verkehr nur so dahinbrauste. Aber Dell war nun mal, wie er gerne sagte, einer von der alten Schule und hatte es nie eilig.

»Uff! Bin ich froh, daß Sie mich mitnehmen!« Der Junge lächelte erst das Mädchen, dann den Mann hinter dem Lenkrad an.

»Das glaube ich gern«, meinte Dell. »Was hat sich zugetragen?«

»Bitte?«

»Ich hab' dich gefragt, was passiert is'.« Dell versuchte erst gar nicht, einen verärgerten Unterton zu kaschieren. Er unternahm einen neuerlichen Anlauf. »Hat dein Gefährt be*trüb*liche Mängel erlitten?«

»Mängel kann man eigentlich nicht sagen...« Kees Schlafzimmerblick brachte den Jungen sichtlich durcheinander. Er versuchte nicht hinzuschauen. »Meine Tankanzeige streikt. Da mußte ich fast zehn Meilen zur nächsten Tankstelle laufen. Am Freitag bin ich von Terre Haute losgefahren. Daß das Ding kaputt ist, hatte ich ganz vergessen. Ein Glück, daß es noch barmherzige Samariter gibt. Ohne Sie hätte ich noch vier Meilen laufen müssen.«

»Wir sind Amerikaner, wie du auch.« Kee gab sich leise erstaunt. Die untergehende rote Sonne schien genau auf ihre glatte Wange. Sie sah jung, aber nicht blutjung aus.

»Ich meine die aus der Bibel«, erklärte der Junge. »Können Sie sich nicht erinnern?«

»Samariter«, meldete sich Dell in einem leiernden Tonfall, als lese er etwas ab. »Nomen. Einwohner des mittelpalästinensischen Samaria. Ein-eins Könige, Vau-einseins.« Er meinte den siebzehnten Abschnitt des zweiten Buchs der Könige. Schweigen machte sich breit. Außer dem leisen Brummen des Motors war nichts zu hören.

Dell hatte ihn selbst sauber eingestellt, nachdem er den Bus vor einem Einkaufszentrum südlich von Harrisburg gestohlen hatte. Und noch ein Geräusch gab es – ein Klimpern in Kees Büchse.

»Was haben Sie denn da?« wollte der Junge wissen.

»Da sind nur meine Tampons drin.« Sie hielt ihm die Büchse unter die Nase. »Willst du reinschauen?«

Der Junge lief knallrot an und wandte sich sofort wieder an den Fahrer. »Mein Name ist Negley. Lewis Negley. Ich sage Ihnen Bescheid, wenn mein Wagen in Sicht kommt.«

Keine Reaktion. Lewis räusperte sich. »Ich bin auf dem Weg zum Indiana State College. Larry Bird hat dort mal im Basketballteam gespielt.«

Weil keiner auf sie achtete, zog das Mädchen möglichst geräuschvoll die langen Beine hoch und stellte sie auf die Kühltasche. »Und wer soll das sein?«

Negley starrte sie mit offenem Mund an. »Aber das ist doch...«

»Das is' einer von den überbezahlten Profis der NBC«, unterbrach ihn Dell. Seine Hände glitten unruhig über das Lenkrad. »'n Weißer. Baumlanger Kerl.«

»NB*A*«, verbesserte Lewis. »Ach, ich finde nicht, daß er zu viel verdient, Sir. Immerhin hat er die Celtics...«

»Die sind alle un*säg*lich überbezahlt. Dell hob die Stimme nicht, doch sie klang wie Donnergrollen. »Sag bloß, du weißt nich', daß die anderen zulassen, daß der Birdman seine Punkte macht.«

»Nein«, erwiderte Lewis mit einem verblüfften Blinzeln. »Was hätten sie davon?«

»Damit auch weiße Zuschauer kommen. Von den Spielern is' so gut wie keiner europä*id*, also von weißer Hautfarbe, da müssen sie den Bird ja protegieren.« Aus dem Wörterbuch kannte Dell ein ganzes Arsenal von herabwürdigenden Ausdrücken für Schwarze. Er brauchte sie nicht zu verwenden. Sein hohntriefender Tonfall verriet die eigentliche Absicht deutlich genug. Zum erstenmal kam so etwas wie Leben in Dells Stimme. Lewis merkte plötzlich, daß sie bis dahin vollkommen flach geklungen hatte. »Die andern kriegen 'ne Entschädigung dafür, daß sie den weißen Hoffnungsträger seine Show abziehn lassen. Er muß eben brill*ie*ren.«

Durch das leicht geöffnete Fahrerfenster wehte ein frischer Luftzug herein.

Lewis kam nicht mehr zu einer Antwort. Kee umkrallte ihn mit ihren rot bemalten Fingernägeln und zog ihn zu sich herüber. »Hey, du«, zischelte sie ihm ins Ohr. »Ich will dir was sagen.«

Lewis lächelte sie dankbar an. Auf eine Diskussion mit Dell hatte er keine große Lust. »Was?«

»Du bist wahnsinnig scharf«, flüsterte sie laut genug, daß man es auch vorne hören konnte.

»Ääh«, stammelte Lewis.

»Doch, du bist 'n irrer Typ!« Sie biß ihm ins Ohrläppchen. »Sag, willst du's mit mir machen? Gleich hier?«

Der Biß tat weh, aber Männer wollen sich Schmerzen selten anmerken lassen. Sie schloß beide Hände um seinen Bizeps. Ihr Atem schlug ihm wie Wasserdampf ins Gesicht. »Zier dich nicht. Mit ihm muß ich's ständig machen.« Sie bohrte ihren abgenagten Zeigefinger in die Fahrerlehne. Ihr Flüstern wurde noch lauter. »Er ist pervers, Lewis, verstehst du? Ein ganz beschissener Wüstling.«

»Vor 'ner De*ka*de gab's keinen einzigen Weißen in der Liga.« Das war wieder Dell. Bei den Fremdwörtern betonte er die Silben so, wie es das Wörterbuch vorschrieb. Du kannst mich mit Stat*is*tiken überprüfen, aber glaub's mir ruhig, totale Fehlanzeige.«

Weil Dell weiter geradeaus schaute, fragte Lewis sich allmählich, ob er einen Gehörschaden habe. »Mr..., ich...«

»Der Wichser hat mich entjungfert, da war ich viel zu jung für so was!« Ein so heiseres Wispern wie das von Kee hatte Lewis noch nie gehört. Er wollte ihr den Finger auf den Mund legen, sie am Weiterreden hindern, doch sie forderte Lewis mit ihrer gesamten Mimik, vom Stirnrunzeln zu den schlampig herausgezupften Augenbrauen, den fast farblosen Augen, der kampflustigen Knollennase bis hin zum aufreizenden kleinen Schmollmund heraus. Wenn das stimmte, dann mußte er unbedingt etwas unternehmen. Aber wie wurde er mit dem kräftigen Mann da vorne fertig, der stur seine fünfundfünfzig Meilen fuhr? Kee sah aus, als würde sie jeden Moment losheulen. »Willst du denn gar nichts tun?«

»Liest du keine Zeitungen, Freundchen?« fuhr Dell fort. »Die Burschen von der NBC sind doch alles chronische Diebe. Das ganze Geld ist mehr oder weniger gestohlen. Kannst du mir vielleicht sagen, wovon sie leben sollen, wenn sie alt sind?«

Lewis' Lippen waren trocken, und das obwohl er sie sich gerade benetzt hatte. »Keine Ahnung«, murmelte er. Er war noch mit der anderen Frage beschäftigt, wollte aber – soweit möglich – die Etikette nicht verletzen. Auch dem Mädchen mit den weit aufgerissenen Augen gab er diese Antwort, aber keiner, am allerwenigsten er selbst, verstand deren Sinn.

»Es ist die reine Wahrheit, Lewis!« flüsterte Kee, wieder viel zu laut. Sie beherrschte den gesamten Bus mit ihrer Jugend und Energie, ihrer Sexualität und verwirrenden Mischung aus Verletzlichkeit und Kraft. »Ich sag's dir, wie es ist, ganz ehrlich!« Sie achtete nicht darauf, daß ihr die klimpernde Büchse mit den Tampons vom Schoß glitt. Ihre Fingernägel bohren sich in Lewis' Wangen. »Ich war 'ne unschuldige Jungfrau, Honey, und der alte Lustmolch hat mich entführt! Jetzt fährt er mit mir über das ganze Scheißland und mißbraucht mich, wenn er gerade Lust hat.« Tränen schossen ihr plötzlich aus den Augen. »Herrgott, Lewis! Bist du jetzt ein Mann oder ein Schlappschwanz?«

»Mädchen, achte gefälligst auf deine Worte, verflucht

noch eins!« Erneut war Leben in Dells Stimme gekommen. Lewis bekam allmählich ein flaues Gefühl in der Magengrube. »Ich will so was nicht noch mal von dir hören, kapiert?«

»Sir, ich bin ja kein Richter oder Polizist, aber was...«

Zum erstenmal bekam Lewis das Gesicht von Dell zu sehen. Sein krankes Auge hatte sich wieder selbständig gemacht. Im Scheinwerferlicht eines vorbeirauschenden Wagens bemerkte Lewis ein Liderzucken und, eine Schleimspur auf der Wange – Tränen. War das eine Grimasse? Oder lächelte der Mann?

»Misch dich nicht in Sachen ein, die dich nichts angehen!« Dell achtete wieder auf die Straße; der Bus war ins Schlingern gekommen. Auch beim Korrigieren zeigte der Tacho unverändert fünfundfünfzig Meilen an. »Sie kann ja nach Lust und Laune über Sexu*al*de*lik*te extempo*rie*ren, aber ich kann nicht dulden, daß das Kind so schmutzige Worte in den Mund nimmt. Das gehört sich einfach nicht. Kee, sag Lewis, daß du lästerlich und perfide warst. Verstehst du? Lästerlich und perfide!«

Sie nickte eilfertig. »Ich war lästerlich«, gab sie fröhlich zu. »Aber wie ging noch mal das andere hübsche Wörtchen, Dell? Dellie?«

Er gab keine Antwort mehr. Statt dessen stieß er Geräusche aus, die irgendwo zwischen einem Knurren, Brummen und Summen anzusiedeln waren.

Lewis schwitzte am ganzen Körper. »Kee, ich will dir unbedingt helfen«, raunte er dem Mädchen zu. »Aber dazu muß ich die ganze Wahrheit erfahren, damit ich weiß, wo ich ansetzen und wie ich dich aus seinen Klauen befreien kann.« Er warf einen hastigen Blick nach vorne. »Wie alt bist du? Und wann und wo hat er dich zum erstenmal... vergewaltigt?«

In ihre weit aufgerissenen Augen trat ein seltsamer Glanz. »Ich hatte noch gar keinen richtigen Busen, Lewis. Und da unten hatte ich gerade mal ein bißchen Flaum.«

Sie sah erst auf ihren Schoß hinunter, dann in sein besorgtes Gesicht. Plötzlich klatschte sie unter unbändigem Gelächter mit den Handflächen auf seine nackte Brust. Und ihre Finger glitten weiter nach unten. »Mensch, Lewis, du bist irre scharf. Aber sag, merkst du wirklich nicht, wann eine Frau dich veräppelt?«

Er lief rot an. Die Luft blieb ihm für einen Moment weg. Um seine Verlegenheit zu überspielen, bückte er sich nach der Büchse und drückte sie ihr in die Hand. »Ich hätte nie geglaubt, daß ein Mädchen sich über so was lustig machen kann.« Noch mitten in seiner Empörung ertappte er sich dabei, daß er sich dafür fast noch entschuldigte. Mit einem gezwungenen Lachen wandte er sich an den Fahrer. »Mein Auto muß jetzt jeden Moment in Sicht kommen.«

»Ach, wirklich?« Kee lachte Tränen.

»Lewis Negley, du igno*rierst* Kee am besten. Das Lügen ist bei ihr heredi*tär*.« Dells Stimme war so flach wie die Landschaft. »Die schaut dir in die Augen und schwindelt dir eine Sexgeschichte nach der anderen vor.«

Dell kurbelte das Fenster zu. Kaum blieb die Frischluftzufuhr aus, verbreitete sich im Wagen eine Mischung aus seltsam abgestandenen, unangenehmen Gerüchen.

»So, jetzt sag unserem Begleiter bitte die Wahrheit, Mädchen, und zwar sofort!«

»Och, Dell, muß ich wirklich?« Sie bemerkte Lewis' Blick und schlug die Augen nieder. »Na ja . . . Dell ist mein Daddy.«

Lewis schnappte nach Luft. »Stimmt das wirklich? Sag bitte die Wahrheit, Kee.« Er versuchte ein gewinnendes Lächeln.

»Ich bin seine einzige Tochter«, antwortete sie mit einem ernsten Nicken und spielte mit einer Haarsträhne. »Und wir reisen zusammen über dieses unser herrliches Land. Mein lieber Daddy und ich fahren wirklich überall gemeinsam hin, Lewis.«

»Das ist ja was unheimlich Schönes«, murmelte er.

»Klar ist es schön«, sagte sie und machte große Kulleraugen. »Er zeigt mir die ganzen Sehenswürdigkeiten, und manchmal, wenn er uns ein bißchen Spaß gönnen will, stellt Daddy den Wagen irgendwo ab, und wir verziehen uns auf die Matratze hinten, und dann holt er sein großes Ding raus und...«

»Um Himmels willen!« flüsterte Lewis entsetzt. Dells Kopf ruhte wie eine unbewegliche Ikone auf der Nackenstütze. Lewis bildete sich ein, sein linkes Auge zwinkere ihm zu. O Gott, wo war er da nur hineingeraten?

Kee bekam schon wieder einen Lachanfall. Das Gegakker war das Penetranteste, was sie bislang losgelassen hatte. Sie kreischte, keuchte, warf die Beine in die Luft und bearbeitete mit ihren kleinen Fäusten erst Dells Kopfstütze und dann Lewis. Schließlich beruhigte sie sich. Neckisch legte sie den Arm um Dells Hals. »Sogar das hat er mir abgekauft, Dellie. Da isser so 'n irrer Typ und läßt sich jeden Bären aufbinden!«

Statt einer Antwort packte der Mann Kee am Handgelenk und schleuderte sie mit voller Wucht auf ihren Sitz zurück. Lewis wich so weit es ging auf die andere Seite aus. »Da vorn kommt er jetzt gleich«, sagte er mit belegter Stimme. Kee wimmerte vor sich hin, aber er konnte sich nicht vorstellen, daß sie sich ernsthaft weh getan hatte. »Mein Wagen, meine ich, ein zweifarbiger alter Buick. Es ist höchstens noch eine Viertelmeile.« Ein Gedanke schoß ihm siedend heiß durch den Kopf. Im nächsten Augenblick lief es ihm eiskalt den Rücken hinunter. *Würden sie ihn überhaupt aussteigen lassen?* Auf alle Fälle war höchste Vorsicht angebracht. »Weil er jetzt gleich kommt, wäre es vielleicht eine gute Idee, wenn wir...«

»Verflucht noch mal, ich hab' dir doch gesagt, du sollst ihm die Wahrheit sagen!« Dell schaute weiter geradeaus, doch sein Hals war dunkelrot angelaufen. Ein winziger Muskel zuckte heftig, als gehöre er nicht zu ihm. *»Sag sie ihm endlich, oder du kriegst heute keinen Wunsch erfüllt!«*

Kee hatte tatsächlich nicht geweint. Ihre Augen quollen hervor, soviel Anstrengung kostete es sie, die nächste Lachsalve zu unterdrücken. Sie nickte heftig. Das Gesicht zu einer Grimasse verzogen, preßte sie zwischen den Lippen hervor: »Wir sind verheiratet, Lewis. Dellie is' mein Ehemann.«

Ein Teil der Spannung löste sich mit einem Schlag in Luft auf. Ob Dell es gehört hatte oder nicht, sein Muskel zuckte langsamer.

»Was bin ich nur für eine Gastgeberin?« rief Kee unvermittelt. Im nächsten Augenblick spürte Lewis, der sich weggedreht hatte, etwas Kaltes an der Wange. Erschrokken fuhr er herum. »Das ist für dich. Ein kaltes Pils aus unserer Kühltasche.«

Lewis nahm die Dose mechanisch an. Dabei warf er einen Blick in die offene Tasche. Etwas schwamm darin zwischen den Eiswürfeln. Ehe er sich darüberbeugen konnte, versperrte ihm Kee mit der Schulter die Sicht. Und schon ließ sie den Verschluß zuschnappen. »Übrigens«, meinte sie mit einem verträumten Lächeln, »wir sind gerade an so 'nem zweifarbigen alten Buick vorbeigefahren. Aber die Kiste war bestimmt nicht die deine, Lewis, oder?«

Durch das Heckfenster sah Lewis seinen Wagen in der Ferne verschwinden. *»Doch!«* schrie er. »Das ist *mein Auto!«*

»Für möglich hatte ich es ja gehalten«, gab Dell zu.

»Wa-warum halten Sie dann nicht an?«

»Das Mädchen wollte eine gute Gastgeberin sein.« Ein kurzer Blick nach hinten, ein Zwinkern mit dem guten Auge, und er konzentrierte sich schon wieder auf die Straße. »Die kleine Lady hat dir 'n Erfrischungsgetränk angeboten, Lew Negley. Die Chance mußt du ihr schon geben, ihre kleinen Lügen wiedergutzumachen.

»Könnten Sie nicht... na ja... an den Straßenrand ranfahren, und ich trinke in der Zeit das Pils?« Er warf wieder einen Blick zurück. Sein Wagen war nur noch ein winziger Punkt.

»Deine Wortwahl is' genauso *un*präz*is*e wie die von dem Mädchen.« Dell zeigte sich ihm diesmal nur vom Profil. Sein Lächeln war ein Klon des vorhergehenden. Hintergründig war es. Und zugleich verriet es feste Entschlossenheit. Der Mann verfolgte eine Absicht. Die Frage war nur: Was in Gottes Namen konnte er von einem so gut wie mittellosen Zwanzigjährigen wollen? »Du bist eben auch kein Phoenix und kein Adler nich', Lewis.«

»Würden Sie mich bitte aussteigen lassen?« Er äußerte seine Bitte mit der gebotenen Vorsicht und Höflichkeit. Ohne hinzuschauen spürte er Kees bohrenden Blick. Dell starrte schon wieder geradeaus. »Ich kann mein Bier ja auch draußen trinken, verstehen Sie.« Der kalte Schweiß brach ihm aus. Ein Muskel zwischen seinen Schultern zuckte unaufhörlich. »Mrs. Dell? Mr. Dell?«

Kee heulte los. Es war der Anfang eines neuerlichen Lachkrampfes. Die Spitzen ihrer festen, hohen Brüste zitterten unter dem leichten Pullover, der knapp über dem Nabel endete. Den Bauch zog sie mit aller Kraft ein. Man konnte den Eindruck bekommen, sie sei total unterernährt. »Wir sind doch nicht verheiratet, Lewis!« keuchte sie. Ihr Gebaren legte eher einen Erstickungsanfall oder einen Orgasmus nahe. »Wir sind Partner, Lewie, du Held!«

Lewis knallte mit dem Kopf gegen das Wagendach. Einen Moment glaubte er an einen Unfall, suchte den anderen Wagen, sah jedoch keinen. Außerdem fuhren sie immer noch. Nur holperte der Bus auf einmal über unbefestigte Erde und gab wie zum Protest ein Ächzen von sich. Sie hatten keine Straße mehr unter sich, ja nicht einmal einen Feldweg! Dell hatte das Lenkrad herumgerissen, und nun ratterten sie unverändert mit fünfundfünfzig Meilen über einen Acker. Hatte er denn gar nichts bemerkt?

»Hier sind wir richtig«, meinte Dell mit monotoner Stimme und bremste scharf ab. Lewis, der nicht darauf vorbereitet war, prallte mit einem »Uff!« auf die Beifahrerlehne. Dell hatte schon die Tür geöffnet. Leichtfüßig sprang er hinaus. »Einen besseren Platz werden wir kaum finden.«

»Los, raus!« befahl Kee. Sie deutete auf die Tür. Im nächsten Augenblick war sie auf ihrer Seite ausgestiegen. Nun war sie ganz das kleine Mädchen, das heimlich lugt, ob der Spielgefährte das gleiche tut wie sie. »Jetzt mach schon, Lewis!«

Dell sah schmunzelnd zu, wie Lewis aus dem Bus kletterte und sich neben ihn stellte. Er war nur unwesentlich größer als der Junge, dafür aber ungemein kräftig gebaut. »Deinem Wunsch gemäß bin ich rechts rangefahren.«

Lewis nickte stumm. Er wagte kaum noch zu hoffen. Kurz lenkte ihn der Himmel ab. Das letzte fahle Licht am Horizont kam ihm vor wie ein verschlüsseltes Zeichen. Dann fiel ihm auf, daß der Bus genau parallel zur Straße stand – mitten auf einem verlassenen Acker. Weit und breit war kein Farmhaus zu sehen. Das einzige Licht kam aus einiger Entfernung vom Highway – ein Paar Scheinwerfer tasteten sich müde durch die Dunkelheit. Wahrscheinlich zuckelte ein behäbiger, altmodischer Fahrer vom Schlage Dells nach Hause.

Mit dem Rücken zum Bus stehend, schälte sich Kee aus ihrem Sweatshirt. Lewis warf einen hastigen Blick auf Dell. Er wollte seinen Augen nicht trauen, doch das Lächeln von vorhin war zurückgekehrt. Ehe Lewis einen Laut von sich geben oder einen Gedanken fassen konnte, stand Kee nackt vor ihm.

Unterernährt sah Kee jetzt nicht aus. Sie kicherte auch nicht. Ihr Körper wirkte im Schatten der Dämmerung wie ein von einem zurückgebliebenen Kind gemaltes Gesicht mit Brustwarzen von der Größe des Bodens einer Bierflasche als Augen, dem Bauchnabel als Nasenloch und dem bis über die Oberschenkel wuchernden dunklen Schamhaar, das einen Bart darstellte.

»Es wär' *un*ziemlich, dem Mädchen 'nen Wunsch abzuschlagen«, erklärte Dell mit monotoner Stimme. Er hatte sich seinerseits das Hemd ausgezogen. Zu Lewis' Überraschung trug er ein makellos weißes T-Shirt. Im nächsten Moment strich er es sorgfältig glatt und hängte es neben das Hemd auf die geöffnete Fahrertür. Kees Kleider lagen auf einem Haufen zu ihren Füßen. Sie kratzte sich zwischen den Beinen. Dell öffnete nun die Gürtelschnalle. Lewis erblickte auf einmal einen Gegenstand in seiner linken Hand.

»Magst du erst noch ein Pils?« Kee stellte träge einen Fuß vor den anderen, kam Lewis aber nicht näher. Es war ein milder Abend. Weder Kee noch Dell schienen zu frieren. Erregt wirkten sie auch nicht. Ob sie dergleichen gewohnt waren? »Wir haben Schlitz und Bud Light. Vielleicht ist auch noch ein Coors da.«

»I-ich hab' noch«, stotterte Lewis. Er hatte das erste Bier noch gar nicht geöffnet. Mit einem Ruck riß er die Lasche herunter, trank in tiefen Zügen und setzte mit einem Rülpser die Dose ab. Grinsend mußte er an die Nacht mit Karen denken, in der sie zum erstenmal sowohl Bier als auch Sex genossen hatten. Er trank die Dose ganz leer und wischte sich mit dem Handrücken den Mund ab. »Gute Marke!« rief er lachend. »Vielen Dank auch. Aber bei meinem Auto sind die Scheinwerfer zu hoch eingestellt, und ich will doch die anderen Fahrer nicht blenden. Das verstehen Sie doch sicher.«

»Nein, Lewis«, versetzte Dell. »Das gehört sich einfach nicht.«

Um was für einen Gegenstand es sich in seiner linken Hand auch handeln mochte, seine langen, fleischigen Finger gaben den Blick nicht frei. In der Rechten hielt er auf einmal eine Pistole. Sie mußte am Rücken unter dem Gürtel gesteckt haben. Den hatte er inzwischen gelöst. Und nicht nur das. Lewis sah, daß seine Hose offenstand.

»Wir werden gemeinsam in den Laderaum steigen«, verkündete Dell mit vollkommen gleichförmiger Stimme. Die Mündung seiner Pistole deutete die Richtung an. »Da kannst du dir die Marke dann selber aussuchen. Die *Biermarke.*« Bei dem Wort *Bier* hob Dell die Stimme. Er richtete den Blick auf Kee, die bereits voller Ungeduld in den Laderaum kletterte. Lewis betrachtete ihren Hintern. Und nun sollte er an die Reihe kommen? Auf dem Highway donnerte ein Truck vorbei. Als Lewis zögerte, stieß ihm Dell die Automatic brutal in die Rippen. »Himmeldonnerwetter, Lewis Negley! Hast du vielleicht was gegen Kopulati*on*?«

Rote Samtvorhänge waren zugezogen. Drinnen ging ein Licht an. Kee sah gespenstisch bleich aus, und ihr Körper weckte eher Assoziationen mit dem Versuchsobjekt eines kuriosen Experiments. Es war, als hätte jemand versucht, ihrem Kindergesicht den Körper einer Heranwachsenden anzupassen, der dann aber durch ein Mißgeschick ganz faltig, fleckig und knotig geworden war. Lewis fragte sich, ob er überhaupt einen hochbekam, wenn er es mit ihr treiben mußte.

Kaum war er hineingeklettert, hielt er schon wieder inne. Ein Bett mit dünner Schaumstoffmatratze nahm fast die gesamte Fläche ein. Die Bezüge waren ganz frisch. Die Decke war verschämt zurückgeschlagen worden und gab den Blick auf zwei schneeweiße Kissen frei, neben denen mehrere Gartengeräte lagen.

Dieses sonderbare Arrangement gab Lewis den Rest. In seinen Schläfen setzte ein gnadenloses Pochen, ja Hämmern ein. Eine kleine, blitzblank geputzte Schaufel, ein Spaten und eine glitzernde Heckenschere waren jüngst sichtlich in den Genuß aufmerksamster Pflege gekommen. Am Rande des Bettes standen Kees Kühltasche mit der Büchse für die Tampons obendrauf.

»Ins Bett mit dir, Lewis!« Um dem nächsten schmerzhaften Stoß zuvorzukommen, krabbelte Lewis heftig weiter. Unter die Decke kroch er jedoch nicht, statt dessen kniete er sich hin und drehte sich um. Zu seinem namenlosen Entsetzen hatte Dell sich bis auf einen bunten Tangaslip ebenfalls entkleidet. »Herrgott, Kerl, bringen die euch im College denn gar nichts bei?«

»Sie können sagen, was Sie wollen, ich zieh' mich nicht aus!« Mit einem Blick auf das Mädchen holte Lewis einen zerknitterten Fünfdollarschein aus seiner Hosentasche. »Mehr habe ich leider nicht. Bitte glauben Sie mir.«

Kee nahm ihm den Schein aus der Hand und strich ihn auf dem Kissen glatt, als brauche sie ihn als Lesezeichen für die Familienbibel. Wieder lachte sie, auch wenn sie diesmal völlig neue Geräusche ausstieß. »Ach, du scharfes Ferkelchen, du hast tausendmal mehr als du ahnst! Was meinst du, was Dellie und ich alles über die Körper von Frauen und Männern rausgefunden haben? So viel weiß außer uns kein Mensch!«

Dell gab wieder seine Mischung aus Brummen, Knurren und Summen von sich. Wie in ein Gebet versunken, kniete er sich auf die Bettkante. Lewis wich zurück, dahin, wo Kee wartete. Plötzlich stieg ihm der scheußliche Gestank von vorhin wieder in die Nase, durchdringender jetzt. Von Kee konnte so etwas unmöglich aufsteigen, woher aber dann? Dell hob nun den Gegenstand hoch, den er in der linken Hand verborgen hatte. Es war, wie Lewis erkannte, ein Buch.

Gleichzeitig bekam er mit, wie Kee die Heckenschere packte, sie öffnete und die weit auseinanderklaffenden Schneiden, ohne ihn zu berühren, um seinen Hals hielt.

Dells Augen verschwanden nun hinter dem Buch, während die Pistole mit der gleichen Stetigkeit, mit der Dell zuvor gefahren war, aufs Lewis' Stirn gerichtet blieb. *Webster's Dictionary* stand in großen Druckbuchstaben auf dem Deckel. Lewis fielen teils schon in Fetzen herabhängende Tesastreifen auf. Noch hielten sie das Buch jedoch tapfer zusammen.

»*Rit*us«, las Dell klar und deutlich vor. »Religiöser Brauch, Kulthandlung, Erneuerung, Zeremonielle Einweihung.« Seine Augen tauchten über dem Buchrand auf, das linke flackerte zum Wagendach, das rechte ruhte fast freundlich auf dem zitternden Jungen. »Im neueren Sprachgebrauch auch Feier, Fest.«

Ein Geräusch hinter ihm jagte Lewis Todesangst ein. Kee hatte die Kühltasche geöffnet. Mit einem spitzbübischen Lächeln winkte sie ihn zu sich herüber. Er klappte den Mund auf, als wolle er sagen, er habe keine Lust, aus den Augenwinkeln registrierte er jedoch, wie Dells sonst so versteinerte Miene sich belebte, einen lüsternen Ausdruck annahm. Er biß die Zähne zusammen und krabbelte weiter, bis er direkt vor der Kühltasche kniete und auf lauter halb geschmolzene Eiswürfel hinunterblickte.

Für Kee ging das nicht schnell genug. Sie warf die Schere beiseite, packte ihn bei den Händen und tauchte sie in das Eiswasser. Er betastete mehrere Bierdosen. Eine wollte er gerade herausnehmen, da streifte noch etwas anderes sein Gelenk. Hastig zog er beide Hände heraus. Die Kühltasche enthielt ein schreckliches Geheimnis, soviel stand für ihn jetzt schon fest.

»Bringen die im College euch denn gar nichts bei?« schimpfte Kee angewidert mit den Worten Dells. Ungeduldig versenkte sie beide Hände im Eiswasser und förderte zwei Gegenstände zutage, eine bunte Bierdose – und eine Frauenbrust.

Ein Ächzen kam aus Lewis' tiefstem Innern. Reglos starrte er die Brust mit ungläubigen Augen an. Nicht einmal seine Lider zuckten, so sehr sperrte sein Bewußtsein sich gegen dieses Bild. Das mußte doch alles nur Einbildung sein. Andererseits kam in ihm die Erinnerung an seinen älteren Bruder hoch, der in Vietnam gewesen war. Wally hatte seine eigenen Finger auf dem Boden liegen sehen und sie nicht erkannt, weil sie doch immer *zu ihm selbst gehört* hatten.

Lewis überlegte fieberhaft. Bestimmt hatten die zwei sich einen Jux ausgedacht. Jawohl, Kee und Dell hatten sich in einem Scherzartikelladen eingedeckt, und Kee hatte sich diese gräßlichen grauen Flecken, Falten und Knoten irgendwie hingeschminkt... Er schüttelte den Kopf und versuchte, sich zu konzentrieren. Garantiert kannten sie einen Komilitonen aus seinem College, hatten mit ihm zusammen diesen Streich ausgeheckt und... Er drückte die Augen fest zu, bis sie ihn schmerzten. Genau! Das war gar keine Brust, sondern... etwas anderes, und zwar...

Er schlug die Augen wieder auf. Doch, *sie* war abgeschnitten worden. Kein Zweifel – das da war die Schnittstelle mit dem rauhen Rand, und da klebte ein Rest GEGERONNENES BLUT, und das, nachdem sie tagelang in dieser U-UNSCHEINBAREN K-K-KÜHLTASCHE GESCHWOMMEN hatte. Seine Seele schrie wie ein Ferkel in den Händen des Schlächters...

»Aus Clarksburg«, erklärte sie fröhlich und legte die Brust vorsichtig auf das weiße Kissen vor Lewis. »Das war vielleicht 'ne komische Lady! Mensch, Lewie, die saß noch gar nicht richtig neben meinem lieben Dellie, da ist sie schon über ihn hergefallen wie 'n Wolf über 'n Lamm! Wider-wär-tig!«

Dell kniete unmittelbar hinter Lewis, doch dessen Blicke flackerten zwischen der Brust und Kee hin und her, sahen nur noch das HÄßLICHE GRAUE ABGESCHNITTENE DING und das Mädchengesicht. Er war zu keiner Bewegung fähig, bis Dell ihn anstieß. Der Mann hatte sich mittlerweile den Tangaslip ausgezogen. Was für ein Bild! Spärliche kurze graue Haare und ein unscheinbar dünnes, aber schlauchlanges mit roten Adern marmoriertes Ding. »Du mußt dich nicht ent*klei*den, Lewis Negley«, sagte Dell leise. »Das erledigen wir für dich, und danach bringen wir dich ins Bett.«

Dell griff nach Kees Tamponbüchse und warf einen Penny hinein. Kee rechnete schnell und japste erstaunt nach Luft. »Das wären ja neunundneunzig! Mit meinem irren Typen, meine ich.« Voller kindlicher Ehrfurcht sah sie zu ihrem Partner auf. »Da ist ja bald ein runder Hunderter fällig!«

»Mädchen«, antwortete Dell mit einem stolzen Nicken, »wir feiern unser hundertstes Jubiläum noch vor der Grenze nach Missouri.«

»NEIN!« brüllte Lewis. Er schoß vorbei an Dell, hechtete durch die Hecktür und landete schmerzhaft auf dem Acker. »Nein!« Schon war er wieder auf den Beinen und rannte auf den Highway zu. Noch nie war er so schnell gespurtet. »Nein!« Sein Schrei verlor sich in der Dunkelheit. »NEEEIIIIN...«

Mit den Händen eines Liebhabers hielt sich Dell die Stelle, an der ihn Lewis bei der Flucht so fest mit dem Fuß getroffen hatte, daß ihm die Pistole aus der Hand gefallen war. Sein Gesicht war vor Schmerzen verzerrt, und aus rot unterlaufenen Augen starrte er Kee an. Die klappte die Heckenschere auf und zu, immer wieder: schnipp-schnapp, schnipp-schnapp. Im nächsten Moment kauerte sie sich nieder und setzte zum Sprung durch die Hecktür an. Lewis Negley sollte ihr nicht entkommen. Das ließ Dell aber nicht zu. Er packte sie an der Schulter und schleuderte sie auf das Bett. Dann knallte er die Tür zu. Immer noch das Gesicht zu einer Grimasse lautlosen Lachens verzogen, kletterte er über das nackte Mädchen zum Fahrersitz.

Kee rappelte sich auf, um ihren Stammplatz wieder einzunehmen. »Willst du ihn etwa laufen lassen? Dellie, er ist doch unsere Nummer *neunundneunzig!*«

Dell fuhr mit einem Ruck los. Fast wäre Kee gleich wieder auf dem Rücken gelandet, doch Dell sagte kein Wort. Kee beruhigte sich erst, als sie seine Fratze im Rückspiegel sah. Aus dem linken Auge floß unkontrolliert der Schleim, das andere starrte geradeaus nach vorne, während die Scheinwerfer sich zwei hellen Flecken gleich in die junge Nacht bohrten. Kee heftete den Blick ebenfalls auf den Acker vor ihnen. Dells großer Fuß drückte das

Gaspedal fast ganz durch. Er fuhr viel schneller als es ihm eigentlich recht war, doch diesmal schien es ihn nicht zu stören. Man hätte meinen können, er sehe sich einen aufregenden Film an, so weit beugte er sich mit seinem dunkelrot angelaufenen Nacken und den Segelfliegerohren vor die Windschutzscheibe. Das Mädchen ließ sich von seiner Mordlust anstecken. Aus dem Film wurde ein ganzes Festival, eine blutrünstige Orgie. Kees Augen waren weit aufgerissen, von ihren Lippen tropfte es. »Schnapp ihn dir!« stöhnte sie. »Noch mal entkommt uns der Sportsfreund nicht.«

»Da vorn isser«, sagte Dell leise.

Der Junge rannte genau auf dem Mittelstreifen. Im Scheinwerferlicht wirkte er dünn, zerbrechlich, unwirklich. Seine Beine wurden nun schnell müde. Noch brachte er die Knie in die Höhe, aber es sah aus wie die Parodie eines Marathonläufers. Ein gehetzter Blick über die Schulter, und er wußte, daß sie ihn gleich hatten. Das kreidebleiche Gesicht hätte jedem Opfer gehören können, das spürt, daß es ihm an den Kragen geht, ohne zu begreifen, warum.

»Er ist ein Grashalm, nichts als *Unkraut*«, flüsterte Kee. »Der letzte auf dem Rasen eines reichen Mannes. Aber wir sind der Ultrapowerrasenmäher. Uns entgeht er nicht.«

Dell war anderer Meinung. »Er ist ein ausgewachsenes Tier, männlich, Gattung Mensch. Sein Name war mal Lewis Negley, aber jetzt ist er unsere Nummer neunundneunzig, und wir machen mit ihm, was wir wollen. Mehr gibt's dazu nicht zu sagen.«

Auf einmal begriffen sie, warum Lewis auf der Straße blieb. Ein halbes Footballfeld vor ihnen stand sein Wagen. Und nicht weit dahinter befand sich ein Autokino. Gerade gingen dort die Lichter an. Auf einem Feldweg kroch eine Schlange von Autos darauf zu. Sie waren nahe genug, um Lewis Negley zu sehen. Die zwei im Bus hatten keine Chance mehr, die Verfolgung wie geplant fortzusetzen.

Dell ging vom Gas. Der Junge riskierte wieder einen Blick nach hinten. Die Überraschung war ihm anzusehen. Schnell begriff er jedoch, daß Dell ihm in seinem eigenen Tempo folgte. Beschleunigte er seine Schritte, wurde auch der Bus schneller, und der Motor fing an zu heulen. Kee klatschte vor Begeisterung in die Hände, denn der Junge setzte tapfer zum Endspurt an.

»Menschenskinder, dem haben sie ja rein gar nichts am College beigebracht!« Dell zwinkerte ihr zu. Sein Gesicht war nur noch zu einem halben Grinsen verzogen. Der Schleim aus seinem kranken Auge war über den gesamten muskulösen Oberkörper geflossen. Kee erblickte sein gewaltig erigiertes Glied. »Zumindest nichts *Notwendiges*.«

Er konzentrierte sich wieder auf den Jungen. Der hatte seine Klapperkiste erreicht. Seine Finger schlossen sich um den Türgriff.

Dell trat aufs Gas. Lewis Negley hatte die Tür halb aufgerissen, da rammte ihn der gestohlene Bus mit dem Kotflügel. Sein ausgestreckter Arm fiel auf die Motorhaube, die Finger waren weit gespreizt. Es sah aus, als suche ein Ertrinkender verzweifelt nach dem letzten Halt. Dell tastete mit einem Knurren nach dem Ganghebel und setzte zurück. Da Lewis Negley nicht auf den Asphalt sank, mußte er entweder zwischen der Tür und dem Inneren festgeklemmt sein, oder seine gesamte rechte Flanke war mit der Türkante verschweißt. Vor Aufregung keuchend, gab Dell bereits im Leerlauf Gas. Über die Windschutzscheibe floß eine rote Suppe. Lewis Negleys weit aufgerissene Augen waren genau auf sie gerichtet. Aus dem auf- und zuklappenden Mund spritzte Blut. Mit einem Achselzucken riß Dell das Lenkrad nach links, wendete und raste in entgegengesetzter Richtung davon. Die toten Stimmen in seinem Innern übertönten das Geschrei aus der Warteschlange vor dem Autokino.

Kee trommelte mit den Fäusten auf seiner Schulter herum. »Seine Augen! Mensch, die waren offen!«

»Der stirbt doch«, brummelte der Mann. »Mein *Webster's* is' hinten. Gib ihn mir mal.« Er hatte nur ein paar hundert Meter zurückgelegt, doch er nahm den Fuß schon wieder vom Gas.

Kee reichte ihm das Wörterbuch. »Der kann uns *identifizieren,* Delly«, maulte sie. Da sie keine Antwort erhielt, drehte sie sich schmollend weg. »So lange kann er nämlich schon noch leben«, murmelte sie für sich und verschränkte die Arme über den kleinen nackten Brüsten.

Täuschte sie sich, oder hörte sie tatsächlich, wie eine oder mehrere Seiten aus dem Buch herausgerissen wurden? Der Mann hinter dem Steuer blieb lange stumm. Sie bekam nicht mit, was Dell da vorne tat, wollte es auch gar nicht wissen, selbst dann nicht, als der Bus den Mittelstreifen überfuhr. Daß Dell gegenlenkte und einen Packen Papier zum Fenster hinaus warf, interessierte sie genausowenig. Sie hatte keinen Sex mit dem irren Typen gehabt, durfte sein Ding nicht der Sammlung in der Kühltasche hinzufügen und mußte möglicherweise den neunundneunzigsten Penny wieder aus der Büchse mit der Gardenie auf dem Deckel herausnehmen. Und jetzt wollte Dellie nicht einmal zurückfahren und nachsehen, ob Lewis wirklich tot war.

»Kee? Kee, Kleines?«

»Was willste denn«, schnappte sie.

»Das ist jetzt alles vollkommen egal, Mädchen.« Ein Wagen raste vorbei. Kurz wurde sein Gesicht angestrahlt. Es wirkte bläßlich, unscheinbar, doch fast freundlich. Das kranke Auge war getrocknet. »Das alles ist jetzt ir-re-levant. Ab-so-lut tri-vi-al. Das kannste im Buch nachlesen. Und es heißt, daß es nichts zu bedeuten hat.« Gähnend schaltete er die Scheibenwischer ein. Das Glas starrte vor toten Insekten – und Lewis Negleys Blut. Dell zwinkerte Kee mit dem gesunden Auge zu. Das Universum um ihn herum versank. »*Nichts* hat was zu bedeuten – außer man wird wiedergeborn, wie der Phoenix.«

JOE R. LANSDALE

Bizarre Hände

JOE R. LANSDALE wollte eigentlich in Texas Kartoffeln anbauen. An dieser Tatsache können Sie ermessen, wie tief in ihm der Hang zur Blasphemie lauert. Wenn man ihn das erstemal sieht, glaubt man es ihm sogar. Je länger man sich aber mit ihm unterhält, desto deutlicher wird, daß dieser Mann bei den Kartoffeln fehl am Platz wäre: Er ist nicht nur klug – er ist ein so verdammt brillanter Kopf, wie man ihn selten findet. Um Mitternacht ist er in Hochform, und seine Rededuelle sind gefürchtet, denn nahezu jeder Diskussionsgegner wird von ihm zur Kartoffel reduziert.

Bizarre Hände

Kaum hatte der Wanderprediger von Witwe Case und ihrer geistig behinderten Tochter gehört, sprang er in seinen schwarzen Dodge und brauste los, denn morgen war Halloween, und er wollte vor Anbruch der Nacht an Ort und Stelle sein.

Prediger Judd – so nannte er sich, obwohl er in Wirklichkeit Billy Fred Williams hieß – hatte eine Schwäche für geistig zurückgebliebene Mädchen, was viel mit seiner Schwester zu tun hatte. Weil auch bei ihr der Verstand nicht annähernd normal entwickelt gewesen war, hatte seine Mama immer orakelt, es sei ein Jammer, und vermutlich wurde sie einzig deswegen in der Hölle verkohlen wie im Backofen vergessene Kekse.

Darüber hatte er viel und lange nachgedacht, und als Folge seines tiefen Grübelns ließ ihn die Vorstellung, er müsse geistig Behinderte weiblichen Geschlechts taufen und ihnen wenigstes die Grundbegriffe der Gottesfurcht beibringen, nicht mehr los. Den frommen Wunsch allerdings, auch mit schwachsinnigen Jungen, Männern und Frauen so zu verfahren, verspürte er zugegebenermaßen nicht. Er stand auf geistig zurückgebliebene Mädchen und niemanden sonst.

Und auf Halloween stand er auch. Das lag daran, daß Gott seine Schwester damals in der Nacht zum ersten November in die Hölle verbannt hatte. Unbeleckt von Gottes ewiger Güte und der Weisheit der Bibel war sie gestorben. Die Schuld daran trug zum Teil er, denn er wußte schon damals über Gott gut Bescheid und konnte ein paar Kirchenlieder recht ansprechend schmettern. Aber seine Schwester hatte er an den Segnungen des Heiligen Wortes eben nie teilhaben lassen. Auch seine Mutter hatte nie daran gedacht, und sein Vater war schon lange über alle Berge gewesen.

Eine Wäscherin mit Pferdegebiß war mit seinem alten Herrn durchgebrannt. Sie war von Haus zu Haus gegangen und hatte die Wäsche abgeholt, um sie am nächsten Tag frisch gewaschen und gebügelt zurückzubringen. Einmal hatte sie mit den Klamotten auch den Papa mitgenommen und war beides schuldig geblieben. Als ob das noch nicht gereicht hätte, war ihr gesamter Bestand an halbwegs anständiger Kleidung dabei gewesen, unter anderem seine Sonntagshose und mehrere Nadelstreifenhemden, wie sie die Nigger gerne bei Beerdigungen tragen. Ihm blieb ein verwaschener, alter Overall, der eigentlich schon in die Gerümpelkammer verschwunden gewesen war. In dem Ding hatte er immer den Schweinestall ausgemistet, doch dann hatten sie die Viecher weggegeben, weil sie die Oma aufgefressen hatten. Und Tiere essen, die jemanden von den ihren verschlungen hatten, das wäre ein bißchen viel verlangt gewesen. So kam eins zum anderen. Die Waschfrau mit dem Bibergebiß hatte sich ihren Herrn Papa geschnappt, er lebte mit einer sabbernden Idiotin unter einem Dach und mußte tagein tagaus denselben zerschlissenen Overall in der Schule tragen. Die anderen Kinder hänselten ihn also gleich aus dreierlei Gründen. Und zwar bei jeder sich bietenden Gelegenheit. Na ja, eigentlich waren es vier Gründe. Der Schönste war er nämlich auch nicht unbedingt.

So etwas konnte einen zermürben.

Wanderprediger Judd erinnerte sich an Nächte, in denen seine Schwester zu ihm ins Bett gekrochen war. Ihr Gesicht war jedesmal im Mondlicht gebadet gewesen. Mit weit geöffneten Augen lag sie auf dem Rücken, bohrte sich in der Nase und aß, was ihre Finger auf diese Weise erbeuteten. Er betrachtete sie dann immer von der Seite und zermarterte sich das Hirn, warum sie nur so war.

Schließlich gab er das Grübeln auf. Statt dessen wollte er ihr etwas Spaß gönnen. Am Abend vor Halloween besorgte er sich ein Stück Seife, mit der er Fenster kennzeichnete, sowie eine Handvoll Steine, um nötigenfalls einige Scheiben einzuschmeißen. Danach machte er aus alten Bettlaken für sich und seine Schwester Geisterumhänge mit Schlitzen für Mund und Augen.

Sie war bereits vierzehn Jahre alt und hatte noch nie *Trick or Treat* gespielt.*

Dieses Jahr sollte sie endlich mit ihm losziehen, was dann auch geschah. Nach erfolgreichem Beutezug brachte er sie nach Hause, und noch etwas später wurde sie in ihrem Gespensterumhang hinter dem Haus aufgefunden.

* In der Nacht zum ersten November verkleiden sich in Amerika viele Kinder als Gespenster und bitten bei Nachbarn mit dem Ruf ›Trick or Treat‹ um Süßigkeiten. ›Treat‹ heißt, die Leute sollen etwas spendieren. In diesem Fall bleiben den Nachbarn ›Tricks‹, also die Heimsuchung durch böse Geister erspart. Üble Streiche werden den weniger Freigebigen freilich in den seltensten Fällen gespielt.

Nur war das Laken rot verfärbt, weil ihr jemand den Kopf eingeschlagen und sie geblutet hatte wie ein an den Fesseln aufgehängter Eber. Darüber hinaus hatte jemand ihren Beutel mit den Süßigkeiten geleert und alles an sich genommen. Den Henkel hielt sie noch mit ihren Wurstfingern fest umklammert.

Der Sheriff kam, hob das Tuch an und sah, daß sie nackt darunter war. Nach einer kurzen Untersuchung verkündete er, daß alles für eine Vergewaltigung sprach und daß bizarre Hände sie ermordet hatten.

Dieses ›bizarre Hände‹ hatte Prediger Judd nie so recht eingeleuchtet, aber er war hingerissen vom Klang der Worte. Oft erzählte er, wie seine Schwester nackt unter dem Laken mit herausgequollener Gehirnmasse gefunden worden war, neben ihr der geleerte Beutel, und nie versäumte er es, die Schlußworte des Sheriffs von den ›bizarren Händen‹ mit einzuflechten.

Die Worte hatten einen ganz eigenen Klang.

Er stellte seinen Dodge am Straßenrand ab, stieg aus und marschierte auf das Haus der Witwe Case zu. Im Gehen trank er FROSTY ROOT BEER aus der Flasche. Obwohl es der letzte Oktobertag war, brannte die Sonne gnadenlos, und das Bier war alles andere als kühl.

Prediger Judd hatte sich feingemacht: schwarzer Anzug, weißes Hemd, schwarze Halbschuhe, weiße Socken und dazu sein schwarzer Hut mit schmaler Krempe, mit dem er genau so aussah, wie ein Wanderprediger seiner Meinung nach auszusehen hatte.

Witwe Case stand am Brunnen und drehte an der Kurbel, bis ein Eimer in Sicht kam. Nicht weit von ihr rührte das Mädchen mit einem Stock in einem Ameisenhaufen herum. Vom Äußeren her erinnerte sie Prediger Judd stark an seine Schwester.

Er trat heran. Den Hut hielt er vor die Brust, und mit einem Lächeln entblößte er all seine Goldkronen.

Witwe Case stemmte eine Hand in die knochige Hüfte, mit der anderen hielt sie den über dem Brunnen baumelnden Eimer fest. Bei ihrem Anblick mußte der Prediger unwillkürlich an ein rasiertes Wiesel denken, obwohl ihre Füße nun wirklich nicht rasiert waren. Vielmehr wuchsen die Haare da unten so dicht, daß man sie aus größerer Entfernung durchaus für Socken hätte halten können.

Sie empfing ihn mit den Worten: »Sie sind nicht aus der Gegend, oder? Kommen mir vor wie so 'n Zeuge Jehova oder sonst so Gesindel, was mit Schlangen zwischen den Zähnen durch die Gegend läuft und zu Niggermusik rumhopst.«

»Nein, nein, Ma'am. Ich hopse zu gar nichts rum. Und die letzte Schlange, die mir über den Weg lief, habe ich überfahren.«

»Wollen Sie etwa um Geld für Missionare betteln oder für hungernde Nigger? Das können Sie gleich vergessen. Ich geb' schon den Niggern bei uns nichts. Da kriegen die im Ausland erst recht nichts, und wenn sie noch so hungern. Die können ja nich' mal Englisch.«

»Ich sammle für niemand. Nicht mal für mich selber.«

»Hmmm, gesehen hab' ich Sie hier noch nie. Da können Sie mir viel erzählen. Woher weiß ich denn, ob Sie nicht so ein Sittenstrolch sind?«

»Nein, Ma'am, ein Sittenstrolch bin ich nicht, und ich bin auch nicht aus der Gegend. Ich komme aus Texas.«

Sie musterte ihn. »Jede Menge Nigger da unten...«

»Wimmelt nur so davon. Da kann man keinen Stecken mehr für seinen Hund wegwerfen, ohne daß man so einen Krauskopf an der Birne trifft. Drum halte ich mich ja viel lieber hier auf. Hier gibt's noch Weiße, mit denen man über Gott reden kann. Mit Niggern ist das so eine Sache« – er deutete auf das Kurbelgewinde –, »da predige ich ja noch lieber der Kurbel was vor, die wird nicht gleich unverschämt und kommt mir mit so Zeug wie Bürgerrechten und Zugang zu den Weißenschulen, als ob dort unsere

Kinder nur auf die Nigger warten würden. Die Kurbel kennt ihren Platz in der Gesellschaft und bleibt, wo sie hingehört. Da hat sie den Niggern einiges voraus.«

»Amen.«

Prediger Judd hatte mittlerweile ein ganz gutes Gefühl. Die Witwe fraß ihm bald aus der Hand, das stand fest. Er setzte den Hut auf und sah zu dem Mädchen hinüber. Sie hatte sich nach vorne gebeugt. Mit den Ellbogen stützte sie sich ab, der Kopf hing herunter, und der Hintern ragte in die Höhe. Aus ihrem Kleidchen war sie längst herausgewachsen. Es war viel zu kurz und eng. Zudem war es hinten geplatzt. An dem schmutzverschmierten Höschen klebten Kiesel und kleine Zweige. Ihre Beine kamen ihm recht kräftig vor. Bestimmt konnte sie einen Alligator damit erwürgen, wenn sie nur richtig zudrückte.

Die Witwe bemerkte seinen Blick. »Tja, die kleine Cinderella braucht sich wegen Niggern in der Schule keine Sorgen zu machen. Sogar Nigger ha'm mehr Verstand als sie. Sie hat nämlich gar keinen. Ein toter Hase kann nich' blöder sein. Sie spielt den ganzen Tag nur, frißt Käfer und sabbert. Falls Sie's noch nich' mitgekriegt haben, sie is' schwachsinnig.«

»Doch, das habe ich schon gemerkt, Ma'am. Meine Schwester war auch so ein Fall. Wurde in einer Halloween-Nacht vergewaltigt und umgebracht. Ihre ganzen Süßigkeiten sind ihr auch geklaut worden. Der Sheriff hat gemeint, das wären bizarre Hände gewesen.«

»Im Ernst?«

Prediger Judd hob die Hand. »Im Ernst. Sie ist wahrscheinlich in der Hölle gelandet, weil keiner ihr Gottesfurcht beigebracht hat. Ob sie nun blöd war oder nicht, ein bißchen Zuwendung hätte sie schon verdient, dann bräuchte sie jetzt nicht bis in alle Ewigkeit beim Teufel unten zu braten. Stellen Sie sich das doch mal vor, wie's da so zugeht: Man schmort im eigenen Schweiß. Dabei hat sie nie was getan! Und schuld bin vor allem ich, weil ich ihr nie etwas von unserem Heiland und seinem Daddy, dem lieben Gott, erzählt habe.«

Das mußte die Witwe erst mal verdauen. »Und die Süßigkeiten für Halloween hat er ihr auch geklaut?«

»Alles in einem Aufwasch. Vergewaltigung, Mord – und Schoko weg. Drum finde ich's ja so entsetzlich, wenn so junge Dinger wie Ihr Mädchen noch nie was von Gott gehört haben... Ist sie denn ganz ohne Unterweisung?«

»Sie is' ja noch nich' mal stubenrein. Selbst wenn ich sie im Klohäuschen richtig hinsetze, meinen Sie, die trifft das Loch? Was sie auch anfaßt, sie richtet eine Sauerei an. Rein gar nichts kann man ihr beibringen! Wenn sie auf ihren Namen hört, ist auch das meistens Glückssache.« Wie um ihm das zu beweisen, rief die Witwe: »Cinderella!«

Cinderella versuchte mit einem Auge durch ein Loch in den Ameisenhaufen zu schauen. Die Fersen und der Hintern ragten steil in die Höhe.

»Sie sehen's ja selber. Schlimmer wie jeder Wechselbalg. Es ist schon ein Kreuz. Und einen Mann für die schweren Arbeiten hab' ich auch nich'.«

»Ich kann Sie gut verstehen...Ach, Sie können mich übrigens Prediger Judd nennen. Sagen Sie, kann ich Ihnen den Eimer zum Haus rübertragen?«

»Wenn das so ist...«, meinte die Witwe, die nun mehr denn je einem Wiesel glich, »sag' ich nich' nein.«

Er hob den Eimer aus dem Brunnen, und sie gingen zusammen zum Haus. Cinderella folgte ihnen. Bald umkreiste sie den Prediger wie ein Hai, der zum tödlichen Angriff ansetzt. Die Kreise wurden jedesmal um einen Tick kleiner. Ihre Haltung war extrem gebückt. Fast berührte sie den Boden mit den Fingern. Aus ihrem Mund flossen Speichelfäden.

Prediger Judd wurde es ganz warm ums Herz. Sie war wirklich wie seine Schwester. Nur hatte die ihn auch noch mit Schmutz und Hundekot beworfen. Bis zu diesem Moment hatte ihm das noch nie gefehlt, aber jetzt, da es ihm bewußt wurde, traten ihm die Tränen in die Augen. Fast hoffte er, das Mädchen würde irgend etwas aufsammeln und auf ihn werfen. Das Haus war groß, wirkte aber windschief. In das Blumenbeet davor war schon seit Jahren nichts mehr gepflanzt worden. Eine schmale Terrasse verlief um fast das ganze Gebäude. Vorne umrahmten zwei mannshohe Fenster die Eingangstür.

Sie traten ins Wohnzimmer. Der Prediger hängte seinen Hut auf die Zimmerantenne eines vorsintflutlichen Fernsehgeräts und folgte der Witwe und ihrer Tochter in die Küche. Dort hingen große eiserne Bratpfannen an Wandhaken. In ein eingerahmtes Tuch waren die Worte GOTT WACHT ÜBER DIESES HAUS gestickt. Die durch das Fenster über der Spüle hereinscheinende Sonne hatte die Farben schon etwas ausgebleicht.

Prediger Judd stelle den Eimer auf die Gefriertruhe – eine von der alten Sorte, die nur mit richtigem Eis funktionierte. Danach gingen wie wieder ins Wohnzimmer. Die Witwe bot ihm einen Sitz und ein Glas Eistee an.

»Gerne. Ich hab' ein Bier dabei, aber es schmeckt nicht übermäßig.« Er zog die Flasche aus der Jackentasche und reichte sei ihr.

Witwe Case kniff die Augen zusammen. »Da ist ja noch was drin. Wollen Sie nicht austrinken?«

»Nein, Ma'am. Können Sie's wegschütten? Die Flasche und das Pfand schenke ich Ihnen.« Aus der anderen Tasche nahm er seine Bibel. Er schlug sie auf. »Sie haben doch sicher nichts dagegen, wenn ich Ihrer Cindy ein, zwei Psalmen vorlese?«

»Wie Sie wollen. Ich kümmere mich in der Zeit um den Tee. Und ein Schinkensandwich mache ich Ihnen auch.«

»Das wäre nett. Gegen ein paar Happen hätte ich nichts einzuwenden.«

Witwe Case verzog sich. »Weißt du, daß heute nacht Halloween ist, Cindy?« Der Prediger lächelte das Mädchen an.

Cinderella hob ihr Kleidchen an, klaubte eine Ameise von ihrem Knie und aß sie auf.

»Für mich ist Halloween der schönste Tag im Jahr«, fuhr Prediger Judd fort. »Das magst du komisch finden, weil der Brauch ja vom Teufel stammt, aber es war schon immer mein Lieblingsfest. Es bringt mich irgendwie in Fahrt. Wie eine Droge, verstehst du?«

Sie verstand nicht. Cinderella schlurfte zum Fernseher hinüber und schaltete ihn ein.

Der Prediger machte ihn sofort wieder aus. »Aber jetzt doch nicht, Mädchen. Unterhalten wir uns erst ein bißchen über Gott.«

Cinderella hockte sich trotzdem vor den Apparat. Daß er nicht lief, schien sie gar nicht zu registrieren. Sie starrte gebannt die Mattscheibe an. Prediger Judd warf einen Blick zum Fenster hinaus. Die Sonne lag wie ein riesiger kirschroter Schneeball auf dem Feldweg und schmolz schnell. Schon wälzte sich die Nacht heran – schwarzblau und ungemein schwer. Ihn packte allmählich der Frust, denn die Zeit lief ihm davon. Doch er wußte, was er zu tun hatte.

Er schlug die Bibel auf und las laut einen Psalm. Cinderella schien nicht auf ihn zu achten. Er las zu Ende, sagte noch ein Gebet und beschloß es mit einem ›Amen‹.

»Uhmann«, sagte sie plötzlich.

Der Prediger sprang erregt auf. »Ja, ja, so ist's recht!« jubelte er. »Sie hat die nötige Gottesfurcht!«

Die Witwe trug ein Tablett mit dem Tee und den Sandwiches herein. »Was'n hier los?«

»Sie hat eine Art Gebet gesagt«, erklärte der Prediger. »Damit ist die Sache geregelt. Mehr erwartet Gott gar nicht von den Armen im Geiste. Jetzt wird sie wohl kaum noch in der Hölle schmoren müssen.« Schier hüpfend tänzelte er auf die Frau zu, tauchte zwei Finger in den Tee, wirbelte wieder herum und besprenkelte Cinderellas Stirn. Das Mädchen streckte eine Hand aus, als habe sie Regentropfen gespürt, sei sich aber nicht sicher.

»Und damit bist du getauft!« brüllte der Prediger. »Im Namen des Vaters, des Sohnes und des Heiligen Geistes. Amen.«

»Mich laust der Affe«, ächzte die Witwe. »So 'ne Taufe geht auch mit Tee?« Sie stellte das Tablett auf den Tisch.

»Es ist ja nicht der Tee. Es kommt darauf an, was gesagt wird und wer es sagt... Betrachten Sie das Mädchen als ordnungsgemäß getauft... So, jetzt soll sie aber auch ein bißchen Spaß haben, finden Sie nicht auch? Weil sie kein Gehirn im Kopf hat, heißt das noch lange nicht, daß sie keinen Spaß haben soll.«

»Das mit den Ameisen gefällt ihr ganz gut«, murmelte die Witwe zögernd.

»Ich weiß, aber ich meine etwas ganz Besonderes. Heute nacht ist doch Halloween. Da sollen sich die Kleinen mal richtig austoben, auch die Schwachsinnigen. Die sogar besonders. Die sind am allerbegeistertsten... Meine Schwester zum Beispiel hat sich für ihr Leben gern als Gespenst verkleidet.«

»Als Gespenst?« Die Witwe setzte sich auf die Couch und machte sich daran, die Sandwiches herzurichten. Dazu benützte sie ein großes Fleischmesser, mit dem sie erst Senf auf die Brötchen strich und dann den Schinken in dünne Scheiben schnitt.

»Wir haben so alte Laken genommen, verstehen Sie, und oben Schlitze für die Augen und den Mund reingeschnitten. Damit sind wir losgezogen und haben von den Nachbarn unseren Zoll verlangt. Sie wissen schon, Trick or Treat.«

»Ich weiß gar nich', ob ich noch 'n altes Laken hab'. Und außer meinem steht hier weit und breit kein Haus.«

»Ich kann sie ja fahren. Das wäre doch was für sie. So einen Spaß würde ich ihr gern gönnen. Sie etwa nicht? Richtig unheimlich würde sie unter einem Laken aussehen! Noch dazu bei ihrer Größe. Und dann duckt sie sich auch noch so tief beim Gehen!«

Um sein Argument zu untermauern, krümmte er den Rücken, bis er mit den Fingern fast den Boden berührte, und schnitt eine Grimasse, die seiner Meinung nach das Mädchen gut nachahmte.

»Gruselig würde sie aussehen, da haben Sie schon recht«, gab die Witwe zu. »Aber mit 'nem Laken über dem Kopf wär' die Wirkung futsch. Manchmal jagt sie mir einen Mordsschreck ein, wissen Sie. Ich mach' zum Beispiel ein Nickerchen, irgendwann schlag' ich die Augen auf, und *sie steht genau vor mir* und glotzt mich genauso an wie ihre Ameisen. Ich sag' Ihnen eins: Ich meine dann immer, sie nimmt sich gleich einen Stock und haut ihn mir um die Ohren.«

»Wir brauchen ein Laken. Aber weiß muß es sein.«

»Na ja, vielleicht sollte ich Cinderella wirklich mal ein bißchen Spaß gönnen.« Sie belegte das letzte Sandwich und stand auf. Mal sehen, was ich auftreiben kann.«

Der Prediger rieb sich die Hände. »Schön, schön. Ich schneide es dann zurecht. Das kann ich nämlich ganz prima.«

Während die Witwe also ein geeignetes Laken suchte, verspeiste Prediger Judd ein Sandwich. Das zweite gab er Cinderella. Die aß zunächst nur den Schinken und legte sich die mit Senf bestrichenen Brotseiten auf die Knie. Nachdem sie den Schinken runtergeschluckt hatte, stopfte sie sich das Brot in den Mund und schmatzte laut mit den Lippen.

»Na? Schmeckt's, Kleines?«

Cinderella schenkte dem Prediger ein Senfbrotlächeln. Der Mann Gottes dachte unwillkürlich an Babyscheiße. Er mußte sich abwenden.

»Tut's das da?« Die Witwe kam mit einem leicht vergilbten Laken und einer Schere zurück.

»Genau richtig!« rief Prediger Judd und genehmigte sich einen Schluck Eistee. Er setzte die Tasse wieder ab. »So, Cinderella, Kleines, wir zwei gehen jetzt ins Schlafzimmer. Da staffieren wir dich mal richtig aus. Was meinst du, was deine Mama für Augen machen wird.«

Er mußte sie noch eine Weile locken, bis sie ihm schließlich ins Schlafzimmer folgte. Die Tür zog er hinter sich zu. »Sie werden begeistert sein!« rief er der Witwe zu.

Gleich darauf hörte Witwe Case die Scherenblätter klappern. Cinderella grunzte wie ein Schwein vor dem Futtertrog. Prediger Judd versuchte anscheinend, dem Mädchen etwas beizubringen, aber weil es ja eine Überraschung werden sollte, wollte sie auch nicht lauschen. Statt dessen setzte sie sich auf die Couch und nahm ein Sandwich in die Hand, biß aber noch nicht hinein. Jetzt, da der Prediger sie nicht sehen konnte, kippte sie den Rest seines Biers runter. Er hatte nicht gelogen – das Zeug schmeckte erbärmlich. Ihr drehte sich fast der Magen um. Der Appetit verging ihr nun endgültig. Plötzlich sprang die Schlafzimmertür auf. Cinderella stürmte mit weit ausgestreckten Armen herein und kreischte: »Huuh!«

Witwe Case brach in Lachen aus. Cinderella hüpfte, begeistert Huuh-Rufe ausstoßend durch das Zimmer, bis sie gegen den Kaffeetisch prallte und mit dem Tee und den Sandwiches auf dem Boden landete.

Prediger Judd, der ihr gefolgt war, half ihr sogleich wieder auf. Die Witwe hatte sich zunächst gebückt, als sie aber sah, daß etwas über den Arm des Predigers hing, setzte sie sich wieder aufrecht hin. Sie wußte die Antwort schon, trotzdem stellte sie die Frage: »Was'n das?«

»Einer von Ihren Kissenbezügen. Irgendwo muß sie ja die Süßigkeiten reintun.«

»Oh«, sagte die Witwe steif. Sie stellte den Kaffeetisch wieder hin und suchte die Tassen und Sandwiches auf dem Boden zusammen.

Prediger Judd sah, daß die Sonne verschwunden war. Er trat an das Fenster. Der Mond war inzwischen aufgegangen. Wie ein großer, schmutziger Eßteller hing er in der blauschwarzen Nacht.

»Wir müssen jetzt los«, verkündete der Prediger. »In ein paar Stunden sind wir wieder da. Es dauert halt eine Weile, bis wir die ganzen Häuser abgeklappert haben.«

»Moment mal!« rief die Witwe. »Das mit dem Trick or Treat geht ja in Ordnung, aber ich kann nicht zulassen, daß meine Tochter mit einem wildfremden Mann loszieht.«

»Ich bin doch kein wildfremder Mann! Ich bin ein Prediger.«

»Sie machen ja einen recht anständigen Eindruck auf mich, aber trotzdem geht meine Tochter ohne mich nicht aus dem Haus. Die Leute würden sich das Maul zerreißen.«

Prediger Judd brach der Schweiß aus. »Ich zahle Ihnen was, wenn Sie mich mit ihr losziehen lassen.«

Die Witwe starrte ihn an. Sie war dicht an ihn herangetreten, so daß ihm ihr Bieratem entgegenschlug. Er begriff sofort, was sie getan hatte, und das paßte ihm überhaupt nicht. Nicht, daß er es noch hatte austrinken wollen, aber er hielt es für unehrlich, daß sie es runtergekippt hatte, ohne ihn zu fragen. Das wollte er ihr auch unter die Nase reiben, aber sie kam ihm zuvor.

»Das gefällt mir ja ganz und gar nich', daß Sie mir dafür Geld bieten.«

»Ich will sie ja bloß heute nacht für mich haben. Ein bißchen Spaß – das ist doch nichts Schlimmes.«

»Deswegen klingt's auch nich' besser! Vielleicht sind Sie gar nich' so anständig, wie ich dachte.«

Witwe Case trat noch näher heran. Sie packte blitzschnell das Fleischermesser. »Sie lassen sie jetzt sofort los und laufen zu ihrem Wagen zurück. Ihr Trick or Treat können Sie allein spielen. Und ohne meinen Kissenbezug!«

»Nein, bitte nicht, Ma'am. Ich bin doch extra wegen Cindy gekommen, weil Gott es von mir erwartet. Und das werde ich auch tun. Ich muß einfach. Ich habe bei meiner

Schwester versagt, und dafür schmort sie jetzt in der Hölle. Jetzt tue ich wenigstens für Cindy das Richtige. Sie hat was gebetet, und ich habe sie getauft. Wenn ihr jetzt was passiert – mein Gewissen ist rein.«

Witwe Case zitterte auf einmal. Cinderella hob ihr Gespensterkostüm an, und sie sah, daß das Mädchen darunter nackt wie ein Neugeborenes war.

»Lassen Sie sie sofort los, Sie perverses Schwein! Und geben Sie den Kissenbezug her... Legen Sie ihn auf die Couch. Er ist sauber.« Der Prediger tat keins von beidem.

Die Zähne der Witwe schlugen gegeneinander wie die Bügel einer Bärenfalle und machten auch genausoviel Lärm. Sie stach mit dem Messer zu.

Er wich aus. Cinderella riß sich mit einem entsetzlichen Quietschen los. Dann sprang sie durch das Zimmer und schrie in einem fort: »Huuh! Huuh!«

Der Prediger hatte nicht schnell genug reagieren können. Das Messer schlitzte den Kissenbezug und seinen Ärmel auf, aber seine Haut blieb unverletzt. Beim Anblick des zerfetzten Kissens sah die Witwe rot. Genauso ging es Prediger Judd, als er sah, daß er sein Sakko, daß ihn zusammen mit der Hose im Schlußverkauf neununddreißig Dollar fünfundneunzig Cents gekostet hatte, wegwerfen konnte.

Wie zwei Ringer vor dem entscheidenden Angriff umkreisten sie einander mit ausgebreiteten Armen. Die Witwe war mit dem Messer im Vorteil – aber sie ließ sich vom Prediger übertölpeln. Er hob die linke Hand und wackelte mit zwei Fingern. Das lenkte sie ab. Seine rechte Faust schoß vor und schickte sie zu Boden. Sie schlug mit dem Hinterkopf auf dem Kaffeetisch auf. Wieder flogen die Teesachen in alle Richtungen. Prediger Judd stürzte sich auf die Witwe. Mit der Rechten drückte er ihre Hand, die das Messer hielt, nach unten, mit der Linken packte er den Schinken und schlug ihn ihr über das Gesicht. Allerdings war der Schinken so fett, daß er ihm ständig wegrutschte und daß er keinen richtigen Hieb zustande brachte.

Schließlich gab er es auf und versuchte statt dessen, ihr das Messer zu entwinden. Die Witwe kaute unterdessen an seinem Arm, bis er aufschrie.

Cinderella rannte immer noch, ihr »Huuh!« kreischend, durch das Wohnzimmer.

Prediger Judd gelang es schließlich doch, sich des Messers zu bemächtigen. Dabei schnitt er sich allerdings in die Hand. Das brachte ihn zur Raserei. Er jagte der Witwe Case das Messer in den Rücken, als sie sich wegrollen und auf allen Vieren das Weite suchen wollte. Noch einmal stürzte er sich auf sie, schlug ihr auf den Kopf und versuchte, das Messer aus ihrem Rücken zu ziehen. Doch so sehr er auch zog und zerrte, es steckte fest. Und die Frau hatte Bärenkräfte! Sie kroch über den Boden und schleifte ihn ganz einfach mit, denn er ließ den massiven Holzgriff nicht los. Überall floß Blut. Aus dem Augenwinkel registrierte der Prediger, daß seine Schwachsinnige durchdrehte. Sie flatterte aufgeregt unter ihrem Gespensterkleid umher, sprang gegen die Wände und stolperte über die Möbel. Die Schreie stieß sie nun nicht mehr aus. Sie spürte, daß im Haus etwas nicht stimme.

Die Witwe schleifte den Prediger immer noch über den Boden. Sie schrie wie am Spieß. »Mörder! Der bringt mich um! Hilfe! Mörder!«

»Halt deine gottverdammte Schnauze!« herrschte er sie an, um nach kurzem Nachdenken das Gesicht zum Himmel zu wenden. »Vergib mir diese Sprache, Herr.« Und zu Cinderella, die panische Angst hatte, sagte er in seinem zärtlichsten Ton: »Ganz ruhig, mein Schatz. Dir kann nichts passieren, ich bin ja bei dir.«

»O Gott, hab Erbarmen mit mir, der bringt mich um!« kreischte Witwe Case.

»Stirb doch endlich, du dumme Kuh!« brüllte der Prediger.

Aber den Gefallen tat sie ihm nicht. Er traute seinen Augen nicht, aber sie richtete sich tatsächlich auf. Und zog ihn mit hoch, denn er klammerte sich weiter an das Messer.

Als sie stand, holte sie mit dem Ellbogen aus und schickte ihn mit einem Stoß in die Rippen zu Boden.

In diesem Moment sprang Cinderella durch das Fenster, taumelte über die Terrasse und landete im leeren Blumenbeet. Prediger Judd rappelte sich auf, ging auf die Witwe los und trat ihr mit aller Kraft in den Schenkel knapp über dem Knie. Sie prallte mit dem Kopf gegen den Fernseher. Es gab einen fürchterlichen Knall, aber sie war unverwüstlich, packte den Prediger an der Kehle und drückte mit aller Kraft zu.

Obwohl ihre Finger sich immer tiefer in seinen Hals gruben, konnte er den Kopf weit genug drehen, um zu sehen, was sein schwachsinniges Gespenst trieb. Es führte eine Art Tanz auf – erst zwei Schritte nach links, dann zwei nach rechts, und dazu heulte es wieder: »Huuh! Huuh!« Das erinnerte Prediger Judd an die sündigen Tänze in diesen sonderbaren Räumen mit lauter zuckenden grellen Lichtern, wo die Mädchen auf Podesten mit den Hüften wackelten.

Er versetzte der Witwe mehrere Schläge ins Gesicht. Schließlich ließ sie ihn los und stürzte, rappelte sich aber gleich wieder auf, schwankte kurz und rannte plötzlich in die Küche. Das Messer steckte nach wie vor in ihrem Rükken, etwas tiefer nun, denn sie war ja auf den Rücken gefallen.

Der Prediger setzte ihr nach. Sie stolperte, ruderte mit den Armen und fegte eine von den Pfannen vom Haken. Das schwere Ding landete mit einem lauten BONG auf ihrem Kopf. Witwe Case sank zu Boden.

Der Mann Gottes stieß einen Seufzer der Erleichterung aus. Er war erschöpft. Der Sicherheit halber knallte er der Bewußtlosen die Pfanne noch ein paarmal um die Ohren, dann lief er ins Wohnzimmer zurück. Die Pfanne hatte er immer noch in der Hand. Er klaubte seinen Hut auf und stürmte auf die Terrasse. Cinderella war nirgends zu sehen.

Er rannte, laut ihren Namen rufend, um das Haus herum. Schließlich erblickte er sie. In ihrer gebückten Haltung mit fast über den Boden schleifenden Händen lief sie auf den Waldrand zu. Ihr Hintern blitzte im Mondlicht auf, sobald das Laken nach oben rutschte.

Obwohl der Prediger ihr sogleich nachrannte, konnte er den Vorsprung nicht mehr wettmachen. Sie verschwand zwischen den Bäumen. »Cindy!« schrie er. »Ich bin's doch bloß, dein Freund, der Prediger Judd! Ich les' dir noch ein bißchen aus der Bibel vor, das hörst du doch bestimmt gern!« Dann fing er an zu gurren wie einer, der ein Baby beruhigen will, aber Cinderella kam nicht zurück.

Eine halbe Stunde lang irrte er mit der Bratpfanne in der Hand durch den Wald. Von Cindy fehlte jede Spur. Für eine Schwachsinnige konnte sie sich hervorragend verstecken.

Prediger Judd war schweißgebadet. Die Nacht wurde allmählich kalt, und der Halloween-Mond kletterte den Sternen entgegen. Eine Fortsetzung der Suche hatte keinen Sinn mehr. Er setzte sich auf den Boden und fing an zu weinen.

Bei ihm ging aber auch alles schief. Damals, als er mit seiner Schwester losgezogen war, hatte es ja auch nicht richtig geklappt. Zwar waren sie mit jeder Menge Süßigkeiten heimgekommen, aber als er mit ihr im Bett das tun wollte, was die Tiere ohne Sünde miteinander treiben, da weigerte sie sich auf einmal, obwohl sie sich sonst nie so angestellt hatte. Wegen der Gespensterverkleidung war sie wohl hochnäsig geworden. Es kam noch schlimmer. Unter der Verkleidung trug sie nichts, und dabei wurde ihm ganz sonderlich zumute. Er konnte es sich selbst nicht erklären, aber es machte ihn irgendwie verrückt.

Und durch nichts ließ sie sich überreden. Als sie am Ende sogar wegrannte, lief er ihr nach und erwischte sie bei dem Apfelbaum. Unter dem Halloween-Mond stellte er schließlich doch noch das mit ihr an, wonach es ihn gelüstete. Sie fing zu kreischen an. Wenn sie etwas konnte, dann das. Ihm blieb nichts anderes übrig, als sie zu würgen und ihr mit einem Stein auf den Kopf schlagen. Danach sagte er sich, es müsse nach einem Diebstahl aussehen. Aus diesem Grund nahm er die ganzen Süßigkeiten.

An jene Nacht dachte er gar nicht gern zurück. Nun war sie tot, aber er hatte ihr keine Gottesfurcht beigebracht – einfach schrecklich. Und die viele Schokolade erst! Er hatte Unmengen verdrückt. In derselben Nacht noch hatte er alles ausgekotzt. Bis zum heutigen Tag konnte er keine Schokolade mehr sehen. An dieses Mißgeschick dachte er, als etwas Weißes durchs Dickicht brach.

Prediger Judd sah auf. Vor ihm rannte Cinderella über einen Waldweg und rief: »Huuh! Huuh!«

Ihn hatte sie bereits vergessen. Sie hatte nur noch das Gespenst im Kopf.

Er erhob sich und schlich ihr mit der Bratpfanne nach. Bald verschwand sie über einen Abhang. Er kletterte ebenfalls hinunter.

Als er sie wieder erblickte, saß sie zwischen zwei Kiefern. Vor ihr lag ein See. In seinem klaren Wasser spiegelte sich der Mond. Am anderen Ufer wichen die Bäume auseinander. Dahinter brannten in einem Haus Lichter. Das Mädchen betrachtete die Lichter und den Mond im Wasser. »Oh, sön, oh, sön«, sagte sie unaufhörlich.

Er trat von hinten heran. »Ganz recht, mein Schatz«, murmelte er und ließ die Pfanne auf ihren Kopf niedersausen. Es gab einen mächtigen Widerhall, ähnlich wie bei einer Kirchenglocke. Er ging davon aus, daß dieser eine Hieb reichen müsse, denn er hatte kräftig zugeschlagen. Doch das Mädchen dachte gar nicht daran, umzukippen. Da er diesmal gründlich sein wollte, schlug er gleich noch einmal und noch einmal mit voller Wucht zu. Nun hallte es nicht mehr, sondern gab nur einen dumpfen Schlag, als hätte er eine mit Schlamm gefüllte Tüte getroffen.

Sie kippte auf das, was von ihrem Kopf übriggeblieben war. Das Laken rutschte über den Rücken, und der nackte Hintern ragte steil in die Höhe. Der Priester sah ihn sich ausgiebig an, aber er hatte jedes Interesse daran verloren, mit ihr das zu tun, was die Tiere ohne Sünde miteinander treiben. Die vielen Schläge vorhin bei der Witwe im Haus und jetzt schon wieder hatten ihn doch ganz schön erledigt.

Er holte weit aus und schleuderte die Pfanne mit aller ihm verbliebenen Kraft in den See. Sie schlug mit einem leisen Platschen auf. Prediger Judd drehte sich um und lief zu seinem Dodge.

Beim Losfahren fiel ihm auf, daß der Halloween-Himmel plötzlich viel schwärzer aussah. Der Mond hatte sich hinter einer Wolke versteckt. Der Prediger steckte den Kopf aus dem Fenster. Wie ein trauerndes Gesicht hinter einem Schleier, dachte er.

Bald fuhr er den Berg zum Highway hinunter. Die Wolke war schon wieder weitergezogen. Den Mond hielt er auch nicht mehr für traurig. War er nicht vielmehr ein fröhlicher Lampion? Prediger Judd sah darin ein Zeichen, daß er richtig gehandelt hatte.

GRAHAM WATKINS

Die trauernden Toten

GRAHAM WATKINS schreibt gern über Sex und Figuren aus alten Sagen und über Sex und Indianer, von deren Geschichte er viel versteht, und außerdem, na ja, über Sex ... Er ist eben ein engagierter Autor, einer, der schreiben muß.

Die trauernden Toten

Seit Einbruch der Dunkelheit vernahm Manuel Alvarado die Laute – leise und aus der Ferne, doch unüberhörbar. Er versuchte sie zu ignorieren. Was auch der Anlaß sein mochte, mit ihm hatte es nichts zu tun, dessen war er sich ganz sicher.

Wenn Ramona sie ebenfalls hörte, so gab sie es nicht zu erkennen. »Das hättest du nicht tun dürfen, Mannie«, sagte sie in einem sanften, doch eindringlichen Ton. »Es war ein Fehler. Du kennst dich nicht aus, du weißt über nichts Bescheid.«

Er streifte seine zierliche Frau mit einem verächtlichen Blick. »Na, prima«, hörte er. »Wirklich toll. Du sagst mir, daß ich von nichts eine Ahnung habe, ausgerechnet du!«

Sie schüttelte bedächtig den Kopf. Ihre großen schwarzen Augen verrieten keine Regung. »Ich weiß wenig über die Welt deiner Herren«, räumte sie ein, »aber ich kenne mein Volk, Mannie. Und ich kenne die Mentalität meiner Leute. Auch wenn im Moment nichts geschieht, so schnell vergeben sie so etwas nicht.«

Statt ihr zu antworten, trank er einen Schluck Bier aus der Flasche und wischte sich mit dem Handrücken den Mund ab. Sie saß auf einem Korbstuhl. Die Kleider, die sie trug, hatte er ihr gekauft. Sie wußte, daß er sie gerne darin sah: ein dünnes Top und extrem kurze Shorts.

»Glaubst du etwa, ich gebe was auf das dumme Gerede?« herrschte er sie an. »Es ist mir scheißegal! Und du solltest es genauso sehen. Hast du etwa kein gutes Leben bei mir? Warum mäkelst du ständig an mir herum?« Er betrachtete ihre wohlgeformten braunen Beine, die sanfte Wölbung unter ihrem Top und wünschte sich, sie würde nicht immer alles besser wissen. Schließlich hatte er einen harten Arbeitstag hinter sich. Eine schnelle Nummer würde seine Stimmung um einiges heben. Sie würde ihn auch machen lassen, das wußte er, allerdings aber passiv daliegen und einfach warten, bis er fertig war. Und wenn er dann ihre Miene sah, würde er sich wie ein Widerling vorkommen. Eine Maske aufsetzen, das konnte sie! Bisweilen haßte er sie regelrecht dafür.

»Manche Leute meinen vielleicht, daß ich es hier gut habe«, entgegnete sie. »Sagen werden sie es wohl, aber vielleicht hast du vergessen, unter welchen Umständen ich deine Frau geworden bin, Manuel.«

Er wußte es sehr wohl. Und sollte er es je vergessen, würde sie ihn garantiert daran erinnern. Mit der Bierflasche in der Hand stellte er sich ans Fenster. Wieder führte er sie an den Mund und trank in großen Zügen. Obwohl er es vor nicht einmal zehn Minuten aus dem Kühlschrank genommen hatte, war das Bier bereits warm. Er wischte sich den Schweiß von der Stirn und trank noch mehr. Sobald die Flasche leer war, wollte er sich ein frisches Bier holen, ein kaltes. Bei dem Leben hier war Alkohol eine absolute Notwendigkeit, sagte er sich. Es war mittlerweile neun Uhr vorbei, doch glich sein Haus hier im Westen von Texas bei einer Temperatur von gut dreißig Grad immer noch einem Backofen. So schlimm wie diesen Sommer war es noch nie gewesen.

»Mannie?« Ramona ließ nicht locker. »Du hast mir nicht geantwortet. Du weißt es doch noch, nicht wahr?«

Er drehte sich langsam um. Plötzlich wirkte er verkrampft in seinem schmutzigen T-Shirt und seiner Blue Jeans. Unwillkürlich zog er den Bauch ein, der ihm über den Gürtel hing. Im Gegensatz zu ihm sah Ramona aus, als stünde sie für eine Zeitschrift Modell. Selbst der Schweiß, der sich in der Julihitze einfach nicht vermeiden ließ, wirkte auf ihrer samtweichen Haut wie ein raffiniert aufgetragenes Make-up. Daß sie seit sechs Wochen schwanger war, sah man ihr noch nicht an. »Natürlich weiß ich es«, knurrte er. »Ich habe dich...«

»... gekauft!« vollendete sie für ihn. »Du hast meine Familie über die Grenze in die Vereinigten Staaten gebracht, ihnen allen einen Job besorgt, und im Gegenzug hast du...«

»Was soll's, verflucht noch mal? Klar habe ich dich geheiratet. Keiner hat mich dazu gezwungen, verstehst du? Dein alter Herr hätte...«

»Jawohl!« rief sie. »Mein Vater war verzweifelt. Er wußte weder ein noch aus. Er wäre mit allem einverstanden gewesen. Und ich war es meiner Familie zuliebe auch. Trotzdem...«

»Du bist ja geblieben«, hielt er ihr vor. »Du hättest jederzeit gehen können. Ich bin den ganzen Tag auf den Feldern draußen. Deine Leute sind irgendwohin in den Norden gezogen. Keine Ahnung, wo sie sich jetzt aufhalten. Du hättest nur zu gehen brauchen! In den ganzen zwei Jahren hast du das kein einziges Mal versucht.«

Ihr Blick wanderte in die Ferne. Von irgendwo in Manuels Rücken kam ein leises Klirren. Die Geräusche, die er den ganzen Abend schon hörte, wurden nun lauter. Er blickte sich um, sah nichts Auffälliges und wandte sich wieder Ramona zu.

»Richtig.« Sie schlug die Augen nieder. »Ich habe dich nicht verlassen. Ich habe immer versucht, so zu sein, wie du mich haben wolltest. Weil du Wort gehalten hast, wollte ich auch zu meinem stehen. Ich war dir immer eine gute Frau. Ich habe Englisch gelernt, wie du es von mir verlangt hast. Und jetzt trage ich dein Kind in mir. Aber nun ist es zu spät. Du bist zu weit gegangen. Deine Herren mögen zufrieden sein mit deinen Leistungen, aber die Menschen hier werden es dir nicht verzeihen. Und was noch schlimmer ist, die...«

»Die tun mir nie was an! Schau sie dir doch an, die Schlappschwänze! Wenn ich sie nicht decken würde, hätte die Einwanderungsbehörde sie längst ins nächste Flugzeug nach Hause gesteckt!«

»Auch damit hast du recht. Und richtig ist auch, daß den meisten bei ihrer Rückkehr nach Guatemala dasselbe Schicksal wie meinem Vater und meinen Brüdern blühen würde: Soldaten würden sie erschießen.« Seufzend zog sie einen Fuß hoch. Die Wange gegen das Knie gelehnt, fuhr sie fort: »Und so wie ich nichts getan habe, werden auch sie nichts tun. Aber eins laß dir gesagt sein, Mannie. Die Cihuapipilti fürchten eure Behörden nicht.«

»Woher kennst du überhaupt das Wort?« fuhr er sie an. »Jetzt verstehe ich endlich. Davon hat der alte Ruiz die ganze Zeit gebrabbelt. Natürlich, ich muß zugeben, daß ich nie richtig hingehört habe. Herrgott noch mal, was geht mich denn das Geschwätz von abergläubigen Idioten an?« Ein Klirren schreckte ihn auf. Es klang, als hätte jemand einen Metallgegenstand auf den Boden fallen lassen. Stirnrunzelnd sah er um sich, doch wieder konnte er nichts erkennen.

»Es wäre aber klüger gewesen«, beharrte sie. »Du hättest auf ihn hören sollen. Diese ›Hinterwäldler‹, wie du sie so gerne nennst, die du aus Mexiko und Guatemala in dein Land schmuggelst, damit sie die Felder deiner Herren bestellen, wissen Dinge, von denen du keine Ahnung hast, Mannie. Einige sind auch noch mit dem Wissen von früher vertraut. Und sie benutzen den alten Aztekennamen ›Cihuapipilti‹. Sie wissen, daß ›Die-die-weint‹ nicht aus einem, sondern aus vielen Menschen besteht. Du hättest auf sie hören sollen. Du hättest nicht tun dürfen, was du getan hast.«

»Verflucht noch mal, was war denn so schlimm? Ich habe doch nur einen Haufen Steine umgetreten, mehr nicht. Ich wollte nur, daß dieser Mummenschanz aufhört, mit dem die Leute ihre Zeit verschwenden. Statt dessen hätten sie arbeiten sollen! Sie müssen kapieren, wie es in diesem Land zugeht, Mona. Man kommt in den Vereinigten Staaten zu nichts, wenn man in seiner kostbaren Arbeitszeit dämliche Steine aufeinanderschichtet. Ich habe ihnen einen Gefallen getan, ich habe ihnen eine wertvolle Lektion erteilt. Das verstehen sie nur noch nicht.«

»Es war heute noch nicht die letzte Lektion, Mannie, da bin ich mir ganz sicher. Aber du wirst derjenige sein, der eine erhält. Außerdem hast du die Steine nicht einfach umgetreten, du hast die Leute und den Schrein der Cihuapipilti verhöhnt. Du hast darauf uriniert.«

»Woher weißt du das schon wieder? Du hast dich bestimmt mit dem alten Ruiz unterhalten.«

»Nein. Ich weiß es ganz einfach, das ist alles.«

»So etwas weiß man nicht so einfach! Mit wem hast du gesprochen? Verdammt noch mal, Mona, ich will, daß du ...« Er fuhr herum. »Was war das schon wieder? Diese verfluchten Geräusche!«

»Welche Geräusche? Das Weinen draußen oder das Klirren hier im Haus?«

»Du hörst dieses Weinen also auch?«

Sie lächelte. »Natürlich. Seit Stunden schon. Die Cihuapipilti weinen immer, Mannie. Hat Ruiz dir das nicht gesagt?«

»Nein. Na ja, vielleicht. Ich habe nicht hingehört. Irgend so ein Blödsinn über schwangere Frauen, die gestorben sind.«

»Ja. Frauen, die vor ihrer Entbindung gestorben sind. Es wäre ihr erstes Kind gewesen. Sie haben es nicht auf die Welt gebracht. Es ist nie aus seiner Gefangenschaft im

Mutterleib befreit worden.« Sie streichelte sich den Bauch. »Es ist mein erstes Kind. Würde ich in den Geburtswehen sterben, wäre auch ich eine von ihnen. Sie weinen um ihrer selbst und um ihres ungeborenen Kindes willen. Ihr Leiden muß durch Gaben gelindert werden, sonst werden sie böse und suchen Rache. Ruiz und die anderen wollten sie besänftigen, als du sie beleidigt hast.«

Manuel grinste. Ohne seine Frau einer Antwort zu würdigen, ging er in die Küche – in dem winzigen Farmhaus, das die Gesellschaft ihrem Manager zur Verfügung gestellt hatte, waren das nur wenige Schritte – und holte sich ein frisches Bier. »Jetzt verstehe ich«, brummte er, als er wieder hereinkam. Irgend so eine Frau da draußen will mir Angst einjagen. Irgend so eine dumme Kuh, die der alte Ruiz auf mich gehetzt hat.« Er öffnete das Fenster und ließ den Blick über die Felder schweifen. Wie die Glut aus einem Hochofen, so strömte die Julihitze in Wellen herein. Er starrte angestrengt hinaus, doch vermochte er nichts zu erkennen. Nur ein sonderbarer Geruch drang an seine Nase. Ein etwas fauliger Gestank hing in der Abendbrise. Ein toter Hund, sagte er sich und starrte weiter unablässig hinaus. Jawohl, ein toter Hund oder Kojote.

Wieder hörte er ein Klirren, diesmal unmittelbar hinter sich. Er fuhr herum und schaute wild um sich. Einen Meter vor ihm lag ein kleines Messer auf dem Boden. Ein Messer mit zweischneidiger Klinge und glattpoliertem Holzgriff, ein Messer, das er noch nie gesehen hatte.

»Was, zum Teufel, ist denn das?« Er hob es auf und drehte es in der Hand hin und her. »Mona, was wird hier gespielt? Hast du es etwa nach mir geworfen?«

»Nein, Mannie«, antwortete sie mit einem matten Lächeln, stand abrupt auf und ging zur Schlafzimmertür hinüber, neben der ein Pappkarton stand. Damit kehrte sie zu ihm zurück. Sie öffnete ihn und hielt ihn ihm unter die Nase.

Messer. Lauter Messer befanden sich darin. Große,

kleine, teilweise mit und teilweise ohne Verzierungen. Für die Arbeit in der Küche war keines geeignet, und er konnte sich auch nicht erinnern, je eines im Haus gesehen zu haben. »Wo hast du denn die her?« fragte er. »Hat jemand ...«

»Das da war im Schlafzimmer.« Sie hielt ein Messer hoch, dessen Griff die Gestalt einer Adlerklaue hatte, warf es in die Schachtel zurück und nahm ein anderes in die Hand. »Das da war im Bad neben der Dusche. Im ganzen Haus habe ich sie gefunden. Überall.«

Verwirrung spiegelte sich in seinem Gesicht. Das Heulen von den Feldern draußen nahm etwas zu. »Wovon sprichst du? Ich verstehe nicht ...«

»Das ist mir klar«, murmelte sie. »Sie lassen sie zurück. Heute nachmittag haben sie damit angefangen. Es war spät, die Sonne ging schon unter, und du warst noch nicht zu Hause.«

»Nein ... nein ... du hast sie gekauft! Bestimmt ist heute so ein Hausierer gekommen. Sag die Wahrheit, verflucht noch mal!«

»Du bist blind für die Wahrheit.« Sie wandte ihm den Rücken zu. »Ich habe dir die Wahrheit gesagt, aber du siehst sie nicht.«

»Verdammte Scheiße, Ramona!«

»Es ist sehr heiß. Ich nehme jetzt eine kalte Dusche. Dieses kleine Vergnügen will ich mir noch gönnen.« Sie nickte wie zu ihrer eigenen Bestätigung. »Dieses eine kleine Vergnügen noch.« Sie sah ihn nicht an.

»Erst sagst du mir, was das Ganze soll!«

»Ich kann nicht. Du würdest mich nicht verstehen.« Ohne jeden weiteren Kommentar verließ sie das Wohnzimmer. Einen Moment später rauschte im Bad das Wasser. Fluchend leerte er sein Bier und holte sich in der Küche ein neues. Bei seiner Rückkehr ins Wohnzimmer fand er ein weiteres Messer auf dem Boden. Mit einem Ächzen hob er es auf. Sein Griff hatte die Form eines Hirschgeweihs. Er warf es zu den anderen in die Schachtel.

Eine Stunde später kam Ramona frisch gewaschen zurück. Ihr langes schwarzes Haar war noch feucht und glänzte matt. Um den Leib hatte sie sich ein großes rotes Badetuch geschlungen. Manuel hatte mittlerweile vier weitere Flaschen geleert. Langsam, aber sicher stieg ihm der Alkohol zu Kopfe. Wenn er nicht mit Trinken beschäftigt gewesen war, hatte Manuel zum Fenster hinaus gestarrt in der Hoffnung, er würde eine der heulenden Frauen trotz der Dunkelheit erblicken. Ihm dämmerte, daß da etwas nicht stimmte. Niemand sollte ihm weismachen, daß ein Mensch so laut und so ausdauernd weinen konnte! Einen Heulton hatte er sogar mit der Stoppuhr gemessen. Ohne auch nur eine Unterbrechung hatte er über sechs Minuten angehalten. Der faulige Gestank, den er zuvor eher erahnt hatte, nahm an Intensität zu. Auf sonderbare Weise schien er an das Heulen gekoppelt zu sein. Und als ob das nicht gereicht hätte, waren vier neue Messer in allen Ecken des Wohnzimmers aufgetaucht. Ständig hörte er auch aus anderen Räumen ein Klirren. Vergeblich versuchte er sich einzureden, daß Ramona irgendwie daran schuld war. Aber sie konnte es nicht gewesen sein. Am Ende begnügte er sich damit, die Messer aufzusammeln und zu den anderen in den Karton zu legen. Er war schon froh, wenn es ihm gelang, die kalten Schauer, die ihm über den Rücken jagten, zu ignorieren. Ohne auf seine flehenden Blicke und Bitten um eine Erklärung zu achten, setzte Ramona sich wieder auf den Korbstuhl. Zu Manuels Überraschung warf sie das Badetuch beiseite und kämmte sich nackt vor seinen Augen. Er gaffte sie verdattert an. Das tat sie doch sonst nie! Gut, ihm zuliebe trug sie zu Hause knappe Tops und Shorts, aber soweit er sich erinnern konnte, war sie nie nackt durch die Zimmer gelaufen.

»Sieh dich doch um, Mannie!« rief sie verächtlich, als er einmal mehr eine Erklärung verlangte. »Die Antwort liegt auf der Hand. Oder sollte es zumindest. Selbst ein Narr wie du müßte sie erkennen.«

Er erstarrte. Noch nie hatte sie in diesem Ton mit ihm gesprochen. Sie mochte ihn vielleicht hin und wieder an den Beginn ihrer Ehe erinnert haben, aber an Höflichkeit hatte sie es nie mangeln lassen. »Was hast du da gesagt?«

»Ich habe gesagt, daß du ein Narr bist. Was hier passiert, liegt doch auf der Hand.«

Wütend baute er sich vor ihr auf. Erst wollte er sie schlagen, doch dann überlegte er es sich anders. Er ging an ihr vorbei in die Küche und holte sich ein frisches Bier. Beim Öffnen der Flasche betrachtete er nachdenklich Ramonas Hinterkopf und sah zu, wie der Kamm durch ihr dichtes Haar glitt. Etwas an ihr war anders. Und es hatte nichts mit ihrer unerwarteten Nacktheit zu tun, in der sie sich ihm völlig ungezwungen zeigte. Er trat ganz nahe an sie heran. Nun fiel ihm die Wölbung an ihrem sonst so flachen Bauch auf. Auch ihre Brüste waren etwas fülliger geworden. Besonders ins Auge stachen ihm die Brustwarzen. Sie waren viel größer und dunkler als gestern nacht noch und standen richtiggehend vor. Ihn beschlich ein eigenartiges Gefühl. Es war, als könne er dem unnatürlich schnellen Voranschreiten der Schwangerschaft zusehen.

Er fixierte ihr Gesicht. »Ich habe keine Ahnung, wovon du da sprichst!« Dabei mußte er fast schreien, um das lauter und ekstatisch gewordene Heulen zu übertönen. Davon abgesehen sollte sie das Zittern in seiner Stimme nicht hören. »Oder quasselst du über irgend so einen idiotischen Aberglauben? Davon will ich wirklich nichts wissen.«

Sie richtete sich auf. »Ich muß es dir wohl erklären«, sagte sie mit einem dünnen Lächeln. »Manuel, hast du nicht auch den Eindruck, daß diese Messer aus einem bestimmten Grund herabfallen?«

»Nein... das ist bestimmt ein Trick von dir... oder einer von den Scheißarbeitern will mir eins auswischen...«

»Selbst wenn das stimmen würde – aber es ist nicht so, wie du genau weißt –, zu welchem Zweck wäre das? Nein,

Mannie. Sie sind hier, weil du sie benutzen sollst!« Ein Messer lag plötzlich auf der Stuhllehne. Er war ganz sicher, daß noch vor einer Sekunde nichts dort gewesen war. Sie fegte es zu Boden, mitten vor seine Füße. »Das da ist doch gut geeignet. Benutze es, Mannie! Aber vielleicht bist du zu feige dazu.«

Er starrte sie verwirrt an. »Benutzen soll ich es? Was soll das heißen?«

Sie lehnte sich wieder zurück. Lässig schwang sie ein Bein über die Lehne und ließ es herabbaumeln. Er konnte nun ihre Scham in aller Deutlichkeit sehen; sie war leicht geöffnet, als wolle sie ihn locken. Nun begriff er gar nichts mehr. »Du verstehst mich schon, Mannie«, sagte sie kühl. »Heb es auf. Benutze es! Du wirst es früher oder später sowieso tun. Du hast keinen Grund, zu warten, keinen Grund, es hinauszuschieben.«

Er begann nervös zu lachen. »Komisch, wirklich sehr komisch. Soll ich mich jetzt schuldig fühlen, oder was? Nur weil ich einen Haufen Steine umgetreten und drübergepinkelt habe? Soll ich dir was sagen, Mona? Ich sehe rein gar keine Schuld, und ich habe absolut keine Lust...«

»Ich weiß, daß du dich nicht schuldig fühlst«, konterte sie. »Du fühlst nie etwas, Manuel. Die Arbeiter bedeuten dir nichts, ich bedeute dir nichts, und unser ungeborenes Kind auch nicht. Dir ist immer nur eines wichtig: daß deine Herren mit dir zufrieden sind. Dafür holst du so viel wie möglich aus den Arbeitern heraus und drückst die Löhne. Geld für dich selbst willst du machen, sonst nichts.«

Lange Sekunden starrte er sie schweigend an. »Ich habe nichts als meinen Job getan«, erklärte er schließlich. »Es ist meine Aufgabe, dafür zu sorgen, daß die Arbeit erledigt wird. Dafür werde ich bezahlt.«

Aus dem Nichts tauchte ein Messer in ihrer Hand auf. Klein und zierlich war es und glitzerte im Lampenlicht. Das Weinen ringsum wurde noch lauter. Plötzlich fegte ein Windstoß durch das Fenster und rüttelte an den Vorhängen. Im ganzen Raum breitete sich dieser faulige Gestank nach Hundekadavern aus.

»Keine Schuldgefühle, keine Empfindungen, kein Mut«, fuhr Ramona fort. »Von allem so gut wie nichts. Du bist ein Abklatsch von einem Mann, Mannie, ein erbärmlicher Abklatsch!« Ihre Augen waren kalt und ausdruckslos.

Manuel lief rot an. »Jetzt reicht's aber!« brüllte er. Zur Beruhigung trank er das Bier zur Hälfte leer, dann schimpfte er weiter: »Und du bist nichts als ein dummes Bauernmädchen aus Guatemala und weißt rein gar nichts...«

»Ich weiß genug.« Sie hielt das Messer höher. »Ich weiß genug, um dich zu durchschauen. Genug, um zu begreifen, was du mit diesem Ding tun mußt, selbst wenn du nichts verstehst. Na ja, vielleicht wäre das zu viel von dir verlangt. Dann müßtest du ja beginnen zu denken.«

Er trat drohend auf sie zu. Jetzt spürte er die Wirkung des Alkohols deutlich. Das sonderbare Weinen draußen und der faulige Gestank verwirrten ihn zusätzlich. Die Hitze wurde immer unerträglicher. Er spürte, wie die Wut sich in ihm staute. »Halts Maul!« knurrte er. »Ich werde mit diesen Messern nichts anstellen, kapiert? Drum halt endlich das Maul und vergiß es.«

»Und du glaubst, daß du es vergessen kannst?« spöttelte sie. Höchstens, wenn deine amerikanischen Herren es dir befehlen. Von allein kannst du schon lange nicht mehr denken. Du tust nur das, was man dir befiehlt. Wie ein dressierter Hund!«

Er stand unmittelbar vor ihr. Aus wütenden Augen blitzte er sie an. »Ich sage es dir zum letztenmal«, fauchte er. »Ich will nichts mehr davon hören.«

Lächelnd hielt sie ihm das Messer mit dem Griff voran entgegen. »Du mußt, Mannie. Du weißt, daß du mußt.«

Er beugte sich über sie. Von dem Gestank konnte einem

übel werden, und das Weinen war zu einem ohrenbetäubenden Heulen angeschwollen. Mechanisch packte er das Messer beim Griff, sah zu, wie seine Finger sich darum schlossen und die ihren die Klinge losließen. Einen Moment lang entglitt ihm die Kontrolle über sich selbst. Er stelle sich vor, wie es wäre, wenn die Klinge in ihren Leib eindringen würde.

»Nein«, murmelte er. »Das ist ja verrückt.«

Abgrundtiefe Verachtung sprach aus ihrer Miene. »Ich wußte es. Kein Mut, keine Courage, kein Mumm!«

Sein Hals schwoll an. Jäh packte er das Messer fester und stach zu. Die Klinge war so scharf, drang so widerstandslos durch ihr weiches Fleisch, daß er erst merkte, was er angerichtet hatte, als er mit den Knöcheln auf ihren nackten Bauch stieß und ihr heißes, nasse Blut spürte.

Sie schnappte nach Luft. Ihr Körper erschlaffte. Gleichzeitig preßte sie den Kopf gegen die Lehne und packte mit beiden Händen sein Handgelenk, so daß er die Klinge nicht aus ihrem Bauch ziehen konnte. Erst glaubte er, sie wolle mit ihm um das Messer ringen. Seine Wut wurde noch gräßlicher.

»Damit hast du wohl nicht gerechnet!« schrie er. »Du Luder! Na, gefällt dir das?« Obwohl sie sein Handgelenk wie ein Schraubstock umklammerte, riß er das Messer heraus und stach noch einmal zu. Es versank in ihrer Brust. Ihre Augenlider klappten herunter und blieben fest zusammengepreßt. In seiner Raserei merkte er nicht, daß sie keinerlei Anstalten machte, sich zu wehren. Mit wild rollenden Augen riß er das Messer erneut heraus und stach noch zweimal zu, einmal in die Flanke und zum Schluß tief in ihren Unterleib.

So plötzlich seine Wut ausgebrochen war, so schnell legte sie sich wieder. Ramona stöhnte, als er die Klinge fast sanft aus ihrem Unterleib zog. Noch einmal schlug sie die Lider auf und sah ihm tief in die Augen. »Natürlich habe ich damit gerechnet, Manuel«, sagte sie leise. »Ich habe es dir doch gesagt. Ich wußte, daß du den Mut irgendwie aufbringen würdest.«

Fassungslos starrte er sie an. Aus ihren Wunden sprudelte Blut. »Aber... ich... ich dachte... du meinst... warum...?«

»Du wirst schon noch sehen«, flüsterte sie. »Bald genug wirst du verstehen. Ramona wird dir nicht mehr helfen können, aber du wirst verstehen.«

Er schleuderte das Messer von sich. »Nein... du wirst da sein«, stammelte er mit zittriger Stimme. »Ich hole einen Krankenwagen...« Er tastete nach dem Telefon.

Sie lächelte nur, als er den Hörer ans Ohr hielt und kein Freizeichen hörte. »Nein«, sagte sie ruhig. »Dafür ist es zu spät. Aber ich werde Ramona nicht sterben lassen, ohne ihren Gefangenen zu befreien.« Kaum war sie verstummt, zuckte sie am ganzen Körper. Plötzlich spritzte eine gewaltige Blutfontäne zwischen ihren Beinen hervor und ergoß sich über seine Füße. In der sich auf dem Boden ausbreitenden Lache erblickte er eine kleine rosa Gestalt von der Form einer Sichel. Er hätte schwören können, daß sie gezappelt hatte, ehe sie in der roten Pfütze verschwand.

Aus tiefster Kehle gab Ramona ein Gurgeln von sich. Er sah, wie sie am ganzen Körper zitterte, wie ihr Gesicht sich verzerrte. Mit einem Schlag erschlaffte sie. Ihre Augen blieben weit aufgerissen, ihre Brust bewegte sich nicht mehr, und das Blut aus ihren Wunden war fast versiegt.

Manuel war mit einem Schlag wieder stocknüchtern, nur in seinem Kopf wirbelten noch die Bilder wild durcheinander. Er versuchte wieder klar zu denken, versuchte, nicht auf den ekelerregenden Gestank, das ohrenbetäubende Heulen zu achten. Es dauerte eine Weile, bis er begriff, was für ein abscheuliches Verbrechen er da begangen hatte. Es tat ihm leid um Ramona und das Kind, das sie in sich getragen hatte. Aber vor allem anderen war er ein praktisch veranlagter Mann. In Mexico und Zentralamerika gab es genügend andere hübsche Mädchen, andere Familien, die, um der Armut und brutalen Unterdrückung in ihrem Land zu entkommen, ihre Töchter gerne hergaben. Nein, weder Ramona noch das Baby waren unersetzlich.

Natürlich hing nun alles weitere von seinem nächsten Schritt ab. Zuallererst galt es, das zu vertuschen, was in den Augen der Behörden natürlich Mord war – er sah das freilich ganz anders. Schon stand ihm ein Plan vor Augen. Ramona hatte gesagt, die Dorfleute verübelten ihm die Entweihung des Schreins von Cihuapipilti. Da fiel es ihm bestimmt nicht allzu schwer, das Verbrechen dem alten Ruiz, oder besser noch seinem hitzköpfigen Sohn anzuhängen – Blutrache war doch wirklich ein plausibles Motiv. Er mußte nur den verzweifelten Ehemann spielen, aber das kriegte er sicher hin. Am liebsten hätte er sofort die Details ausgearbeitet, aber das Denken fiel ihm schwer. Es war so heiß, das Heulen war so gräßlich laut, und vom Verwesungsgestank wurde ihm immer übler. Ohne sich dessen bewußt zu sein, versuchte er sich von Ramonas Griff zu befreien.

Zu seinem Entsetzen ließen sich ihre Finger nicht einen Millimeter bewegen. Wütend riß und zerrte er daran, konzentrierte dann seine ganze Kraft auf einen einzigen Finger – er blieb, wo er war. Genausogut hätte er versuchen können, Stahl zu verbiegen. Verständnislos stierte er ihre Hand an, ehe er den nächsten Versuch unternahm. Ohne Erfolg.

Es dauerte mindestens eine halbe Stunde, bis er das ganze Ausmaß dieses Problems begriff. Er konnte sich anstrengen so sehr er mochte, ihre Finger ließen sich nicht bewegen. Es gab nur einen Ausweg. Er sah sich nach einem von den allgegenwärtigen Messern um. Ihr die Finger abzutrennen, war sicher keine leichte Arbeit, aber es war seine einzige Chance. Allerdings lag keines von den Messern in Griffweite, auch das nicht, mit dem er sie getötet hatte. Er seufzte. Ihm blieb nichts anderes übrig, als die Leiche vom Stuhl zu zerren.

Zu seinem namenlosen Entsetzen war sie wie festgeklebt. Er zerrte, riß an ihr und stemmte sich mit den Füßen gegen den Stuhl – es brachte ihm nichts ein. Die Tote blieb auf dem Stuhl sitzen. Schließlich kam er auf die Idee, den Stuhl selbst mit sich zu ziehen, doch auch er war wie angewachsen. Stöhnend und ächzend verstärkte er seine Anstrengungen – ohne Erfolg. Es kam ihm so vor, als hätten sich die Frau und der Stuhl in tonnenschwere Statuen aus Stein verwandelt.

Die Zeit verstrich. Noch einmal sammelte er all seine Kraft, doch seine verzweifelten Anstrengungen wurden nur von Mal zu Mal konfuser. Wiederholt griff er nach dem Telefon. Es war und blieb tot. Schließlich schleuderte er es in eine Ecke, wo es außerhalb seiner Reichweite liegen blieb. Außer sich fing er an zu schreien, wußte aber bereits, daß es ihm nichts einbringen würde. Das Haus war zu weit entfernt von den Baracken der Arbeiter. Keiner würde ihn hören. Ihm war auch klar, daß keiner von den Männern am nächsten Morgen zur Arbeit antrat, wenn er sie nicht antrieb. Niemand würde sich um ihn sorgen.

Nach kaum einer Stunde fing die Leiche an zu verwesen. Im Vergleich zu diesen Ausdünstungen war der faulige Gestank von draußen harmlos. Manuel schwitzte, brüllte, zerrte und biß schließlich in den eigenen Arm, als wäre er ein Tier, das in eine Falle gelaufen war. Der Verwesungsgeruch raubte ihm langsam die Luft zum Atmen. Die ersten Fliegen stellten sich ein und ließen sich auf der Leiche und dem Lebenden nieder. Er heulte, brüllte, kreischte. Nichts half. Absolut nichts.

Als das erste graue Licht durch das Fenster schimmerte, hatte er sich mit seinem unvermeidlichen Tod abgefunden. Er fragte sich, in welcher Gestalt er zu ihm kommen würde. Waren die Fäulnisgase giftig? Wahrscheinlich, sagte er sich. Seit ihrem Tod waren erst Stunden vergangen, doch Ramonas Körper war zum doppelten seiner normalen Größe angeschwollen. Er bekam kaum noch Luft zum Atmen. Verzweifelt biß er weiter in seinen Arm.

Die Schmerzen raubten ihm fast den Verstand. Und es dauerte eine Weile, bis er den Schmerz in seinem rechten Knöchel wahrnahm. Mit glasigen Augen stierte er an seinem Bein hinunter.

Ein rosafarbenes Ding – noch war es winzig, doch war es bereits doppelt so groß wie Stunden zuvor, als er es zum erstenmal gesehen hatte – kaute an seinem Bein, so wie er am eigenen Arm nagte. Es machte bedeutend schneller Fortschritte als er selbst. Fast hatte es ihm schon den rechten Fuß abgetrennt. Benommen sah er ihm zu und versuchte gar nicht erst, es mit einem Tritt zu verscheuchen oder sonstwie wegzuschaffen. Allem Anschein nach hatte Ramona ihren kleinen Gefangenen nicht nur freigegeben, damit er in Freiheit sterben könne.

Seine letzten Gedanken galten einem Spruch seiner Mutter. Vor vielen, vielen Jahren hatte er ihn ein ums andere Mal gehört. »Babys können nichts«, hatte sie beim Stillen seiner jüngeren Geschwister immer wieder gesagt, »als essen, essen und noch mal essen.«

Das galt offensichtlich auch für Föten.

MORT CASTLE

Verflucht sei das Kind

MORT CASTLE schrieb seinen ersten Roman über die Kandidatur des ausgewanderten Grafen Dracula für das Amt des US-Präsidenten. Er verfaßt Horror-Comics und Kurzgeschichten für Literaturmagazine, Hörspiele, Kritiken, arbeitet als Redakteur... eigentlich macht er alles. Nur seinen Maßstab als Kritiker behält er bei. Die vorliegende Geschichte ist ein Auszug aus seinem Roman CURSED BE THE CHILD, dessen Protagonisten wir an dieser Stelle kennenlernen.

Verflucht sei das Kind

Prolog
Spätsommer 1918

Sie rief.

Er schwitzte. Gleichzeitig zitterte er vor Kälte. Er saß vor dem Flurfenster im ersten Stock und lauschte – ein kleingewachsener Mann, mit fiebrigen Wangen und rostrotem Dreitagebart. Damit ihm die Hose nicht runterrutschte, hatte er sich Hosenträger über ein schmutziges Unterhemd gespannt. Er trug zwei Paar dicke Strümpfe und dazu Hausschuhe aus Leder.

Sie rief wieder.

O Gott! Warum konnte er sie nur so laut und deutlich hören? Sie war doch im Keller. Diese kleine Nutte tat so, als hätte sie eine Kleinmädchenstimme! Sie bettelte, flehte, versuchte ihn zu verführen.

Nach dem letzten Mal – gestern? vorgestern? – hatte er sie im Keller eingesperrt und ein Kettenschloß vor die Tür gehängt. Nie wieder! hatte er sich geschworen.

Oder bildete er sich nur ein, sie zu hören? Das gehörte ja mit zu seiner Krankheit. Hohes Fieber, ein entsetzlicher Schüttelfrost, daß man meinen konnte, man habe den Veitstanz. Dazu hustete er sich bald noch die Lunge aus dem Leib. Und im Delirium sah und hörte man Dinge, die es nicht gab, Dinge, die kaum zu ertragen waren. Und nach dem Delirium schließlich kam der Tod.

Die Spanische Grippe.

Er hatte sie. Sich etwas vorzumachen, hatte keinen Sinn mehr. Es war eben keine Erkältung, die irgendwann von selbst wieder verging. Die Bestätigung seiner Diagnose durch Dr. Lawson war gar nicht mehr nötig. Was nützten einem überhaupt die Ärzte? Abgesehen davon lebte Dr. Lawson nicht mehr – auch er ein Opfer der Spanischen Grippe. Auf einmal sterben sie alle an dieser Seuche der Neuzeit. Die Höchsten und die Mächtigsten der Gesellschaft und der Abschaum. Die Heiligen und die Sünder...

Er spähte zum Fenster hinaus. Zwischen den Blättern der Eichen und Silberpappeln wirkte die Straße unten winzig. Niemand saß draußen in der Abenddämmerung und trank Limonade oder fächelte sich an diesem drükkend schwülen Tag frische Luft zu. Drei Häuser weiter stand auf der anderen Straßenseite Baumers Auto. Seit zwei Wochen nahm es schon diesen Platz ein. Und auch Kramers Karren stand verlassen da. Heute lieferte er keine Lebensmittel mehr aus. Auch die Müllmänner, die sonst noch in der Hoffnung auf ein bißchen Kleingeld gerne ihr Lied schmetterten, ehe sie ihre gemieteten Pferdefuhrwerke in den Stall zurückbrachten, waren weder zu sehen noch zu hören. Kein Peanutsverkäufer pfiff, um die Leute, die auf dem Weg in *Metz's Uptown Kinema* waren, anzulocken. Kein Kind fuhr draußen mit dem Fahrrad oder in einem selbstgebastelten Seifenkistenrenner herum.

Niemand.

Stille herrschte in Grove Corner. Nur die Sonne bewegte sich. Langsam, ganz langsam ging sie im Westen – vielleicht für immer – unter.

Er merkte, daß er den Atem angehalten hatte. Als sie wieder rief, stieß er ihn rasselnd aus. Obwohl er sich vorsagte, daß er nicht gehen würde, mühte er sich aus dem Stuhl. Das strengte ihn so sehr an, daß sich alles in seinem Kopf drehte.

Er *mußte* zu ihr, zu dieser Dämonin, die sein Leben zerstört hatte. Diese Schlampe! Dieser Auswurf seiner Hure von Schwester.

Seine Schwester... Eine Tänzerin nannte sie sich. Das kannte man ja! In billigen Stundenhotels hatte sie auf dem Rücken mit hochgezogenem Rock und einem Mann zwischen den Schenkeln getanzt. Und einer dieser Tanzpartner hatte sie mit seinem Samen befruchtet, der genauso unrein war wie der Unterleib der Hure, der sie genährt und schließlich ausgespuckt hatte, damit daraus eine wunderschöne giftige Blume werde.

Ihn schwindelte. Der Boden schien unter seinen Füßen zu schwanken. Er taumelte, krachte gegen die Wand, konnte sich aber an der Tür zu ihrem Zimmer festhalten.

Ihr Zimmer! Er sah hinein. Sein Blick schien auf einmal überaus klar und scharf zu sein. Auf der Frisierkommode standen im goldenen Licht der untergehenden Sonne ein paar von den Schätzen, die sie mitgebracht hatte. Ein Briefbeschwerer, eine in einer Glaskugel für alle Ewigkeit konservierte Rose, eine weiße chinesische Puppe, eine kleine Statue, die ein sitzendes Mädchen mit Häubchen und einem Korb voller Eier auf dem Schoß darstellte. Neben dem Waschständer lagen ihre Haarbürste und zwei leuchtend grüne Bänder.

Der Raum sah aus wie ein Kinderzimmer. Wie zynisch,

sagte er sich. Ein kleines Mädchen. Unschuldig. Sorglos. Verspielt.

Lug und Trug!

O ja, sie war so raffiniert gewesen und hatte die liebende Nichte gespielt, die ihm eine Freude machen wollte. Immer wollte sie auf seinem Schoß sitzen, ihm einen Gutenachtkuß geben. Ob er sie zudecken könne ...? *Bitte.*

Langsam wurde sie verwegener. Würde der Onkel ihr beim Baden den Rücken schrubben ...? *Bitte.* Und das Kleid bekam sie allein nicht zu, weil die Knöpfe alle hinten waren. *Bitte.*

Und er begriff. Vielleicht nicht gleich, aber doch ziemlich bald. Er konnte es ja sehen. Allein schon ihre Art, ihn anzustarren, wenn sie glaubte, daß er es nicht merkte. Der wissende Blick, die Begierde in ihren Augen! Nein, diese Augen waren zu berechnend, zu lockend, um einem Kind zu gehören.

Er durchschaute sie. Er hörte die eigentliche Bedeutung, die ihren gesprochenen Worten zugrunde lag. Andere hätten das für argloses Geplapper halten können, aber er hatte aufmerksam hingehört und sich nicht täuschen lassen.

Und wie sie die Hüften wiegte! Eine Katze konnte nicht lasziver sein!

Dann ihr Schmollmund! Wie sie den Blick senkte! Er wußte genau, daß sich hinter den langen Wimpern der Lider Geheimnisse und verdorbene Leidenschaft verbargen.

Und ...

... selbst ihr Gähnen, das keineswegs Müdigkeit verriet, sondern eine Aufforderung zur Sünde war.

Er hatte das alles gewußt und sich mit Händen und Füßen gewehrt – allein es war vergebens gewesen.

Vergebens.

Sie hatte gewonnen.

Wieder hörte er ihren Ruf. Sie lockte ihn wie eine Sirene.

Sie rief ihn, und er ging zu ihr.

Wie schon so oft.

Weil er mußte.

Sie glaubte Hunger zu haben, aber dessen konnte sie nicht sicher sein. Ihr Körper gab seine Bedürfnisse nicht mehr weiter. Geschunden wie er war, hatte er sich auf den nahenden Tod eingestellt.

Ganz anders dagegen ihr Wille.

Nein!

Nackt lag sie seitlich auf einer zerschlissenen Wolldecke. Die Knie hatte sie angezogen – nur so ließen sich die brennenden Schmerzen im Bauch und in der Brust noch ertragen. Ihre blonden Haare waren total verfilzt. Vorne klebten Strähnen mit verkrustetem Blut an der Stirn fest. Der rasselnde Atem war begleitet von einem leisen Wimmern. Ihre Nase war eingeschlagen, die Lippen geschwollen und mit Wundschorf bedeckt. Eine grün-blaue Beule versiegelte ihr linkes Auge.

Wie lange sie nicht mehr gegessen haben mochte? Sie konnte sich noch daran erinnern, daß Onkel ihr einmal etwas gebracht hatte, aber wann das gewesen war, das wußte sie nicht mehr. Er hatte ihr beim Essen zugesehen, und einen kurzen Augenblick hatte sie gemeint, er sei ihr nicht mehr böse, weil er ihr das Gesicht gestreichelt und gemurmelt hatte: »Du bist ja so schön, so wunderschön…« Doch dann war er wieder wütend geworden und hatte sie geschlagen, geschlagen, geschlagen…

Sie glaubte ein Geräusch gehört zu haben, Schritte über ihr.

Mama?

Nein. Sie durfte sich nichts vormachen. Sie würde ihre Mutter nie wieder sehen.

Und nun bewegte sich ihre Existenz ausschließlich zwischen Zeiten der Schmerzen und Zeiten, in denen ihr Bewußtsein floh, vor den Qualen floh. Da konnte sie gelegentlich vergessen, daß Mama weg war. Manchmal war ihr, als säße Mama im Zimmer und vertreibe diese Gefühle der Kälte, der Einsamkeit, die Schmerzen und die Angst.

– Sing Mama was Schönes vor, Lisette. Ein lustiges Lied, eins zum Lachen, das alle Sorgen vertreibt.

– Rufus! Rastus! Sag, was machst du, wenn du die Miete …

– Nein, Lisette, sing lieber das neue Lied. Das über den dummen Floh, vor dem alle so Angst haben!

– Es war einmal ein kleines Vögelein,
ein klitzekleines Vögelein
mit dem Namen Enza!

Doch ihre Mama ging immer weg. Sie mußte.

Mama war tot. Sie war wirklich, wirklich tot.

Sterben ist schrecklich! Ich werde nicht sterben! Nie!

Sie hörte die Kette vor der Tür klappern. Als nächstes drehte sich ein Schlüssel im Schloß. In der Dunkelheit sah sie weder Beine noch ein Gesicht, sondern nur ein gespenstisch graues Unterhemd.

Onkel kommt …

Sie hatte Angst, aber vielleicht war ja jetzt alles wieder gut. Vielleicht nahm er sie mit nach oben, wo es hell war – das Licht vermißte sie so sehr –, und vielleicht schlug er sie nie wieder.

Sie wollte ja ein gutes Mädchen sein, ein gutes kleines Mädchen, und sich die Liebe ihres Onkels verdienen.

Ich will ganz lieb zum Onkel sein.

Sie hatte es ja immer versucht, aber gelungen war es ihr nie. Warum, das verstand sie nicht. Bestimmt hätte Onkel sie nicht so bestraft, wenn sie lieb gewesen wäre.

Onkel wird für dich sorgen, Lisette. Hilf deinem Onkel und tu immer, was er dir sagt. Liebe ihn, dann wird er dich auch lieben, als ob du sein eigenes kleines Mädchen wärst.

Das hatte ihr Mama vor...

Oh, Mama, Mama, bitte nicht!

...ihrem Tod gesagt.

Nein!

Nein! Es war ihr stummer Schrei gegen die Wirklichkeit des Todes ihrer Mutter, gegen den Tod selbst gewesen, gegen den unerbittlich heranschleichenden Tod, denn immer weniger Blut strömte in ihren Adern. Es versickerte in der zerfetzten Decke.

»Was willst du? Was willst du jetzt schon wieder?«

Von weit, weit weg drang die Stimme an ihr Ohr, aber Onkel war nahe, so nahe, daß sie seine Hausschuhe und seinen Schweiß riechen konnte. Tod ging davon aus, das spürte sie.

Ihre Zunge fühlte sich dick und pelzig an. Nur den Kiefer konnte sie etwas bewegen. Mit den Lippen vermochte sie kein einziges Wort zu bilden.

»Ich weiß, was du willst. Gott im Himmel! Führe mich nicht in Versuchung! Siehst du denn nicht, merkst du nicht, daß du sterben mußt...«

Nein!

»...daß wir sterben, daß die Welt um uns stirbt und daß du eine Dirne bist? Hört das denn nicht auf? Hört das denn nie auf?«

Nein!

Er kauerte sich neben sie. Ein heißer, trockener Finger bohrte sich in ihre Rippen. »Soll Onkel ein Spiel mit dir spielen? Soll Onkel dich anfassen?«

Vage Erinnerungen stellten sich ein. Erinnerungen an Zeiten, als er sie angefaßt hatte, geküßt hatte, und zwar am ganzen Körper. Ein sonderbares Spiel war das, das sie noch nicht verstand, aber jedesmal, wenn er es mit ihr trieb, mußte sie die ganze Zeit kichern. Und warm wurde ihr dabei! Was er auch von ihr wollte, sie tat es für ihn, auch wenn es furchtbar weh tat, vor allem tief in ihrem Innern. Trotzdem gewann sie damit seine Liebe nicht. Danach war er fast immer wütend auf sie und machte ihr Vorwürfe. »Du wirst es doch bestimmt rumerzählen. Aber klar doch! Lüg mich nicht an!«

Ich werde nichts sagen. Kein Sterbenswörtchen. Ich verspreche es dir! Ich verspreche es dir doch!

Er glaubte ihr nie. Statt dessen wurde er nur immer wütender. »Du hast mich dazu getrieben. Du bist schuld!«

Und dann fing er an, sie zu schlagen. Mit den Fäusten bearbeitete er ihren Bauch, ihren Rücken, ihr Gesicht...

»Diesmal nicht!« schrie der Onkel. »Nein!«

Er drehte sie auf den Rücken. »Hure! Luder!« Seine Hand deckte ihr Gesicht zu, seine Finger verkrallten sich in ihren Wangen, und er schlug ihren Hinterkopf auf den Boden, einmal, zweimal, immer wieder.

Die Knochenschüssel, in der ihr Gehirn lag, zerbarst.

Sie war noch nicht tot, als er die Treppen hinaufschlurfte.

Nein!

Die Kellertür ging auf und zu, der Schlüssel drehte sich im Schloß. Die Kette schepperte an der Tür.

Sie zog das linke Bein an, setzte den Fuß auf.

Ihr rechtes Auge verdrehte sich.

Ihr Herz blieb stehen.

Nein!

Sie war tot.

Nein!!!

JAMES KISNER

Wenn der Mann mit dem Messer liebt

JAMES KISNER hat seit seinem ersten Roman (SLICE OF LIFE – EINE SCHEIBE LEBEN) einen Hang zum Messer. Das Messer als Mordwaffe taucht bei ihm sehr häufig auf – nun, es ist wahrscheinlich nur ein Gerücht, daß seine Frau alle Messer aus der Küche entfernen mußte, damit nach Partys genauso viele Gäste heimkehren konnten, wie zuvor erschienen waren.

Wenn der Mann mit dem Messer liebt

Manche Menschen hören nie Musik. Sie haben weder Platten noch Kassetten noch CDs. Das Radio schalten sie allerhöchstens wegen der Nachrichten, des Wetterberichts oder der Verkehrsmeldungen ein. So etwas wie Rockvideos würden sie sich nie ansehen. Sie leben in bedrückender Stille vor sich hin und grübeln über das Dasein nach – oder über rein gar nichts.

Zu diesen Menschen gehörte der Mann mit dem Messer.

Julia Mitchell hatte das Alleinsein satt. Sie wollte mit jemandem zusammen sein, Fleisch an Fleisch, Seele an Seele, wollte eine Beziehung haben. Sie sehnte sich nach dem elektrisierenden Prickeln des Verliebtseins oder wenigstens der Illusion von Liebe, und sei es auch nur für einen kurzen Moment.

Jawohl, selbst mit dem Anschein von Liebe hätte sie sich durchaus zufrieden gegeben. Denn sie hatte die Hoffnung verloren, den Mann ihrer Träume zu finden. Den Mann, der die Sehnsüchte, die sie von innen zerfraßen, stillte. Den Mann, der ausschließlich in der Fantasie existieren konnte.

Julia war keine unattraktive Frau. Sie war groß und schlank, strahlte die Eleganz und Grazie eines Models aus. Ihr gestyltes, mit hellbraunen Strähnen durchwirktes kastanienfarbenes Haar hing in hochmodernen Spiralenlocken herunter. In ihren schokoladebraunen Augen schimmerte eine gebändigte Vitalität, mit der sie anderen ein Gefühl ihrer Selbstbeherrschung vermittelte. Aus ihrem ovalen Gesicht ragte eine kräftige, an toskanische Statuen erinnernde Nase. Ihr Alter: einunddreißig Jahre.

Trotz dieses atemberaubenden Äußeren wollten und wollten anscheinend die richtigen Männer nicht in ihr Leben treten. So sehr sie auch ihre Aufmerksamkeit auf sich zu lenken suchte, sie wichen ihr aus.

Oder, so fragte sie sich bisweilen, wich am Ende sie ihnen aus?

Ahnten sie, daß in ihrem Innern ein Eisklumpen wuchs? Wußten sie, daß sie ihren Erwartungen an den Mann ihrer Träume nie würden genügen können?

Die letzten Apriltage in New York waren eine Zeit sprudelnder Energie. Die Behäbigkeit, in der im Winter sogar diese Stadt versinkt, war vertrieben, und in der Luft hing eine Atmosphäre von Entschlossenheit. Jeder, sogar die Ärmsten, konnten sie spüren.

Auch Julia, die sich sonst immer darum bemühte, sich nicht vom Wetter mitsamt den von ihm erzeugten Stimmungen beeinflussen zu lassen, bemerkte den Wandel, als sie auf dem Weg zur Arbeit durch die belebten Straßen hastete.

Der Frühling ist die Zeit der Wiedergeburt der Erde. Julia spürte ihn unter den Füßen summen. Und die Sehnsüchte, die sich im Winter in ihr angestaut hatten, loderten wieder auf, züngelten um den Eisklumpen in ihr herum, brachten ihn fast zum Schmelzen.

Manchmal stellte sie sich vor, es würde ihr Erfüllung bringen, wenn sie sich aufs Geratewohl einen Mann aus der Straße herauspickte, ihn in den nächsten Hinterhof schleifte und es mit ihm trieb. In ihrer Fantasie gönnte sie sich eine Art umgekehrte Vergewaltigung. Das war das genaue Gegenteil von ihrer Vorstellung vom Mann ihrer Träume, aber vielleicht gerade deswegen fast genauso befriedigend. Wenn sie schon nicht das Beste bekommen konnte, sollte es eben das Schlechteste sein. Gegensätze glichen einander doch immer.

Während der nächsten Minuten musterte sie die Gesichter der vorübergehenden Männer. Die meisten wichen ihrem durchdringenden Blick nervös aus. Es gab ja so viele Männer! Sollte sie sich irgendeinen davon schnappen?

Einen Alkoholiker vielleicht?

Einen Penner, der in einem Pappkarton hauste?

Einen verkniffenen Jungmanager mit edlem Diplomatenkoffer?

Einen untersetzten Schwarzen mit über beide Ohren gezogener olivgrüner Wollmütze?

Würden sie nicht alle ihren Zweck tun?

Eigentlich nicht. Die Vorstellung bot nicht genügend Substanz. Sie war nur einer verzweifelten Stimmung entsprungen.

Keiner von ihnen hätte der Mann ihrer Träume sein können.

Sie ahnte es nicht, doch als sie die Augen niederschlug und weiterhastete, ging sie an dem einzigen Mann in New York vorbei, der sie aufrichtig liebte.

Der Mann mit dem Messer lebte in einem schmuddeligen, kleinen Zimmer mit Blick auf die 7th Avenue. Vom Fenster aus sah er den vorbeilaufenden Leuten zu. Und einer hatte es eiliger als der andere. Er kannte keinen Ort, zu dem er hätte hinhasten müssen. Das war fürs erste vorbei. Nach dem Verlust seines letzten Jobs lebte er von der Sozialfürsorge. Einem Mann mit seiner Ausbildung (High School) und seinen Fähigkeiten (keine) standen wenig Möglichkeiten offen. Bis auf weiteres lebte er in der Gesellschaft von Küchenschaben und einer gelegentlich in seiner Behausung vorbeischauenden Maus.

Durch das halb offenstehende Fenster hörte er die Geräusche der Stadt, die einzigen Geräusche, die in sein Leben eindrangen. Er führte keine Selbstgespräche. Er brütete über rein gar nichts nach.

In der einen Hand hatte er einen kleinen Schleifstein und in der anderen ein Messer. Die Messerspitze drückte er in einem leicht schrägen Winkel gegen den Stein und beschrieb damit immer denselben kleinen Kreis, so daß die Klinge längst scharf wie ein Skalpell war. Gelegentlich hielt er inne, um auf den Stein zu spucken, dann fuhr er mit seinem Kreisen fort. Das Messer mit der langen Klinge war eine Kopie des berühmten Bowie-Messers. Er hatte sich eine Vorlage besorgt und es selbst gefertigt. Seine ganze Liebe hatte er ihm gewidmet.

Stundenlang konnte er sein Messer schleifen. Im Grunde hätte er nichts anderes gebraucht, um seinen Geist zu beschäftigten, hätte ihn nicht hin und wieder der Gedanke an die Frau, die er liebte, abgelenkt.

Die Frau seiner Träume! Am Morgen, als er auf der Straße ein paar Dollar bei den zur Arbeit eilenden Leuten zusammengebettelt hatte, da hatte er sie ganz kurz gesehen. Und zwischen den Beinen war ihm heiß geworden.

Es war nichts als eine flüchtige Begegnung gewesen, doch ihre Züge hatten sich ihm eingeprägt wie ein farbenprächtiges Gemälde.

Er seufzte, wann immer ihr Bild an seinem inneren Auge vorbeizog, erinnerte sie ihn doch an die antiken Statuen im Metropolitan Museum of Art.

Ihm war klar, daß er sie nie wieder sehen würde. Sie war unter den Millionen von Stadtbewohnern verschwunden. Hier lebten ja so viele Menschen! Manchmal stellte er sie sich alle als eine bis an den Himmel ragende Säule vor. Diese Säule, so schoß es ihm durch den Kopf, könnte er mit seinem Messer zum Einsturz bringen, aber er hielt es nicht für wert, den Gedanken weiterzuspinnen.

Ihm lag nur an einem: an der Frau, die er liebte. Und nun begriff er, daß er sich damit begnügen mußte, sie nur einmal gesehen zu haben. Trotzdem würde sie sein Leben von nun an bereichern, auch wenn er sich wünschte, er hätte seine Liebe zu ihr vollziehen können. Er versuchte sich auszumalen, wie das wohl gewesen wäre, aber da ihm die Vorstellung schwer fiel, wandte er sich wieder dem Messer und dem Schleifstein zu.

Julia hatte viele Einladungen zu Rendezvous abgelehnt, und mit jedem Korb war der Eisklumpen in ihr gewachsen.

Die Natur ihrer Dummheit war ihr erst kürzlich klargeworden. Wäre sie nicht so heikel gewesen, sie hätte längst verheiratet und schwanger sein können. Und ihre Mutter würde langsam die ersten Babysachen für sie kaufen.

Julia war Bürovorsteherin in einer kleinen Firma in Manhattan. Ihre beste Freundin dort, Alice, hatte sie einmal mit einem geschiedenen Mann von fünfunddreißig Jahren bekanntmachen wollen. Der, so hatte Alice erzählt, sehe nicht nur blendend aus, sondern sei auch gut im Bett. Julia hatte reflexartig abgelehnt.

Nun, da sie an ihrem Schreibtisch saß und es auf Feierabend zuging, dämmerte ihr, daß ihr schnelles Nein ein Fehler gewesen war, zumal gerade jetzt das Versprechen auf einen neuen Frühling in der Luft hing.

Immerhin hatte sie in ihren Träumen den Richtigen fast immer gefunden. In der Wirklichkeit würde sie ihn freilich nie kennenlernen, wenn sie es nicht versuchte.

Sie ging zu Alice hinüber und erkundigte sich nach seiner Telefonnummer. Er hieß Tim.

Kaum hatte sie wieder an ihrem Schreibtisch Platz genommen, rief sie ihn an. Seine Stimme klang recht angenehm – gebildet, gute Manieren, sanft und bedrohlich. Sie vereinbarten ein Rendezvous zu einem Dinner. Danach wollten sie in ein Konzert im Lincoln Center gehen.

Julia sagte sich, daß sich danach vielleicht noch etwas Verheißungsvolleres ergeben könnte.

Der Mann mit dem Messer ging am Abend nur in Fällen äußerster Not aus. Er fürchtete sich vor den Schatten, hatte panische Angst vor den gräßlichen Dingen, die dort lauerten, lebensbedrohlichen Dingen, Dingen, die an ihm zerrten und rissen.

Doch heute abend war der Frühlingsduft in der Luft einfach zu aufreizend. Er lockte ihn, wie die Sirenen Odysseus betört hatten. Nur hatte er keine Mannschaft, die ihn an den Schiffsmast hätte binden und vor sich selbst schützen können. So mußte er in das Treiben auf den Straßen hinaus, sich die Lungen mit der Aprilluft und den Gerüchen der Leute vollsaugen.

Wichtig war, daß er vor den Dingen in den Schatten auf der Hut blieb.

Da noch eine Spur von Frost in der Luft hing und Regenwolken sich am Dämmerhimmel auftürmten, schlüpfte er in seinen Regenmantel, setzte eine Mütze auf und schnallte sein Messer so um, daß er es schnell ziehen konnte, falls einer der Schatten sich auf ihn senken sollte.

Bist du der Mann meiner Träume? fragte sich Julia. Ihr gegenüber saß Tim und verzehrte sein Steak mit solch gefühlvollen Bewegungen, daß es Julia schüttelte. Zu verweichlicht erschien er ihr eigentlich nicht, seine Gewandtheit, seine Selbstsicherheit waren es, was sie so anwiderte.

Er war groß und hatte hellbraunes, lockiges Haar. Sein

Gesicht wirkte trotz des quadratischen Kiefers und der etwas eingedrückten Nase schmal. Den breiten, kräftigen Schultern konnte man ansehen, daß er zweimal in der Woche mit Hanteln trainierte. Er war gesund, vital, aufmerksam und langweilig. Behutsam tupfte er sich mit der Serviette das Kinn ab und unternahm einmal mehr den Versuch, ein geistreiches Gespräch in Gang zu bringen. Ob sie Stud Terkels letztes Buch gelesen habe?

»Nein«, entgegnete sie.

»Ist wieder ein großer Wurf von ihm«, meinte er mit ernst klingendem Bariton. »Es ist eine Untersuchung darüber, wie tief Amerikas Teilung tatsächlich geht. Er schreibt über das wirkliche Amerika und nicht die Glitzerwelt, wie sie uns das Fernsehen und die Zeitschriften vorgaukeln, verstehst du?«

»Ich bin nicht ganz sicher...« Sie stocherte auf ihrem Teller herum. Ihr Steak war ihr eine Spur zu rosa. Sie hatte es halb durch und nicht halb roh bestellt.

»Amerika ist nichts als ein einziges Blendwerk. Darauf läuft es hinaus. Wir alle führen ein verlogenes Plastikleben. Und was bringt uns das? Wir erwerben nur immer noch mehr materielle Güter. Irgendwann ersticken wir unter Elektrogeräten, Polyester und...«

Sie seufzte hörbar auf.

»Langweile ich dich?«

»Aber nein! Ich bin nur etwas müde. Wir hatten einen anstrengenden Tag im Büro. Der Computer ist abgestürzt und...

»...und keiner wußte, wie es weitergehen sollte.«

»So ungefähr.«

»Das ist ja der springende Punkt. Wir hängen viel zu sehr von Dingen ab, die außerhalb unserer selbst liegen.«

»Und was können wir dagegen tun?« Sie heuchelte Interesse.

»Ich weiß es auch nicht.« Er nippte an seinem Wein und tupfte sich die Lippen ab. »Eine Revolution anfangen?«

Sie starrte ihn mit ihren Schokoladeaugen an. Eine Frage drängte sich ihr auf: Wollte er sie mit seinem Lächeln locken? »Wir haben keine Zeit für Revolutionen«, erklärte sie. »Dafür haben wir zu viele materielle Güter, die uns am Herzen liegen.«

Er wurde blaß. Dann brach er in Lachen aus. »Du redest nicht lange um den heißen Brei herum. Das ist deine Stärke.«

»Was?«

»Du triffst ohne Umschweife den Kern der Sache. Darum wirst du auch Stud Terkel mögen.«

»Vielleicht knöpfe ich mir mal ein Buch von ihm vor.«

Er kaute einen Moment schweigend vor sich hin. »Was für Musik hörst du eigentlich, Julia?«

»Ich höre nie Musik.«

»Nicht einmal Rock?«

»Überhaupt nichts.«

»Warum?«

»Musik geht mir auf die Nerven.«

Nach dem Konzert im Lincoln Center, in dem Julia zweimal eingenickt war, flanierten sie über den Broadway.

Tim versuchte, die von der dreistündigen Vorführung unterbrochene Konversation fortzuführen. »Und? Ist es dir auf die Nerven gegangen?«

»Nein.«

»Klassische Musik ist dir also angenehm?«

»Ich habe nicht richtig hingehört.«

»Oh.«

Julia war klar, daß der Augenblick immer näher rückte, in dem sie über den weiteren Verlauf des Abends entscheiden mußten. Sie nahm sich vor, nichts kontrollieren zu wollen, sondern den Dingen einfach ihren Lauf zu lassen. Unvermittelt fragte Tim, ob sie mit zu ihm in sein Apartment kommen wolle. Es klang ganz beiläufig. Und wirkte genauso gefühlvoll wie seine Art zu essen.

In Gedanken entwarf sie schon das restliche Szenario. Ein Glas Wein oder vielleicht etwas Stärkeres. Ein kurzes Gespräch voller Zweideutigkeiten. Irgendwann eine deutlichere Aufforderung und der kurze Augenblick der Entscheidung.

Und dann das Bett.

Oder hatte es etwa nicht so abzulaufen? War es nicht die angemessene Entschädigung für ein Dinner und ein Konzert?

Warum auch nicht?

Sie wollte einen Mann in sich spüren, ehe der Klumpen sich noch zum Eisberg auswuchs.

Ja!

Aber war dieser Mann der Richtige?

Für den Augenblick vielleicht.

Der Mann mit dem Messer streunte ziellos durch die Straßen. Heute abend hatte er komischerweise gar keine Angst. Zum eigenen Erstaunen fühlte er sich locker und ruhig. Fast war ihm, als wäre er unsichtbar und aus diesem Grunde unbesiegbar.

Er beschloß, mit seinem letzten Geld ins Kino zu gehen. Der Film war unangenehm und laut. Viel Sinn vermochte er auch nicht dahinter zu entdecken. Das Thema war angeblich die Liebe, aber in Wirklichkeit ging es um Haß. Er empfand es als Beleidigung, daß die Filmemacher glaubten, sie könnten ihrem Publikum mit einem plumpen Trick ihr betrügerisches Weltbild andrehen.

Deswegen hielt er es nicht bis zum Ende durch. Mitten drin verließ er den Saal und zog wieder durch die Straßen, wohin ihn die Füße gerade trugen.

Nach wenigen Minuten stellte er fest, daß er bereits weit vom Kino und noch weiter von Zuhause weg war. Einen Moment machte ihm das angst, doch dann lief er einfach weiter.

Schließlich landete er in einer Straße mit lauter hübschen Apartmenthäusern. In solchen Gegenden lebten Menschen mit einem guten Einkommen. Die mußten nie betteln oder schnorren. Andererseits war er nicht neidisch auf sie. Er hatte sein Leben so gewählt und sie das ihre anders.

Er lief noch in eine Straße hinein, dann blieb er vor einem hell erleuchteten Hof stehen und setzte sich auf eine Steinbank.

Leichter Regen setzte ein. Er kauerte sich in seinem Mantel zusammen und blieb, wo er war. Und sah sich die Häuser an und die Leute, die darin verschwanden. Es ging auf Mitternacht zu.

Er war zufrieden.

Die Leidenschaft spielen. Mehr war gar nicht nötig. Julia mußte nur so tun als ob.

Jetzt kam es auf den Mann überhaupt nicht an!

In seiner Nacktheit verblüffte Tim sie dann doch etwas. Sie hatte fast schon vergessen, wie Männer gebaut sind. Und ganz bestimmt hatte sie nicht mehr gewußt, wie viele Haare manche von ihnen haben können. Bei Tim wucherten sie am ganzen Körper.

Seine Augen wanderten ihre Kurven hinauf, bis sie sich mit einer fast schon lachhaften Intensität in ihre Schokoladepupillen vergruben. Nicht einmal einen richtig lüsternen Blick brachte er zustande. Auch er tat nur so als ob. Aber damit konnte sie leben. Sein Interesse an ihr war offenbar nicht ganz geheuchelt, und es konnte nicht weh tun, wenn man das Spiel bis zum Ende durchzog.

Allerdings weigerte sie sich, ihm beim Überstreifen des Kondoms zu helfen. Sie wollte sein steifes Glied weder berühren noch zu nah vor den Augen haben. So sah sie weg, als er es sich mürrisch selbst überstülpte.

Kondome machten alles so steril.

Doch war sein Glied immer noch steif, als sie sich wieder zu ihm umdrehte. Der Anblick ihres milchweißen Körpers und des kurzgeschnittenen Schamhaars sorgten dafür, daß er erregt blieb. Etwas in der Art murmelte er ihr auch ins Ohr.

Sie ließ ihn von oben in sich eindringen.

Am Anfang war er sehr zärtlich und liebevoll. Sekundenlang tat es richtig gut, doch dann ließ er sich gehen und stieß mit aller Macht zu. Ihr wurde unvermittelt klar, daß sie ihn nie wieder sehen oder mit ihm sprechen wollte.

Er tat nichts, um den Eisklumpen in ihr zum Schmelzen zu bringen.

Der Mann mit dem Messer wurde allmählich naß, aber er war fest entschlossen, sitzen zu bleiben und weiter zu schauen.

Nach einer Weile sah er eine Frau aus einer Tür treten. Irgendwie kam sie ihm bekannt vor, obwohl er aus der Entfernung nichts als eine Silhouette erblickte. Dennoch lockte ihn ihre Gestalt wie der Gesang einer Sirene.

Auf einmal wußte er, warum er den ganzen Abend so ruhig gewesen war. Der Ruf, der ihn hinaus in die Nacht gelockt hatte, das war nichts anderes als die Sehnsucht nach Liebe gewesen.

Die Frau blieb mehrere Sekunden vor dem Haus stehen. Anscheinend konnte sie sich zu keiner Entscheidung durchringen. Schließlich ging sie in westlichte Richtung los.

Der Mann mit dem Messer folgte ihr.

Julia weinte. Im kalten Regen fröstelte sie, doch sie lief mit schnellen Schritten weiter. Wenn sie sich jetzt bewegte, so sagte sie sich, konnte sie die Sache mit Tim schneller aus dem Gedächtnis verscheuchen.

Daß ihr jemand nachging, nahm sie kaum wahr

Der Mann mit dem Messer kam ihr mit jedem Schritt näher. Zweifel quälten ihn. Einerseits war es ein Ding der

Unmöglichkeit, daß die Frau, die er liebte, zu ihm geführt worden sein sollte, andererseits war er sich gerade dessen in einer tieferen, intuitiven Schicht seines Bewußtseins sicher. Es konnte nur sie sein.

Die Frau seiner Träume.

Julia hielt an der nächsten Ecke an und entzifferte den Straßennamen. Sie war viel zu weit von zu Hause weg, um den ganzen Weg zu laufen. Langsam wurde sie müde. Sie mußte mit der U-Bahn fahren oder ein Taxi finden.

Der Mann mit dem Messer hatte sie nun eingeholt und blieb neben ihr stehen. Seine Gegenwart nahm sie nur vage wahr. Er sprach sie an.

»Hallo.«

Julia drehte sich um. Unter einer tropfnassen Schirmmütze erblickte sie ein aschfahles, verwittertes Gesicht, an dem als erstes der gehetzte Blick auffiel, ein Gesicht, vor dem man normalerweise die Flucht ergriff.

Doch dieser gehetzte Blick weckte auf irgendeine verquere, für sie unerklärliche Weise ihr Mitgefühl. Sie sah ihn genauer an. Ihr wurde innerlich warm zumute.

Sie erwiderte den Gruß: »Hallo.«

Sie standen einfach an der Straßenecke und schauten sich in die Augen. Plötzlich merkte Julia, daß in ihr etwas passierte.

Der Mann mit dem Messer spürte Wärme durch seinen Körper fluten, denn er erkannte das Gesicht. Mit zusammengekniffenen Lippen, damit ihr der Anblick seiner schadhaften Zähne erspart blieb, lächelte er Julia an. Er wollte sie mit etwas beeindrucken, das Richtige sagen. Es sollte alles so sein, wie es sich gehörte.

Er schaute nach Norden, wo einige Lampen ausgegangen waren und die Straße wie ein fast schwarzer Korridor aussah. In diese Richtung wandte er seine Schritte. Ohne daß es einer Aufforderung bedurft hätte, folgte ihm die Frau.

Die Schatten tanzten in der Dunkelheit. Unaussprechliche Dinge warteten auf sie beide.

Der Mann mit dem Messer hatte jedoch keine Angst. Wie denn auch, war er doch mit der Frau seiner Träume zusammen! Er trat in die Schatten. Mit ausgestreckter Hand lockte er Julia.

»Ich liebe dich«, flüsterte er.

Julia war einer Ohnmacht nahe. Der Mann war häßlich, heruntergekommen, verbreitete einen Gestank nach Krankheit und Fäulnis. Und doch war er kein gewöhnlicher Vagabund.

Er war der Mann ihrer Träume...

Sie folgte ihm in den Schatten.

»Ich liebe dich«, sagte der Mann mit dem Messer noch einmal.

»Ich weiß.«

...der einzige Mensch, der den Eisklumpen in ihr zum Schmelzen bringen konnte.

Sie hatte ihn in dem Moment erkannt, in dem er sich neben sie stellte. Und hatte keinerlei Angst vor ihm.

Jeder von uns hat eine Datenbank im Kopf, in der unsere sämtlichen Träume gespeichert sind. Und die von Julia enthielt so viele Träume von dem Mann mit dem Messer, daß sie in seiner Gegenwart hilflos war.

Sie sehnte sich danach, die Seine zu werden, mit ihm eins zu sein.

Dem Mann mit dem Messer fiel nur ein Mittel ein, um die Frau seiner Träume zu beeindrucken – er schlug den Mantel auf und zog das Messer unter dem Gürtel hervor. Die Klinge glitzerte sogar hier in der Dunkelheit.

»Es ist für dich«, erklärte er.

Julia lächelte. Der Mann mit dem Messer konnte ihr Gesicht nicht sehen, aber er spürte und erwiderte das Lächeln, als sie ihn umarmte.

»Ich liebe dich auch«, flüsterte Julia.

Die Klinge drang in sie ein. Wieder und wieder bewies ihr der Mann mit dem Messer seine Liebe. Sachte ließ er sie zu Boden gleiten, dann zog er das Messer heraus und wischte es an ihrem Mantel ab.

Er kniete sich nieder und küßte sie. Blut sprudelte aus ihrem Unterleib. Sie war bereits bewußtlos. Der letzte Rest ihres Lebens verebbte schnell.

Der Mann mit dem Messer weinte kurz, während er sich aufrichtete und die Waffe wieder unter den Gürtel steckte.

Er verabschiedete sich von Julia, schlug den Mantel zu und trat aus den Schatten.

Die Begegnung mit der Frau hatte ihm einen Moment flüchtiger Ekstase geschenkt. Am liebsten wäre er geblieben und hätte dieses Gefühl ausgekostet, aber schon schlossen sich die Schatten wieder um ihn. Er mußte sich den Genuß für später aufheben, wenn er sein Zimmer erreichte. Dort würde er allein sein mit der Erinnerung an sie. Sie würde ihm Kraft und Beglückung geben, bis er einschlief.

Er ging die Straße hinunter zum Licht, trat einmal mehr in eine Welt der bedrückenden Stille, in der es keine Musik gab, sah man von dem in seinem ganzen Körper pulsierenden Lied der Liebe ab. Er fragte sich, von wem er heute nacht träumen und wen er morgen lieben würde.

DEBRA GRAY DE NOUX /
O'NEIL DE NOUX

Einzelteile

DEBRA GRAY DE NOUX und O'NEIL DE NOUX sind ein schreibendes Ehepaar, das in letzter Zeit immer häufiger gemeinsam auftritt, wie in der vorliegenden Erzählung. Sie leben in New Orleans, und dort spielen oft auch ihre Geschichten. O'Neil De Noux ist ein ehemaliger Kriminalbeamter, der bei seinen Romanen aus dem reichhaltigen Schatz seiner Erfahrungen schöpft. Sprache und Hintergrund sind bei seinen Stories deshalb absolut authentisch.

Einzelteile

In seinen zwei Jahren bei der Mordkommission hatte Harry Roberts mehr als genug Leichen zu Gesicht bekommen. Aber einen Anblick wie diesen hier war er nun wirklich nicht gewohnt. Der Toten, die in der viel befahrenen City Park Avenue mitten auf dem Bürgersteig auf dem Rücken lag, fehlten mehrere Körperteile. Harry lockerte seine Krawatte und wischte sich den Schweiß von der Stirn ab. Die braunen Locken klebten ihm an den Schläfen. Obwohl es bereits nach Mitternacht war, glich New Orleans eher einem Brutkasten. Aber es war schließlich auch August.

Beim Anblick der Leiche jagte Harry ein Schauer den Rücken hinunter. Es kostete ihn seine ganze Kraft, sich die Erregung nicht anmerken zu lassen. Dabei hatte Harry noch längst nicht alles gesehen, denn der Labortechniker, ein dicker Schwarzer, der eine große Fotokamera um den

Hals baumeln hatte, stand ihm im Weg. Der Mann schnaufte wie ein Walroß und stank fürchterlich nach Schweiß. Harry trat näher an die Tote heran.

Die gelben Stöckelschuhe des Opfers lagen links und rechts vor ihr, als wären sie ihr mit Gewalt von den Füßen gerissen worden. Ihre Strumpfhose war zerfetzt. Die hellgelbe Bluse war ihr bis über den BH aus dem blauen Rock gezerrt worden. Zwei Knöpfe fehlten. Einen davon erblickte Harry auf dem Bürgersteig gleich neben ihrem rechten Ellbogen.

Über die nackten Arme und den Bauch war Blut geströmt. Im blassen Licht der Straßenlaterne wirkte es orange. In der Nähe der Wunden dagegen, am Hals, sah es rot aus, und unter dem Kopf hatte sich eine fast schwarze Lache gebildet. Ein ekelerregender schwerer, süßlicher Geruch hing in der Luft, stieg Harry in die Nase.

Ein Bus stieß im Vorbeifahren mit lautem Getöse eine Abgaswolke aus, die sich schnell mit dem stechenden Blutgeruch und den Ausdünstungen der um die Leiche stehenden Männer mischte. Harry würgte.

Er musterte nun das Gesicht der Toten. Ihre rot geschminkten Lippen sahen sehr zart aus. Am Mund und Kinn war nichts Auffälliges festzustellen, überhaupt fand er das Gesicht ziemlich hübsch. Sein Blick wanderte weiter zu den Augen hinauf, oder vielmehr zu der Stelle, wo sie hätten sein sollen. Auf einmal jagte sein Herzschlag.

»Himmel, Arsch und Zwirn!« stöhnte jemand hinter ihm.

Harry brauchte sich nicht umzudrehen. Das konnte nur sein Sergeant Eliot Trojan sein. ›Himmel, Arsch und Zwirn!‹ war sein Lieblingsfluch.

»Ich trau' meinen Glotzern nicht«, ächzte Trojan. »Der hat ihr glatt die Augen ausgestochen!«

Und jetzt sah Harry die Zahnabdrücke. Der Dreckskerl hatte ihr die Augen ausgebissen!

Mit einem Achselzucken wandte er sich zum Sergeant

um, einem bulligen Burschen mit schütterem, braunem Haar. Trojans weißes Hemd war schweißgetränkt, seine gestreifte, schmale Krawatte entsprach nicht mehr dem Zeitgeschmack, und die dunkelgrüne Hose paßte auch nicht unbedingt zu den schwarzen Schuhen.

Gemeinsam mit seinem Kollegen beugte sich Harry näher über die Tote. Zu seinem Verdruß legte Trojan eine Hand auf seine Schulter. Nichts verabscheute Harry mehr.

»Mann, hast du ein Glück«, brummelte Trojan. »Den Fall haben sie mir untergejubelt.«

Harry schob die Hand von seiner Schulter und drehte sich zu seiner Partnerin um. Detective Lydia Brown hatte sich hinter die Zivilstreifenwagen verzogen. Mit einer Hand fuhr sie sich durch das hellbraune Haar. Der Blick aus ihren blaßblauen Augen ging vorbei an Harry, blieb auf die Tote geheftet. So hatte er sie noch nie gesehen. Daß der Anblick einer Leiche seine dienstältere Kollegin so mitnehmen konnte, hätte er nie geglaubt. Bis heute zumindest.

»Scheiße«, sagte Trojan. »Schau dir die Kehle an. Das Schwein hat sie ihr aufgeschlitzt.«

Harry wandte sich wieder der Toten zu. Aus der Gesäßtasche zog er eine Taschenlampe und richtete den Lichtkegel auf die klaffende Wunde. Blutverschmierter Knorpel und dazu ein Teil der Luftröhre hingen heraus.

»Sieh nur.« Harry deutete auf zwei rötlich blaue Blutergüsse am Hals der Toten. »Das ist der Grund, warum wir nicht noch mehr Blut haben. Sie ist zuvor erwürgt worden. Zugestochen hat er erst danach.«

»Himmel, Arsch und Zwirn!« Trojan richtete sich wieder auf. »Da haben wir ja einen Psycho erster Güte. Wer sagt denn, daß nur immer die in New York und L.A. den ganzen Spaß haben sollen?«

Harry untersuchte nun die im Schatten der Straßenlaterne liegende linke Kopfhälfte. Das Ohr fehlte. Er sah sich das andere an. Ein goldener Ohrring in der Form eines Ahornblattes hing daran. Da, wo das linke Ohr hätte sein müssen, legten Hautfetzen den Schluß nahe, daß der Täter es abgerissen hatte. »Das linke Ohr fehlt.«

»Himmel, Arsch und Zwirn!«

Harry richtete sich auf, schüttelte die steifen Beine und ging zu seiner Partnerin hinüber, die noch immer die Leiche anstarrte. Ihm fiel auf, daß ihr Rock fast die gleiche Farbe hatte wie der des Opfers. Darüber trug Lydia eine rosa Bluse mit einer Schleife am Kragen. Sie sah blendend aus, aber das war ja nichts Neues.

Harry zog sich die Jacke aus und warf sie durch das offene Fenster in seinen Dienstwagen. Gegen den Kotflügel gelehnt, rieb er sich die Hände an der Hose trocken und sah noch einmal zum Tatort hinüber. Sein Herzschlag hatte sich noch nicht beruhigt, doch auf keinen Fall durfte er sich etwas anmerken lassen. Er riß sich zusammen.

Der Labortechniker fing nun an, den Tatort zu vermessen, vermerkte die Entfernung des rechten Fußes vom Randstein, zum Laternenpfahl an der Ecke City Park Avenue und Canal Street und schließlich zur Friedhofsmauer hinter der Toten. Danach wiederholte er diese Prozedur vom linken Fuß ausgehend.

Sie ist an einem Friedhof vorbeigegangen! schoß es Harry durch den Kopf.

Während der Techniker die Entfernungen vom Kopf und den Händen vermaß und Trojan eifrig mitschrieb, stupste Harry Lydia an. »Gott sei Dank ist das Trojans Fall.« Er log, auch wenn er sich noch so erleichtert anhörte. Daß ihm ausgerechnet dieser Fall durch die Lappen ging, ärgerte ihn über alle Maßen. Gerade auf so etwas hatte er zwei lange Jahre gewartet. Irgendwie mußte er einfach einen Weg finden, sich bei Trojans Ermittlungen anzuhängen. Er konnte sich nicht vorstellen, daß ihm das allzu schwerfallen würde. Die meisten Sergeants waren faul, und Trojan bildete da keine Ausnahme.

»Paß auf den Kakerlak auf!« rief Lydia auf einmal und wich zurück.

Unmittelbar vor ihren Füßen krabbelte eine riesige Schabe zielstrebig auf die Blutlache zu. Harry zertrat das häßliche Insekt. Es zerplatzte mit einem so lauten Knall, daß Trojan herumfuhr.

»Ein Kakerlak«, erklärte Harry.

Er registrierte, daß der Anblick des toten Käfers Lydia nicht im geringsten zu stören schien.

Ein Schwall heißer Luft flutete plötzlich auf sie zu, als wäre soeben ein Backofen aufgeklappt worden. Sogleich floß der Schweiß in Strömen unter Harrys Achseln. Er sah, daß nun Fliegen um die Tote herumschwirrten.

»Hey! Wollt ihr nicht ein paar Verdächtige für mich auftreiben?« rief Trojan. Sein Gesicht war inzwischen knallrot. Er hatte die Handtasche der Frau in der Hand und untersuchte mit flinken Fingern den Inhalt.

»Klar«, sagte Harry.

Was für Verdächtige sollte man denn hier finden?

Wo man auch hinsah, in dieser Gegend gab es nichts als Friedhöfe. Die Leiche lag unter der Mauer des Odd Fellows Rest. Gegenüber war der Greenwood Cemetery, weiter vorne der Cypress Grove und hinten der Saint Patrick's.

Um seinen guten Willen zu zeigen, näherte sich Harry dem zugesperrten Tor zum Odd Fellows Rest. Dahinter stiefelten zwei Streifenpolizisten herum. Die Lichtkegel ihrer Taschenlampen flackerten von Gruften zu Gräbern, strahlten kurz Steinkreuze und Statuen von Engeln an, wanderten weiter.

»Sagt mir Bescheid, wenn ihr einen Werwolf findet!« rief Harry ihnen zu.

»Hä? Ach, leck mich doch am Arsch!« schimpfte einer.

»Im Ernst.« Harry ließ sich nicht beirren. »Ruft mich, wenn ihr Blut seht.«

»Komm mit«, murmelte Lydia in seinem Rücken.

»Wohin?«

Sie ergriff ihn am Arm. Im Gehen deutete sie auf die City Park Avenue. »Auf der anderen Seite vom Saint Patrick's sind ein paar Häuser.«

Als sie an Trojan vorbeikamen, erkundigte Harry sich nach dem Namen des Opfers. Der Sergeant zog ihren Führerschein aus der Handtasche.

»Hat sie in der Gegend gelebt?« fragte Harry ungeduldig.

»Nö. In der Stadt. Sie heißt Debbie Diver.«

Harry holte sich aus dem Ford das Funkgerät, dann kurbelte er das Fenster hoch und sperrte den Wagen ab. Weil seine Partnerin unbeirrt weitergegangen war, mußte er ihr nacheilen. Er musterte sie aufmerksam. Hinter ihnen verschwanden langsam das gelbe Licht der Straßenlaternen, die lange Mauer des Odd Fellows' Rest, die verstümmelte Leiche, der tote Kakerlak, die Fliegen, die sich noch immer nicht ungestört auf der Leiche niederlassen konnten.

Die ganze Zeit sagte Lydia kein Wort. Erst als sie beim ersten Haus, einem in Eigentumapartments umgewandelten Bau aus der Mitte des vorigen Jahrhunderts angekommen waren und die sechs Stufen zur Eingangstür erklommen, drehte sie sich zu Harry um. »Glotz mich nicht so an!«

»Und? Hast du dich wieder erholt?«

»Es geht schon.« Sie sah ihm nicht in die Augen.

Harry drückte auf eine der Klingeln neben der Glastür. Dabei streifte er Lydia mit dem Arm. Sie wich ihm hastig aus. In die Augen sah sie ihm noch immer nicht. Einige Haarsträhnen klebten ihr an den Schläfen. Bei der Schwüle wunderte das Harry nicht im geringsten, auch wenn sie normalerweise selbst an den heißesten Tagen selten ins Schwitzen kam.

»Hallo!« meldete sich eine schrille Frauenstimme durch die Sprechanlage.

»Polizei«, sagte Harry laut. »Machen Sie bitte auf, Madam.«

Der Summer ertönte, und Harry stieß die Tür auf. Im Treppenhaus war es dank Klimaanlage angenehm kühl. Harry trat ein und hielt Lydia die Tür auf.

»Hallo?« schrie die Frau mit der schrillen Stimme. Ein von feuerrotem, fransigem Haar umrahmtes Mondgesicht spähte vom ersten Stock herunter. »Wir kommen schon!« rief Harry. Er trat einen Schritt beiseite und ließ seiner Partnerin den Vortritt. Eine Duftwolke kitzelte ihn einen Moment in der Nase – Lydias Parfum.

Die Vernehmung überließ er seiner Partnerin. Die Frau hatte nichts gesehen, nichts gehört und hatte ihre Wohnung den ganzen Tag nicht verlassen. Der Name des Opfers war ihr kein Begriff.

Lydia stellte der Frau noch Fragen, da klopfte Harry bereits an den anderen vier Wohnungstüren im ersten Stock. Niemand öffnete.

Wenn sie auch nichts von ihr erfahren hatte, so hatte Lydia der Frau doch zumindest einen gehörigen Schrekken eingejagt. Sie verschwand sofort in ihrer Wohnung und verriegelte die Tür.

»Die versteht wohl gar keinen Spaß, was?« meinte Harry.

»Wer mag schon Morde in seiner Nachbarschaft?«

»In New Orleans sind Morde doch bald genauso normal wie das Amen in der Kirche«, witzelte Harry.

Lydia verzog keine Miene. Harry dagegen kämpfte weiter um Gelassenheit. Auf keinen Fall durfte er sich die Erregung anmerken lassen! Ob das nun Trojans Fall war oder nicht, in der nächsten Zeit würde er auch ihn beschäftigen, und wie!

Sie waren schon wieder auf dem Weg nach unten, da fiel die Haustür ins Schloß. Ein junger Mann in Bluejeans und mit kurz geschnittenem, hellbraunem Haar stürmte in großen Sätzen die Treppe hinauf. Als er die zwei Beamten sah, blieb er jäh stehen. Sein Kinn fiel nach unten. Harry gefiel es immer wieder, wenn Leute beim Anblick von Polizisten so erschraken. Und dieser Bursche starrte eindeutig das Polizeiabzeichen an Harrys Gürtel an.

»Ganz richtig«, sagte Harry. »Wir sind von der Polizei. Und was bist du für einer?«

Der sportlich wirkende junge Mann mochte Anfang Zwanzig sein. Seine blaßblauen Augen erinnerten Harry an die von Lydia, die dieselbe Farbe hatten. Er musterte den Kerl von oben bis unten. Eine Waffe trug er allem Anschein nach nicht. Blutflecken waren auch nicht auszumachen.

Harry legte die Hand lässig auf das Treppengeländer. »Und was ist der Grund für die große Eile, wenn ich fragen darf?«

Der Mann biß sich plötzlich auf die Lippen, sprang nach vorne, rammte Harry mit der Schulter, daß er fast über das Geländer fiel, und rannte an den zwei Polizisten vorbei.

Lydia schrie auf.

Das Geländer knarzte unter Harrys Gewicht. Während er noch um sein Gleichgewicht kämpfte, hatte Lydia die Verfolgung aufgenommen.

»Stehenbleiben!« schrie Lydia.

Der Mann jagte weiter die Treppe hoch. Lydia blieb ihm dicht auf den Fersen. Harry hatte sich endlich gefangen und polterte den zweien nach. Oben angekommen, hörte er einen Schuß. Der Krach dröhnte ihm in den Ohren, als stammte er aus seiner eigenen Pistole. Mechanisch schloß sich seine Faust um den Griff der gedrungenen Smith & Wesson Automatic, einer 357er Magnum. Blitzschnell zog und entsicherte er sie. Das war bei ihm ein einziger Bewegungsablauf.

Lydia stand in der Tür zum Apartment ›D‹. Ihre Neunmillimeter aus blauschimmerndem Stahl baumelte in ihrer Hand. Es roch nach Kordit.

Harry stürmte an ihr vorbei. Der Mann mit dem Bürstenhaarschnitt kauerte auf dem Boden; mit dem Rücken lehnte er sich gegen eine Kommode. Auf seiner linken Brusthälfte breitete sich ein roter Fleck aus. Die Hände hingen ihm an den Seiten schlaff herunter. Sein Gesicht war vollkommen blutleer. Auch die Lippen hatten jegliche Farbe verloren. Noch einmal bewegten sie sich, formten lautlose Worte. Unter seinem Knie erspähte Harry eine Patronenhülse.

Der Mann stierte zu Lydia empor. Aus seinem Blick sprach vollkommene Verblüffung. Er schnappte nach Luft, blinzelte und rutschte langsam ganz nach unten.

Harry mußte selbst blinzeln. Aber er hatte es genau gesehen, als der Mann die Augen wieder aufgeschlagen hatte. Da war er ganz sicher. Sein Herz pochte zum Zerspringen. Er sah zu seiner Partnerin hinüber.

Lydia konnte den Blick von dem Mann, den sie soeben erschossen hatte, nicht wenden. Auch aus ihrem Gesicht war jede Farbe gewichen. Harry ergriff sie beim Arm und führte sie zum Doppelbett. Sobald sie saß, kümmerte er sich um den anderen. An seinem Tod bestand kein Zweifel. Mit Hilfe des Zeigefingers und des Daumens öffnete er ihm das rechte Augenlid. Er suchte das zweite Lid, das darunter, denn er war felsenfest davon überzeugt, eins gesehen zu haben. Nichts. Er überprüfte das andere Auge. Nichts. *Wie machen die das nur?*

»Er wollte sich das Messer schnappen«, sagte Lydia mit tonloser Stimme.

Harry sah auf. Tatsächlich. Auf der Kommode lag ein Messer mit langer Klinge und schwarzem Griff.

»Schön«, meinte Harry, »sehr schön.«

Er sicherte seine Waffe, steckte sie in den Holster zurück und inspizierte kurz das Apartment. Zu beiden Seiten des Bettes stand je ein Nachtkästchen, in der Ecke am anderen Ende des Raums befand sich ein Stuhl, auf dem mehrere Kleidungsstücke lagen, und gegenüber stand ein Lehnstuhl. Als nächstes untersuchte Harry den Wandschrank und die Toilette, beobachtete jedoch ständig Lydia, die den Toten weiter anstierte. Sie hatte zum erstenmal einen Menschen erschossen. Er wußte, daß Polizisten in solchen Situationen zu vollkommen unvorhersehbaren Reaktionen neigen konnten.

Schließlich zückte Harry sein Funkgerät.

»3131 an die Einsatzzentrale.«

»Schießen Sie los, 3131.«

»Wir brauchen Leute von der Mordkommission, vom Labor und den Gerichtsmediziner...«

Seine Stimme hörte sich sonderbar zittrig an. Das paßte ihm ganz und gar nicht. Er räusperte sich und gab den Rest seiner Meldung durch.

»Alles in Ordnung?« fragte er Lydia schließlich.

Sie nickte langsam, ohne freilich den Blick von dem Toten zu wenden. Harry konnte nicht ruhig bleiben. Als er zum wiederholten Mal um das Bett herumging, fiel ihm etwas auf dem Nachtkästchen am anderen Ende auf. Auf den ersten Blick wirkte es eher unwirklich, steril. Es war vom Blut gereinigt worden, doch er wußte sofort, worum es sich handelte: das herausgerissene Ohr mit dem goldenen Ahornblatt.

»Himmel! Ich kann's nicht glauben!«

Er hatte das Gefühl, in einem Vakuum zu stehen. Die Nackenhaare sträubten sich ihm. Da paßte ja eins zum anderen. Der ganze Fall löste sich schnell, viel zu schnell in Luft auf.

Er drehte sich zu seiner Partnerin um. »Du hast soeben unseren Scheißmörder getötet.«

Lydias Blick wanderte langsam zu ihm.

Harry deutete auf den Toten. »Das ist der Verrückte, den wir gesucht haben. Und das« – er zeigte auf das rosa Ding auf dem Nachtkästchen – »ist das fehlende linke Ohr.«

Lydias Blick konzentrierte sich auf das Nachtkästchen. Ein neuer Ausdruck fiel Harry in ihren Augen auf. Sie glimmerten eiskalt.

Trojan traf als erster im Apartment ein. Hinter ihm polterten die zwei Streifenbeamten aus dem Odd Men's Rest die Treppe herauf. In der Tür blieben sie stehen und begafften verdattert die Leiche.

»Gentlemen«, verkündete Harry großspurig, »darf ich Sie mit unserem Scheißmörder bekanntmachen?«

Der Rest war Routine. Harry und Lydia wurden getrennt. Ihre Waffen wurden dem Labortechniker gegeben. Mit ihren Händen wurde der übliche Neutronentest angestellt. Dieser, das war Harry bereits klar, würde ergebnislos bleiben, denn Lydia hatte eine von diesen Pistolen benutzt, die kein Pulver, oder genauer gesagt, keine Antimon- oder Bariumspuren hinterlassen. Trotzdem waren solche Untersuchungen vorgeschrieben.

In zwei verschiedenen Fahrzeugen wurden sie in die Einsatzzentrale gebracht und getrennt voneinander verhört, ehe sie dem Polizeichef Bericht erstatten durften. Auch das alles war Routine.

Wenn wir das nicht super hingekriegt haben, sagte sich Harry, *dann weiß ich auch nicht mehr.*

Keine Routinesache, aber durchaus erwartungsgemäß, war die Neugierde der Cops. Kaum hatten sie die Vernehmung hinter sich, schaute so ziemlich jeder Kollege bei Harry und Lydia vorbei und fragte: »Menschenskinder, wie habt ihr den nur so schnell gefaßt?«

Lydia blieb stumm, Harry dagegen war mit der Antwort schnell zur Hand: »Tja, so was nennt man eben zügige Ermittlungen.«

Als sie die Einsatzzentrale verließen, ging die Sonne über einer Stadt auf, die im Zwielicht der Dämmerung immer am schmutzigsten aussah. Die Amseln in den Bäumen vor dem Polizeirevier veranstalteten ein Höllenspektakel. Die Luft roch nach Regen, der sich von Westen her näherte. Es war fast kühl.

»Wie wär's mit einem Frühstück?« fragte Harry seine Partnerin.

Lydia legte eine Hand auf seine rechte Schulter und sagte: »Weißt du, was ich jetzt brauche? Einen richtig anständigen Fick.«

Harry lachte auf. Doch als sie die Hand nicht wegzog, sah er ihr lange, spannungsgeladene Sekunden in die Augen, deren helles Blau es ihm so angetan hatte. Und die Frau, die sich ihn und den ganzen Rest der Belegschaft stets vom Leibe gehalten hatte, die nie so etwas wie gewagte Sachen getragen, einen mit ihrer Kleidung aber zu jedem Zeitpunkt daran erinnert hatte, was für eine Klassefrau sie war, beugte sich nun vor und streifte den Hals ihres Partners mit den Lippen. »Erst gehen wir frühstükken«, flüsterte sie. »Danach vernaschen wir uns gegenseitig zum Nachtisch.«

Ohne Harry loszulassen, griff sie mit der freien Hand nach unten und zog sich die Schuhe aus. »Meine Absätze bringen mich noch um«, sagte sie mit ruhiger, fester Stimme.

Harry meinte, auf einmal Pudding in den Knien zu haben, als er ihr zum Wagen folgte.

Sie gingen in ein rund um die Uhr geöffnetes Restaurant in der St. Charles Avenue. Es gab Rührei und noch ein paar andere Sachen, was genau, das nahm Harry gar nicht wahr. Genausowenig achtete er auf den starken Kaffee.

»Das ist doch lächerlich!« rief Lydia wenig später. In Harrys Wohnzimmer küßten sie sich wie Teenager. »Wo hast du denn das Schlafzimmer?«

Es waren nur ein paar Schritte. Sie warf ihre Jacke auf einen Stuhl, öffnete ihren Rock und ließ ihn zu Boden rutschen.

Darunter trug sie eine Strumpfhose, doch keinen Slip. Ihre schlanke Taille betonte den runden, festen Hintern. Sie drehte sich zu ihm um, knöpfte sich die Bluse auf und enthakte den BH. Die vollen Brüste schienen erleichtert darüber zu sein, daß sie endlich aus dem allzu engen Korsett befreit wurden. Die großen, runden, dunkelrosa Brustwarzen waren bereits erigiert. Harry strich mit den Fingern darüber und drückte sanft zu.

Mit einem tiefen Seufzer schmiegte sie sich fest an ihn, neigte den Kopf und schloß die Augen. Ihre Lippen waren halb geöffnet. Am Anfang küßte Harry sie sehr zärtlich, doch das änderte sich bald. Ihre Zungen zuckten vor und zurück, ihre Hände fuhren über den Körper des anderen, drückten zu, wurden forscher.

Keuchend streifte sie Harry die Kleider vom Leib, dann trat sie einen Schritt zurück, damit er ihr die Strumpfhose ausziehen konnte. Sie ließ sich aufs Bett fallen, zog ihn zu sich herunter, schlang die Beine um ihn. Harry strich über ihr weiches Schamhaar. Das Dreieck zwischen ihren Schenkeln war längst feucht. Lydia wölbte den Rücken durch, packte sein Glied mit der Hand und führte es zwischen ihre Schenkel. Harry spürte, wie sie erschauerte. So tief er konnte, drang er in sie ein und fing an, fest und rhythmisch zu stoßen. Ihre Bewegungen wurden immer wilder in dieser überhitzten Atmosphäre.

Harry hielt kurz inne, als sie in ihrer Erregung mit dem Unterleib kreiste und zu jedem Stoß gedämpfte Schreie ausstieß. Er sah ihr ins Gesicht. Sie kam ihm in ihrer Leidenschaft wunderschön vor. Härter und noch brutaler ließ er sich wieder auf sie fallen, bis er merkte, daß er gleich kommen würde. Er hielt erneut inne. Lydia schrie laut. Einen Moment nur schlug sie die Augen auf, und als sie blinzelte, sah er es.

Es war wie ein Stich in seinem Herzen. Er sah es!

Ein pulsierendes Zucken ging durch Lydia. Sie preßte ihre Hüften noch heftiger gegen Harry, und der kam nun auch zum Orgasmus. Mitten drin legte er die Hände um ihre Kehle und drückte zu. Sie begriff erst nach einer langen Schrecksekunde.

Ihre Augen klappten auf. Sie riß beide Lider hoch, starrte ihn an. Die Augen wechselten in schneller Folge die

Farbe, von Blaßblau zu Lavendel zu Dunkelrot. Sie verengten sich zu Schlitzen, und der Mund öffnete sich.

Harry ließ nicht locker. Mit aller Kraft drückte er zu. Lydia strampelte und wand sich. Sie zerkratzte ihm die Hände, die Arme. Sie spuckte ihm ins Gesicht. Sie wehrte sich, sie kämpfte, sie fletschte die Zähne, sie drehte den Kopf hin und her, sie verkrallte sich in seinen Rücken, doch Harry ließ nicht los.

Die Hände taten ihm weh, seine Arme fühlten sich an wie Brei, doch er hielt sie fest gepackt.

Die Zunge quoll Lydia aus dem Mund, und ihre Augen füllten sich mit Blut, doch er ließ nicht los. Sie schüttelte sich verzweifelt, doch er ließ nicht los. Sie richtete sich auf und fiel zurück aufs Bett, doch er ließ nicht los.

Und unmittelbar vor dem Ende, in den allerletzten Sekunden ihres Lebens, wurde Lydias Gesicht wieder schön, schöner, als Harry es je für möglich gehalten hätte, aufregend schön. Sie sah ihn mit himmelblauen Augen an. Eine prächtigere Farbe hatte Harry niemals zuvor gesehen, doch er ließ nicht los.

Noch war ihr Blick nicht erloschen. Ein letztes Mal blinzelte Lydia – und die zweiten Lider unter ihren Augenlidern flackerten. Harry drückte noch fester zu, bis er nicht mehr an ihrem Tod zweifelte.

Er rang nach Luft. Nur langsam kehrte die Kraft in seine Arme zurück. Sein Blick wanderte einmal mehr über ihren Körper. Einen Moment lang verspürte er Leere, Trauer, Verlust. Er sah weg.

Ihr linkes Bein blieb weiter über seiner Hüfte liegen, während er dasaß und sich von dem Kraftakt erholte. Er rieb sich die Augen, konnte gar nicht glauben, daß er es tatsächlich geschafft hatte. Ein gelungener Raubzug! Und dann auch noch zwei in ein und derselben Nacht! Nicht schlecht, auch wenn es zwei Jahre gedauert hatte. Natürlich hatte sie ihm die Arbeit erleichtert. Es war doch zu schön, wenn solche Burschen leichtsinnig wurden. Schöner noch, wenn sie Teile zurückließen – aber um so schwerer, wenn sie die ganze Leiche fraßen.

Die plötzliche Trauer in seinem Herzen wurde er freilich nicht los. Nun, vielleicht hatte sie mit Selbstmitleid zu tun, weil es viel zu schnell vorbeigegangen war. Aber nein, er brauchte sich nichts vorzumachen. Die Trauer galt Lydia. Er hatte sie gemocht. Wirklich gemocht.

Er schlug die Augen auf und betrachtete seine Handrücken. Die Veränderung hatte bereits eingesetzt. Seine Haut wurde dunkler, olivfarben. Er drehte die Hände um. Auch seine Fingerabdrücke waren nicht mehr dieselben. Die geraden Linien wurden zu Kreisen und die Kreise zu Strichen. Seine Haare waren inzwischen glatt und wurden von Sekunde zu Sekunde dunkler.

Mit dem Handrücken strich er über Lydias Schenkel. Er war noch warm und weich.

»Du warst gut«, erklärte er dem Schenkel. »Wie gut, das habe ich erst heute kapiert. Du hättest die unnahbare Königin bleiben sollen.«

Er beugte sich vor und zog die Augenlider auseinander. Darunter mußte doch die verborgene zweite Nickhaut sein! Vorhin hatte er sie doch noch gesehen! Warum war jetzt nichts mehr da? Es war ihm ein Rätsel, wie sie das anstellten. Ob man es bei der Autopsie entdecken würde? Wahrscheinlich nicht. Wer suchte schon so etwas?

Ihr Mund stand offen. Speichel war ihr über das Kinn geflossen, doch sie sah noch immer schön aus.

»Du warst gut«, wiederholte er. »Ich habe dich gemocht. Ehrlich.« Daß solche Worte aus seinem Mund kommen könnten, hätte er nie für möglich gehalten. »Weißt du denn nicht über uns Bescheid«, sagte er wieder zu dem Bein, das er nun mit den Handknöcheln streichelte. Das Gesicht konnte er nicht mehr ansehen. »Weißt du denn nicht, daß wir überall da draußen sind?« Er hatte nie begreifen können, warum sie so ahnungslos waren. Wie gerne hätte er ihr jetzt gesagt, daß er immer seinen

Mann... oder seine Frau... oder beide bekam. Aber jetzt wußte sie es ja.

Ehe er aufstand, schob er das Bein sanft beiseite und legte es neben das andere. Dann streckte er sich und stellte sich vor den Spiegel. Sein Gesicht war ein anderes, war das eines Spaniers. In dieser einen Stunde hatte er sich so verwandelt, daß er ohne aufzufallen in jeder x-beliebigen spanischen Kleinstadt leben konnte.

Er packte seinen kleinen Koffer voll. Die Kleider konnte er nur ein paar Tage tragen, aber das reichte. Jetzt achtete er darauf, keine Fingerabdrücke zu hinterlassen. Zurückbleiben sollte nur das, was zu Harry Roberts gehört hatte. Auf seinem Nachtkästchen lag eine Ausgabe des *St. Louis Dispatch*. Er überflog einen Artikel mit dem Titel ›Geheimnisvolle Morde‹ und schob die Zeitung unter den Arm.

Beim Verlassen der Wohnung überlegte er sich seinen neuen Namen. Juan oder José würden sich vielleicht nicht schlecht machen. Noch einmal warf er einen Blick auf Lydia. »Dich... habe ich... gemocht«, seufzte er. »Dich habe ich wirklich gemocht.«

Er ließ die Tür ins Schloß fallen und sperrte zu. Mit einem Taschentuch wischte er die Klinke ab. Dann trat er in die Sonne von New Orleans hinaus. Auf der untersten Treppe blieb er noch einmal stehen. Ein weiterer brutheißer Tag kündigte sich an. Er schirmte die Augen gegen das grelle Licht ab und gähnte. Schließlich wechselte er den Koffer von einer Hand in die andere und machte sich auf den Weg.

HANS DIETER RÖMER

Wölfe im Betonwald

HANS DIETER RÖMER ist der Name, unter dem ein deutscher Kurzgeschichtenschreiber gelegentlich die Sau rausläßt, wo er sich Frust und Ekel von der Seele schreibt und die menschliche Gesellschaft literarisch zerfetzt. In Filmmagazinen kann man seine Geschichten öfter mal lesen ...

Wölfe im Betonwald

Frank rannte atemlos hinter den anderen her. Noch eine dunkle Ecke, patsch, durch eine weitere Pfütze, nur nicht nach hinten umschauen, oder war da etwas hinter ihm? Beim Weiterkeuchen verdrehte er sich den Hals und prallte wuchtig auf etwas Quietschendes, Weiches, das nachgab und zu Boden fiel. Er landete voll drauf. Grelles Lachen entwich dem Körper unter ihm, und er hatte einige grün leuchtende Haare im Mund. Das ebenso grüne Leuchtkleid des Mädchens wies dunkle, nasse Flecken auf. Bevor er sich von ihr erheben konnte, stieß sie mit ihrem prallen Hintern nach oben gegen seinen Unterleib und begann sich an ihm zu reiben, als sie die beginnende Härte in seiner Hose spürte. Er blickte auf und bemerkte, daß Bella und Marty idiotisch kichernd vor ihnen standen. Ihre leuchtenden Gesichter wirkten wie leere, inhaltslose Masken, die zu ewigem Lachen erstarrt waren.

»Fick mich!« schrie das Mädchen unter ihm mit dieser grellen, keifenden Stimme, *furchtbar, mit so was zusammenzuleben und diese Stimme tagaus, tagein hören zu müssen.* »Wie ein Hund, also nein, wie ein Wolf. Sei mein großer, fickender Werwolf!« Das leise Zischen der Reifen eines Privi-Autos auf dem nassen Asphalt mischte sich in die Kakophonie von Gelächter und Wolfsgeheul, das Marty mit Lachtränen in den Augen ausstieß. »Wer hat Angst vor dem bösen Wolf!« schrie Bella und kicherte wild, von ihrem Geistesblitz offensichtlich total angeturnt.

Die Kleine mit dem grünen Leuchtkleid rappelte sich hoch, stand ein wenig schwankend und angetrunken vor ihm, hob den Rock und rief ihm über die Schulter hinweg zu: »Ich hab' keine Angst vor dem bösen Wolf! Fang mich doch, Wölfchen!« Ihre nackten Arschbacken schimmerten weißlich unter dem grünen Leuchten. Gackernd rannte sie vor ihm weg und um die nächste Ecke herum. Frank sah ihr verwirrt hinterher, angeturnt – und angewidert. *Wer hat Angst vor dem bösen Wolf? Ich nicht – ich nicht – ich . . .* Bis auf sie schienen die Straßen um diese Zeit wie ausgestorben. In den Wohntürmen um sie herum leuchteten nur wenige Fenster wie bösartig starrende, winzige Spinnenaugen. Niemand wagte sich in der Wolfsstunde auf die Straße, niemand, bis auf die paar auf dem *Wolfrun*, die Verrückten, die Bekifften, die Bock-auf-Nervenkitzel-Typen, wie sie es waren.

Hinter der Ecke, um die das grüne Mädchen verschwunden war, erklang ein tiefes Knurren. Es war kein Knurren wie bei einem Hund oder eines aus menschlicher Kehle, nein, es war ein hallendes Grollen, das jeden anderen Laut ausschloß, das absolutes Schweigen forderte. Frank, Bella und Marty standen wie erfroren da und gaben keinen Laut von sich. Franks Knie tendierten zum Nachgeben, doch er zwang seine Beine, von dem Knurren fasziniert, einen Schritt vorwärts, und dann noch einen. *Wer hat Angst vor dem bösen Wolf? Ich – ich – ich . . .* Das Mädchen im grünen Leuchtkleid stand vor einer riesigen, schattenhaften Gestalt und hatte sein grelles Lachen irgendwo vor der Ecke verloren. Die Augen der mächtigen, zottigen Gestalt leuchteten gelb. *Warm, wie geschmolzenes Gold, so warm und beinahe – zärtlich,* dachte Frank. Die lange

Schnauze mit den weiß schimmernden gewaltigen Reißzähnen senkte sich sanft dem Mädchen entgegen. Frank wurde bewußt, daß er zitternd und fasziniert dastand, mit steifem Schwanz und einem Würgen in der Kehle. Der Kopf des Mädchens knickte mit einem scharfen Ruck nach hinten ab, und wie in Zeitlupe erhob sich ein Schauer von Blut aus ihrem Hals. Tropfen prasselten auf Franks Gesicht, Arme und Hände. Neugierig hob er die nackten Arme und betrachtete die dunkelroten, fast schwarzen Tropfen, die zäh an ihnen klebten. Wo Licht auf sie traf, trat das Rot frischen Bluts deutlich aus dem Schwarz hervor. Ohne aufzublicken, nahm er ein leises Seufzen wahr – und dann das Knacken, als erst Bellas und dann Martys Genicke brachen. Als er sich schließlich von der Faszination der Blutstropfen lösen konnte und hochblickte, sah er direkt in die goldenen, zärtlichen Augen über der zottigen Schnauze.

Wieder erfüllte dieses tiefe, grollende Knurren die Welt, und Frank wartete voll freudiger Erregung. Doch dann verschwanden die goldenen Augen und von dem mächtigen, nachtdunklen Körper blieb nur der momentane Eindruck eines huschenden Schattens. Franks Erregung wich und machte zittriger Erschöpfung Platz. Nach ein paar Sekunden raffte er sich auf und ging auf unsicheren Beinen weg von den schlaffen Gestalten und der sich langsam ausbreitenden Blutlache, die nicht anders aussah als all die Pfützen auf dem feucht glänzenden Asphalt. Irgendwie fand er seinen Wohnturm, nahm von fern her das Zischen des Aufzugs wahr, das Rauschen der Dusche im Waschraum, steckte automatisch die Kreditkarte in den Schlitz neben seiner Schlafkabine, wälzte sich nackt auf die weichen Kunststoffpolster, sah aus den Augenwinkeln, wie sich die Kabinenwand lautlos schloß, hörte die leise, einschläfernde Musik und hob noch einmal die duschfeuchten Arme, um die Blutspritzer zu betrachten. Mit ihrem Anblick vor Augen schlief er ein.

Zarte Musik streichelte sein Gehör. Im dämmrig-roten, *blutleeren* Licht des *Taubenschlags* im zwanzigsten Stock wirkten die Züge des Mädchens vor ihm weich, obwohl sie viel zuviel Make-up trug und ihr Lippenstift entschieden zu blaß dafür war. Sie spreizte die Beine, und seine Finger wühlten im kräftigen, borstigen – Pelz – ihrer Schamhaare, während seine Daumen ihre Klitoris massierten. Doch dann packte er sie kurz entschlossen an den Hüften und drehte sie um. Als er von hinten in sie eindrang, dachte er an ein anderes Mädchen mit grünem Haar und einem grünen Leuchtkleid. Bei dem Gedanken wurde ihm heiß. In seinen Muskeln machte sich ein Reißen breit, das mit dem Grad seiner Erregung stieg. Der Schmerz des Reißens durchquälte seinen Körper und ließ ihn vehement sein Glied in sie hineinrammen, wieder und wieder... Sie keuchte und quiekte vor Erregung, während ihn der Schmerz zerriß. Schließlich ebbte dann das Reißen in einem überlangen, atemlosen Erguß ab und verschwand. Das Mädchen entwand sich seinem Griff, kroch ein Stückchen weiter auf dem riesigen französischen Bett des *Taubenschlags* und starrte ihn mit weit aufgerissenen Augen an. Doch was sie ihm hatte sagen wollen, wurde durch den sanften Gongschlag und die rauchige, weibliche Stimme aus dem Lautsprecher abgewürgt: »Ihre Zeit ist abgelaufen. Hoffentlich hatten Sie viel Spaß. Machen Sie jetzt bitte dem nächsten Paar Platz. Auf Wiedersehen!«

Frank sah auf die Uhr. Drei. Er sollte schon vor dem Büro der Psychoanalytiker stehen. Ein flüchtiger Kuß nach dem Anziehen, und er war unterwegs.

Die Schlange vor dem Eingang bewegte sich mit quälender Langsamkeit vorwärts. Immer wieder ging ihm das gleiche durch den Kopf: *Wer hat Angst vor dem bösen Wolf? Wer hat...* Stumpf zählte er die anderen Patienten in der Schlange, die noch vor ihm in dem grauen Gebäude verschwinden würden. Zehn. Sieben. Drei. Jetzt... *Zimmer dreizehn, bitte! Dr....* Er verstand den Namen nicht. Egal.

Der Psychoanalytiker hatte einen wirren Haarschopf und einen unsteten Blick. »Sie haben zehn Minuten, um mir Ihr Problem zu schildern.« *Wer hat Angst*... Frank zeigte ihm die Blutspritzer auf seinen Unterarmen und Händen. Obwohl er geduscht hatte, waren sie noch da. Beim Hinsehen fühlte er das Reißen erneut in sich aufsteigen. Schnell blickte er weg. Ein Ziehen im Gesicht blieb dennoch. »Viele haben eine solche Lupophobie heutzutage«, sagte der Doc. »Allein in der vergangenen Woche haben Werwölfe in diesem Bezirk mehr als dreißig Menschen gerissen. Da macht sich eine begründete Angst breit. Was hat Sie zum *Wolfrunner* gemacht? Reiz? Nervenkitzel?« Bevor Frank richtig überlegen konnte, klingelte ein Wecker, und seine Zeit war um. »Kommen Sie morgen wieder. Ihr Fall interessiert mich. Ich habe da eine Theorie... Der Nächste bitte!«

Die ganze Nacht hindurch hatte Frank Alpträume und dazwischen Schübe beinahe unerträglicher Schmerzen. Er war froh über die zwei Stunden Arbeit am Morgen. Danach gammelte er herum, bis es Zeit war, sich in die Schlange vor dem Gebäude der Psychoanalytiker zu stellen. »Hatten Sie immer schon diese starke Körperbehaarung? Nein? Ich glaube, Sie versuchen, eine Frage zu verdrängen.« Keine Antwort.

»Doc, Ihre Theorie! Sie wollten mir davon erzählen.«

»Ach ja.« Der Doc nahm einen leiernden, belehrenden Tonfall an. »Schon seit mehr als zweitausend Jahren nimmt die Erdbevölkerung in ständig steigendem Maße zu. Seit eine gewisse Grenze erreicht ist, tauchen immer häufiger Gestalten auf wie Serienmörder oder blutrünstige Diktatoren... Hitler, Stalin, immer neue... Im Mittelalter sind bereits die ersten Werwölfe erschienen. Dann hat man sie später totgeschwiegen, als Amokläufer oder Massenmörder tituliert und...« Der Wecker klingelte. »Tut mir leid, Ihre zehn Minuten sind um. Kommen Sie morgen wieder. Vergessen Sie nicht, die richtige Frage zu stellen!«

Diese Nacht waren die Schmerzen noch stärker. Selbst eine doppelte Portion Dope half nicht. In seinen Kieferknochen zog es, als wolle sie jemand aus seinem Kopf reißen. Die Tränen liefen ihm durch die Haare auf seine Wangen. Die richtige Frage. Was war die richtige Frage? Wer hat Angst vor dem bösen Wolf??? Er nicht. Warum eigentlich nicht???

Am Morgen war er so erschöpft, daß er nicht zur Arbeit ging und sich krank meldete. Ein anderer würde an diesem Tag glücklich sein, zwei Stunden arbeiten zu dürfen. Nachmittags schlich er aber doch zum Doc. »Wissen Sie, was Antikörper sind?«

»Natürlich«, antwortete Frank. »Abwehrstoffe, die der Körper entwickelt, um unerwünschte Eindringlinge zu neutralisieren.«

»Betrachten Sie einmal die Menschheit als Ganzes, Frank. Als einen Körper. Seine Gesundheit, sein Leben sind von Überbevölkerung bedroht. Je mehr Menschen, desto sicherer wird der Zusammenbruch des gesellschaftlichen Organismus folgen. Außer, er entwickelt rechtzeitig Antikörper. Seit Jahren nimmt die Zahl der Morde durch Werwölfe zu. Sie beginnen, die Menschheit zu dezimieren. Eine soziale Aufgabe, verstehen Sie? Haben Sie die richtige Frage gefunden?«

»Nein.«

»Warum hat der Werwolf ausgerechnet Sie verschont? Die Zeit ist um. Tragen Sie eigentlich Kontaktlinsen?« rief der Doktor ihm noch hinterher.

Frank taumelte verwirrt aus dem Fahrstuhl ins Foyer. Er schämte sich vor all den Leuten, die dichte Behaarung an seinen Armen und Händen und den Flaum in seinem Gesicht zur Schau zu stellen, deshalb drückte er sich in eine Seitentür. Sie führte in die nur düster beleuchtete Tiefgarage der Privis. Die Docs hatten hier ihre Wagen geparkt.

Wieder überfiel ihn der Schmerz. Verzweifelt fuhr er sich mit der Zunge über die ausgetrockneten Lippen und spürte dort Haare wachsen. Übelkeit überkam ihn. Er kotzte in eine Ecke hinter einem gepanzerten Mercy. Wohler wurde ihm nicht. Als er sich nicht mehr beherrschen konnte, sank er winselnd nieder und kauerte sich auf den kalten Beton. Nach einer Weile stellte er fest, daß er seine eigene Nase sehen konnte. Die Kleidung spannte unerträglich. Er riß sich mit beiden Händen das Hemd am Kragen auf, daß die Knöpfe wegplatzten. Mit geschlossenen Augen lauschte er auf das Ratschen der platzenden Nähte. *Was hatte die Zärtlichkeit in den Augen des Wolfs bedeutet? Zuneigung zu einem hilflosen Welpen?* Er kratzte sich das juckende jugendliche Fell. Draußen vor dem Gittertor der Tiefgarage hatte sich der Samtvorhang der Dunkelheit gesenkt. Es tat seinen Augen wohl. Die Tür vom Flur hinter dem Foyer öffnete sich. Ein Doc trat ein – sein Doc. Frank winselte.

»Frank, sind Sie das? Kommen Sie nur heraus – Sie müssen sich nicht vor mir fürchten. Ich weiß, was Sie sind und welche Aufgabe Sie zu erfüllen haben!«

Die Schmerzen ließen langsam nach, doch jeder Schritt war noch immer eine Qual. Es wurde besser, als Frank sich auf alle viere niederließ. Bequemer. Er verharrte vor dem Doc. Ihm war vorher gar nicht aufgefallen, wie klein dieser Mann doch war. *Wer hat Angst vor dem ... aber ich habe eine Aufgabe zu erfüllen. Jetzt kenne ich die Antwort: Es gibt keinen bösen Wolf!* Ihm wurde bewußt, daß er mit dem Hinterteil wackelte. Unten war es feucht – wahrscheinlich hatte er sich vor Freude bepinkelt. Erregung bemächtigte sich seiner. Er spürte, wie sich sein gewaltiges Glied aus der schützenden Haut schob. *Der Doc weiß es. Ich habe eine Aufgabe. Eine gute Aufgabe.* Beinahe liebevoll schlossen sich seine kraftvollen Kiefer um die Kehle des Docs. Es knackte kurz, und dann spritzte ihm duftendes, warmes, süßes Blut in die Schnauze. Er leckte jeden köstlichen Tropfen auf und spürte dabei, wie ihn Kraft durchrieselte. Sein Glied zuckte, und Sperma ergoß sich auf den Betonboden.

Dann richtete er sich zu seiner vollen neuen Größe auf. Der Schmerz war einem derartigen Gefühl von Stärke und Wohlbefinden gewichen, daß er voller Freude laut aufheulte. »Frei! Freiiiiiiiiiii!«

Mit Riesensätzen stürmte er aus der Tiefgarage, um den nächtlichen Betonwald auf der Suche nach Beute zu durchstreifen.

DOUGLAS E. WINTER

Schwarze Sonne

DOUGLAS E. WINTER – Spitzenanwalt, Herausgeber von Büchern, Autor von Kurzgeschichten und bald auch Romanen, ein Gentleman par excellence, der in seinem Beruf so viele Schrecken erlebt, daß er sie in seinen Geschichten verarbeiten muß. Aber – wie alle hier beteiligten Autoren, hat auch er Vergnügen am literarischen und filmischen Schrecken (wie die große Videowand gegenüber den Betten in seinem Schlafzimmer beweist, über die so mancher blutige Streifen flackert). Er ist wohl einer von denen, die am besten die Maschinerie und die Technik des Horrors analysiert und intellektuell durchdrungen haben.

Schwarze Sonne

Ich habe alles getan, alles was ich wollte. Ich ließ sie euch für ihre Zwecke benutzen. In der Nacht warteten sie im Zentrum der Stadt. Warten auf euch...

Joy Division

Die Nacht hatte die Zeit verwundet. Minuten bluteten dahin, wurden zu Stunden, Stunden zu Tagen, bis schließlich nur noch dieses dunkle Land existierte, dieses vor grauer Nässe triefende Land. Irgendwo in der Ferne lag die Stadt; irgendwo brach der Tag an. Aber hier und jetzt herrschten die Nacht und der Fremde – und der Sarg, den er mit sich trug. Im ewigen Hier und Jetzt waren die Toten.

Der Fremde kannte sie alle, zwar nicht namentlich oder aufgrund ihres Geburtsortes oder -tages, aber aus den Geschichten, die ihm die zerschmetterten Leichen erzählten. Der erste war gekreuzigt worden. Seine Glieder waren durchbohrt und von ekstatischen Schmerzen gräßlich verdreht. Nicht mit Dornen hatten sie ihn gekrönt, sondern mit Nadeln und Nägeln. Stumm schrie er der Wissenschaft, die ihn im Stich gelassen hatte, seine Schmerzen entgegen. Zu seinen Füßen lagen all jene, die um ihn getrauert hatten. An Händen und Füßen waren sie gefesselt, und ihre Schädel waren mit Ziegeln und Gewehrkolben eingeschlagen worden. Links und rechts von ihm hingen die unschuldigsten aller Diebe, zwei schmächtige Mädchen mit reinen Gesichtern und flachsfarbenen Haaren. Ihre nackten Körper waren mit Draht umwickelt und an mit Glassplittern bestückten Pfählen aufgespießt worden.

Er kannte die Toten und ihr improvisiertes Golgatha, wie er auch mit der Stadt vertraut war, die aus der Ferne in dieser Dunkelheit leuchtete. Nach der Sintflut, nach Jericho, Karthago, Kalkutta, Auschwitz, Babi Yar, My Lay und Jonestown war sie das große Ziel auf seinem langen Weg – dem Kreuzweg der Leiden der Menschheit. Eltern und Kinder, Brüder und Schwestern, Männer, Frauen und die Märtyrer hockten wie Fliegen auf den im Schatten liegenden Kadavern der Geschichte.

Der Fremde kannte sie. An sie glaubte er und nicht an den Gott, als dessen Abbild sie geschaffen worden waren. In Hut, Mantel und Stiefeln, ganz in Schwarz gekleidet, eine magere Vogelscheuche, schien er diesen Weg in alle Ewigkeit zu beschreiten. Sein unrasiertes Gesicht war mit Pusteln übersät, seine Augen glichen verbrannten Ackerfurchen. Es waren die Augen desjenigen, der alles gesehen und nichts vergessen hat.

Staub wirbelte in einer vagen, kreisförmigen Bahn um ihn herum. Der nachlassende Wind blähte seinen Mantel auf wie einen Umhang und zeigte seine Hüftholster. An einem Seil zog er den Holzsarg hinter sich her. Der Deckel war vernarbt mit einem Kreuz und dem Namen von niemandem.

Nun, da die Toten gesprochen hatten, war er am Ziel seiner Reise. Er lockerte die Schlinge um seine Hand und packte die Schaufel aus.

Als er mit dem Graben fertig war, traf der Mann aus der Stadt bei ihm ein. Allein, wie er es ihm versprochen hatte. Eine Lampe leuchtete in seiner linken Hand auf. Waffen waren nicht zu sehen. Er nannte sich Hagopian. Wenn er sprach, jagte der Wind seinen geflüsterten Worten hinterher.

»In dieser Welt gibt es zweierlei Arten von Menschen«, erklärte er. Der Lichtschein strahlte sein Gesicht an und enthüllte rastlose blaue Augen und zu einem Wiesellächeln entblößte Zähne. »Diejenigen mit den geladenen Gewehren... und diejenigen, die graben.«

Der Fremde warf die erste Handvoll Erde auf den Sarg in seinem flachen Grab. »Die einzigen, die ich sehe, das sind die Toten.«

Das Zimmer, der Ort, an dem alles anfing: Ein von unheiligem Halogenlicht angestrahlter Beichtstuhl aus Beton und Stahl. Auf dem Boden lagen Glassplitter. Die Decke war übersät mit feuchten Flecken, als hätten trauernde Engel sie mit Tränen überschwemmt.

Das Kontrollzentrum war unbemannt. Vollkommene Stille herrschte. Leere Computerbildschirme und Videomonitore. Die Skalen und Digitaldisplays waren bei der Überbelastung erloschen. Die Uhrenzeiger drehten sich in immer langsamer werdenden Kreisen.

»Was geschehen ist, läßt sich nicht in Worte fassen.« Hagopian schaltete auf dem ersten Display hin und her, und Leben erstand neu in matten Grautönen. Ein Blick ins tiefe Innere bot sich, wo die knirschenden Räder sich langsam drehten, die mächtigen Turbinen des Morgen und

Übermorgen. In den weißen Kutten ihrer Priesterschaft eilten die Techniker hin und her – Labormäuse in einem Labyrinth von Korridoren. »Die Ursache des Übels.«

Der Fremde stellte keine Fragen und gab keine Antworten.

»Ein Fehler, wie manche meinten.« Hagopian schaltete den nächsten Monitor ein, und das starre Auge einer anderen Kamera fiel auf ein Zimmer voller Kadaver, die wie umgefallene Dominosteine herumlagen. »Unfälle gibt es immer wieder.« Ein dritter Monitor wurde zum Leben erweckt. Er zeigte einen mit Wasser gefüllten Abgrund, an dessen Oberfläche zwei Arbeiter, zwei verdammte Golems in Mönchskutten und Strahlenschutzmasken trieben. »Oder war es Sabotage?« Bildschirm nach Bildschirm leuchtete auf, ein Chiaroscuro der Toten und der Sterbenden. »Konnte man das planen? Beabsichtigen? Erwarten? Was sollen wir nun glauben, mein Freund?«

All die Pferde des Königs, all seine Männer...

»Am Ende haben nur wir die Wahl. Die Wahrheit... oder den letzten Stapel Lügen?«

»Nein«, erwiderte der Fremde. »Nur die allerneuesten davon.«

Am fernen Horizont glühte ein Licht, ein weithin leuchtender Stern – die Stadt.

Vorbei an zerstörten Barrikaden, Leichen in Plastiksäkken und Wächtern, die beim Husten Blut spuckten, führte Hagopian ihn zurück in die Dunkelheit. Umgedrehten Pilzwolken gleich ragten hinter ihnen die gewaltigen, grauen Kuppeln in die Höhe – Monumente, die die Zeiten überdauern sollten.

Durch die Gittermaschen sahen sie die Gesichter der Ausgesperrten. Ungeachtet der Warnschilder drückten sie sich gegen den Käfig, der eine bedrohte Gattung gefangenhielt. Ein buckliges, altes Weib schleppte sich fort von ihnen. Fest an die Brust gepreßt hielt sie zerrissene Zeitungen und Milchtüten. Sie schleckte an ihrer verstümmelten linken Hand. Der schmutzige Pfad führte sie in ein Gewirr von Zelten, liegengelassenen Fahrzeugen und aus Schutt, Pappe und Blech errichteten Baracken. Eng aneinandergeschmiegt kauerten dort Leute und warteten auf einen neuen Messias.

»Die Krebskolonie«, erklärte Hagopian.

Der Wagen am Straßenrand: Ein unter Trümmern einer eingestürzten Brücke verborgener Landrover. Rost deckte das einstige Metallblau zu. Auf der Motorhaube lag eine Leiche. Verfall und die Zähne der Aasfresser hatten sie ihres Geschlechts beraubt. In ihrer Stirn und ihren Hüften steckten Nägel.

Hagopian wies ihm den Weg mit der Taschenlampe. »Hier entlang... Steig ein.«

Die Kupplung ächzte, die Reifen wirbelten Schlamm und Sand auf, doch der Landrover setzte sich in Bewegung, erreichte die Straße. Die Leiche fuhr mit. Allüberall lagen Junge und Alte. Ihre Gelenke waren von Krankheiten zernagt, ihre Bäuche vom Hunger aufgebläht und ihre Körper von Kugeln zerfetzt und versengt. In unregelmäßigen Abständen spuckten Lastwagen und Güterwaggons neue Ladungen menschlicher Überreste aus. Bulldozer standen Wache über den Gräben, in die die Leichen gekippt wurden, als wären sie Schlacke – der graue Abfall der Industrie.

Bald überfluteten tanzende Phantome sämtliche Spiegel, die von den Rücklichtern angestrahlten Schemen verdammter Seelen. Eine blonde Riesin mit Zigarette in der Hand lächelte auf ihn herab, lockte mit unbekannten Freuden. Hinter der gigantischen Reklamefläche erhob sich aus der Dunkelheit die Stadt, ein Phoenix aus strahlendem Beton und Glas.

Ein imaginärer Morgen. Ein Tagtraum. Oder der Traum von einem Tag.

»Hier im zentralen Planquadrat wird die Beleuchtung... sagen wir mal... nach Kräften gefördert.« Hagopian lachte. »Nun, warum auch nicht? Die Energievorräte sind schließlich unbegrenzt.« Sein Lachen schien kein Ende zu nehmen.

Den Landrover zog es wie eine Motte zum Licht. Die Schaufenster, Apartmenttürme, Hotels, Regierungsgebäude, all die demolierten Fassaden lebten, verströmten Licht – ein bis zur Weißglut erhitzter urbaner Hochofen. Neon tauchte die Straßen in leuchtende Farben. Gelb, Pink, Blau und Grün, ein künstliches Inferno tanzte durch das Zentrum. Suchlichter kreuzten sich am Himmel, eine stattliche Phalanx von Scheinwerfern strahlte in jede Richtung. Es herrschte Licht, so viel und so hell, daß sogar die Schatten geschmolzen waren.

Hagopian hielt an und stieß die Tür auf. Die Luft war erfüllt von Ozongeruch und dem Surren unsichtbarer Generatoren. Seine Gestalt zeichnete sich ab vor dem flackernden Licht, er schaltete seine Taschenlampe aus, an, aus und wieder an. Den Müll ringsum nahm er nicht wahr, genausowenig die ausgebrannten Autowracks oder die mit schwarzer Farbe an eine Mauer gesprühten Worte: AUTOMÜDE NOMADEN.

Der Fremde folgte ihm. Über seinem Kopf zwinkerte eine Straßenlampe mit ihrem gelben Auge. Sie wachte über eine vollkommen leere Kreuzung – abgesehen vom geköpften Torso eines Babys, der wie vergessenes Spielzeug in der Rinne lag. Der Bürgersteig war mit seinem noch glitschigen Blut tätowiert.

Ein Schuß hallte durch die Neon-Schluchten. Schritte kamen näher, wurden immer lauter. Dann schließlich die Stimmen. Zaghaft sangen sie verlorene und unbeachtete Worte. »Ist das ein Traum, den wir teilen?« – »Und die Kinder... was ist mit den Kindern?« – »Sie rufen mich... unaufhörlich rufen sie mich.« Über den hell erleuchteten Boulevard schlurfte eine Prozession von aschgrauen Männern und Frauen in zerfetzten Krankenhauskitteln. Ihre Häupter waren gebeugt, sie trugen schwer an der Schande ihrer eingebildeten Verbrechen. Ihre Hirten – sie waren an schwarzen Kapuzen und Tarnjacken zu erkennen – schwenkten ihre Gewehre, als hätten sie einen besonderen Grund zum Feiern. »Sieh doch!« Mit vor Verzückung weit aufgerissenen Augen stolperte eine ältere Frau aus der Reihe. Sie forderte den Fremden mit einem Zeichen dazu auf, in den Himmel zu starren. »Siehst du sie? Das Blau und den Wind, den blauen Wind.« Sie taumelte in die Arme eines Bewaffneten. Ihre Finger verkrallten sich in seiner Jacke. »Wer war ich?« schrie sie. »Es liegt doch schon Ewigkeiten zurück! Und du... Wer warst du?«

Der Mann stieß sie weg. Er rammte ihr den Gewehrkolben in den Bauch, dann wuchtete er sie gegen die Wand und erschoß sie. Ein roter Fleck mehr.

Die Prozession zog weiter. Verbrannte Papierfetzen wirbelten durch die Luft. Und weiter und weiter ging es bis zum Stadtrand.

»Sie heißt Karen«, erklärte der Fremde.

»Auch das wissen wir.« Hagopian schritt über die frische Leiche hinweg. Mit der Hand wies er zum Boulevard, wo die Nacht am hellsten war.

In einem Zimmer im dritten Stock eines zertrümmerten, namenlosen Hotels trank der Fremde aus einer schmutzigen Suppenschüssel Schnaps. Stolz warfen Neonlampen ihr pulsierendes Licht an die Wände, auf den Spiegel, den Stuhl, auf dem er saß. Obwohl seine Augen geschlossen waren, spürte er das erbarmungslose Spiel des Lichts, den Wechsel von Kälte und Wärme an seinem Gesicht. Mitten im Zimmer lag eine bloße Matratze, außer dem Stuhl der einzige Einrichtungsgegenstand. Auf sie hatte er seine zwei Pistolen, zahllose Magazine, eine Leuchtpistole und einen Stapel zerknitterter Fotos und Zeitungsausschnitte gelegt.

Nach einer Weile breitete er die Fotos auf dem Boden aus und formte daraus das Kreuz des Tarot: Die glückliche Familie. Das lächelnde Kind. Detroit. Chelyabinsk. Idaho Falls. Byelolarsk. Leningrad. Three Mile Island. Webbers Falls. Tschernobyl.

Die Stadt: Der Ort, wo der Traum, der heller leuchtete als tausend Sterne, nie geendet hatte.

Ein Klopfen an der Tür. Schon waren die Bilder vergessen, waren Erinnerungen an ihre Stelle getreten, verblaßten nun auch die Farben, wurden schnell grau.

»Ja.«

Das Wort hatte seine Lippen kaum verlassen, da stand sie bereits vor ihm. Ihr Gesicht lag im Schatten, doch ihr hoher, zierlicher Körper war gebadet im pulsierenden Neonlicht. Eine zerrissene, alte Seidenbluse hing in losen Falten von ihrer verkrümmten Schulter herab. Ihr schwarzer Vinylrock hatte einen Riß unter der Hüfte. Löchrige schwarze Netzstrümpfe schmiegten sich mit Gummibändern an ihre dürren Schenkel. Ein Schuh war rot, der andere weiß, die Sohle war durchgetreten, und der Absatz fehlte. Sie erinnerte an ein Zigeunermädchen, das selbstvergessen Verkleidungen ausprobiert.

Der Fremde erblickte sie, erkannte in ihr die andere Sie, jene von damals mit dem in der Sonne tanzenden rabenschwarzen Haar, der goldenen Haut, den Korallenlippen und den Smaragdaugen. Verblaßt, fast verschwunden war all der Glanz.

»Karen.«

Sie trat aus dem Schatten, stellte sich vor ihn hin. Das Gesicht wandte sie ab, die Arme ließ sie steif herunterhängen. Dünne Stecken waren sie, die in geballten, dürren Fäusten mündeten. Der Kopf schien ihr zu schwer zu sein, als daß sie ihn hätte heben können. Aus den Augenwinkeln sah sie zu ihm auf. Eine Schlange der Schmerzen wand sich in ihrer Wange.

Er griff nach ihr, stützte sie.

»Karen.«

Sie prallte zurück, und seine Hände fielen ins Leere. Er sah zu, wie sie die Bluse aufknöpfte, sie von den verkrümmten Schultern zu Boden gleiten ließ. Sie trug nichts darunter. Der dunkelrot angemalte Nagel ihres Zeigefingers fuhr über verblaßte Narben, die von ihrer doppelten Brustamputation herrührten.

Er strich ihr das dünn gewordene Haar aus dem Gesicht, sah die Knochen unmittelbar unter der Haut, sah die unleserlichen Schriftzeichen der Nähte an den Brauen und dem Hals. Sie seufzte, als er ihr Kinn anhob und ihr in die Augen blickte. Erwartungsfroh öffneten sich ihre Lippen. Sie versuchte etwas zu sagen, doch außer einem Keuchen entwich ihr kein Laut. Ihre Augen verengten sich zu Schlitzen, kämpften die Tränen zurück. Sie ließ den Kopf sinken.

»Karen«, sagte er, lauter diesmal. Mit beiden Händen hob er ihren Kopf an, beugte sich über sie und küßte sie sanft. Sanft öffneten seine Lippen ihren Mund, in dem es keine Zunge mehr gab.

Bald zog er sie zur Matratze. Das weiter unentwegt flakkernde Neonlicht warf imaginäre Tage und Nächte auf ihre Körper, während sie sich im Herzen der Stadt liebten.

Schwarze Flügel vor weißem Himmel: Ein Raubvogel erhob sich in die Lüfte, ließ sich fallen. Das Bild verschwamm, und er verschwand im Nichts. Die Hände ballten sich, formten eine Larve, öffneten sich, und ein Schmetterling krabbelte heraus. Sogleich schlossen sie sich wieder und zerquetschten ihn. Ein Männchen kämpfte sich voran in den Vordergrund, ein Stehaufmännchen, das doch nur immer wieder hinfiel, aufstand, hinfiel...

Schattenspiel: Das Licht und das Dunkel, und seine Hände dazwischen, die sich langsam durch die Luft bewegten. Mit seinen Händen schuf er Leben und zerstörte es dann wieder. Seinen Händen.

»Sie ist weg.«

Wolken fielen; Gesichter wechselten. Seine Hände griffen nach leerer Luft. Die Wand der zerstörten Hotellobby verschwand im Dunkel. Es war hier so schwarz wie in der Nacht draußen: Der Schatten des Fremden.

»Sie muß dorthin zurück, wo sie hingehört.« Hagopians Finger mimten Beine, führten einen fragmentarischen Tanz auf. »Irgendwo ... auf der anderen Seite des Regenbogens.«

Er zog die Autoschlüssel aus der Gesäßtasche, schüttelte sie einmal, zweimal, als wolle er eine schläfrige Katze zum Spielen reizen.

»Es ist Zeit. Höchste Zeit für unsere letzte Fahrt.«

Der Schatten zog über die Decke. Ganz in Schwarz: Hut, Mantel und Stiefel. Und dann waren auf einmal Licht und Schatten verschwunden. Nichts, überhaupt nichts mehr. Der Fremde nahm die Schlüssel und trat in die Nacht hinaus.

Als schließlich das Licht zur weißen Wand zurückkehrte, deren Risse zusehends größer wurden, erhoben sich die schwarzen Flügel wieder in die Lüfte.

»Du weißt, was du zu tun hast!« rief Hagopian dem Fremden nach. Es war eine Feststellung, keine Frage.

Mit je einer Pistole in jeder Hand ging der Fremde durch zahllose Korridore und tötete, lud nach und tötete wieder. Als erste starben die Wächter, dann die Techniker mit den weißen Kitteln, die Arbeiter und wer ihm sonst noch im Weg stand. Einmal schoß jemand auf ihn. Die Kugel verursachte eine Fleischwunde an seinem Arm. Er verband sie mit einem Stoffetzen, doch hinderte ihn das nicht am Weitergehen und Töten. Er verschoß seine Kugeln einzeln oder paarweise. Sie fanden stets ihr Ziel und färbten alles rot. Bald blieb kein Lebender mehr übrig.

Draußen, im Tal hinter den großen, grauen Kuppeln, fraßen sich die Flammen gierig durch die Krebskolonie. Dorthin kehrte nun der Fremde zurück. Es galt, seine Versprechen einzulösen. Als alle Munition verbraucht und beide Pistolen endgültig leergeschossen waren, warf er sie weg und ging ohne Waffen weiter bis zum zerfetzten Zelt. Dort fand er das letzte Opfer für das von ihm geschürte Feuer.

Verschrumpelt und stumm wie ein totgeborenes Kind lag sie auf dem leergefegten Tisch. Sie litt gräßliche Schmerzen. Mit starren Augen trotzte sie jedoch dem sternlosen Himmel über dem aufgerissenen Zeltdach.

Der Fremde sah zu, wie ihre Lippen sich wie auf ein Stichwort hin bewegten und die Worte bildeten, die er ihr eine Stunde zuvor zugeflüstert hatte: »Im... Morgengrauen... Im Morgengrauen.«

Der Fremde küßte sie ein letztes Mal, dann ging er zum Landrover zurück. Er wußte, was ihm bereits beim ersten flüchtigen Anblick der Stadt klargewesen war: Ein Ende ließ sich nicht absehen.

Ein anderes Zimmer. Hagopian saß schweigend in den Anblick eines mit Sternkreiszeichen aus Messing verzierten Spiegels versunken da. Im Spiegel begegneten sich sein Blick und der des eintretenden Fremden.

»Ich habe dich nicht so früh zurückerwartet.« Er betastete seinen Unterarm, fand die Vene und versenkte die Nadel darin. Sein Gesicht nahm schärfere Konturen an. Er seufzte, sein Blick verschwamm. In seiner Stimme schwang auf einmal ein schwer einzuordnender Tonfall mit. »Du kommst wirklich zu früh, mein Freund.« Die verbrauchte Spritze rollte vorbei an Phiolen, Flaschen, Tabletten und der hohlen Hoffnung, die einem AD20 und Laetril geben können, stieß gegen einen dicken Umschlag und blieb liegen.

»Ich komme nicht zu früh.«

Hagopian öffnete den Umschlag, zog die Dollarscheine heraus, liebkoste das grüne Papier. Erst dann blätterte er sie einen nach dem anderen auf den Tisch. Er zahlte bar.

»Es ist spät. Zu spät.«

»Möchtest du nicht bis zum Morgengrauen warten?«

»Der Morgen ist vorbei.« Der Fremde griff nach den Scheinen, packte eine Faustvoll, doch dann ließ er sie wieder fallen. Fallende Blätter unter warmem rotem Regen. »Und der Mittag auch.« Er schlug den langen schwarzen Mantel beiseite. »Es ist schon wieder Nacht... Nacht für die Stadt.«

»Der Mörder dichtet ja!« lachte Hagopian. »Hätte ich das nur gewußt, als ich dir den Auftrag gab...«

Das Gelächter erstarb. Hagopian betrachtete sich im Spiegel. Den Fremden sah er nicht.

»Sag mir nur eins, Fremder...« Er wirbelte mit dem Stuhl herum. »Gibt es einen Tod nach dem Leben?«

Die linke Hand des Fremden hob sich im Zeitlupentempo. Im Spiegel erschien ein Regenbogen aus blauem Stahl. Der Finger krümmte sich unmerklich, und die Leuchtpistole explodierte in Hagopians Gesicht.

Das Grab, das Ende von allem: Der Ort für den Schädel, die Passionsgeschichte eines anderen Erlösers, das Alpha und das Omega. Für den Anfang, das Ende und den Fremden. Die lange Nacht war fast vorüber. Im Osten wüteten Feuer, eine falsche Morgenröte – es war eine Gegend, in die niemand seinen Fuß setzen würde, um das alles zu löschen. Dahinter strahlte unentwegt und sinnlos die Stadt. Seine Schaufel grub sich in Schmutz, drang tiefer ein, bis sie schließlich auf Holz stieß. Bald war der Sarg aus seiner Ruhestätte befreit. Seine geduldigen Hände tasteten den Namen von niemandem ab, der in den Deckel gestanzt war. Aus seinem Stiefelschaft zog er ein Messer. Damit stemmte er Nagel um Nagel auf und hob schließlich den Deckel an.

In seiner Brusttasche fand er den ersten Schlüssel. Metall schlug gegen Metall. Der Schlüssel machte eine viertel Umdrehung, blieb stecken. Zahlen und Sequenzen. Aus Rot wurde Grün, aus Grün Gelb.

Ein Geräusch schwoll in der Ferne an, ein Grollen, das näher kam. Plötzlich erhob sich ein Flügelsturm. Über den brennenden Horizont brauste eine gewaltige graue Heuschrecke. Ihr Ziel: das neue Golgatha.

Er schleuderte eine Rauchgranate auf die Straße. Ein rotes Signalfeuer loderte auf. Nun zog er den zweiten Schlüssel aus der Tasche.

Bald schwebte der Helikopter über ihm, wirbelte Staub auf, stieß roten Rauch aus. Die Toten wachten auf. Im Sog des Helikopters zitterten sie, schüttelten sie sich. Wie Marionetten. Der Fremde steckte in diesem Moment den zweiten Schlüssel in das Schloß. Sein Hut wirbelte davon. Das Gesicht des Fremden kam zum Vorschein. Auf ihm spielte plötzlich ein Lächeln; eine Sichel.

»Es ist vollbracht«, sagte er – für niemanden, für alle. Die Uhrzeiger rasten dahin wie die Propeller des Hubschraubers.

Mit erhobenen Händen und ausgestreckten Händen stand der Fremde vom Grab auf, als der Suchscheinwerfer des Helikopters ihn fand, umkreiste, einfing. In einem goldenen Lichtstrahl fuhr er gen Himmel.

Zehn Jahre: Zehn Stunden: Zehn Minuten: Zehn Sekunden.

Die Zeit verheilte, während in der Stille die Zahlen rückwärts gegen Null zu liefen.

Und in der Morgendämmerung würde die schwarze Sonne über der Neonstadt aufgehen, die zu guter Letzt das Sterben gelernt hatte.

Corbucci und Leone zu Gedenken,
und für Gary Stein

CHRISTOPHER FOWLER

Delikatessen aus dem Schnellimbiß

CHRISTOPHER FOWLER sprüht vor Ideen wie nur wenige andere. Er arbeitet auch beruflich mit Ideen – verkauft Filmkonzepte, Treatments usw. In seinen Romanen und Geschichten schildert er grausame Welten, die sich unter der Oberfläche unserer alltäglichen Realität verbergen. Oder ist er einfach nur besser informiert???

Delikatessen aus dem Schnellimbiß

»Uaäh! Das soll 'n Huhn sein?«

Argwöhnisch musterte Sharon durch dick bemalte Wimpern hindurch ein undefinierbares Etwas auf ihrer Gabel. Es war ein orangefarbener Klumpen in einem Teigmantel, von dem Fett auf ihre neueste Nummer der *Girl About Town* troff.

Tracy sah von ihrem Kreuzworträtsel auf. »Menschenskinder, ich hab' dir doch gesagt, wir hätten ein Tandoori nehmen sollen!« Zwischen den Fingern drehte sie ein eitrig gelbes Stück Hühnerfleisch. »Kein Wunder, daß man im Westend keine Katzen mehr sieht.«

»Die Schlange vor dem McDonald's war doch so lang. Und ich warte nun mal nicht gern. Außerdem sind die Pommes dort beschissen. Sag mal, schmeckt dein Hühnchen auch so komisch?«

»Kommt drauf an, was du unter komisch verstehst«, meinte Tracy. »Lustig finde ich es ganz und gar nicht, wenn du das meinst. Wenn du aber wissen willst, ob es wie eine verweste Makrele schmeckt, dann ist die Antwort leider ja.« Sie lehnte ihre halb abgenagte Hähnchenkeule gegen die Schreibmaschine und wischte sich mit einem nach Zitrone riechenden feuchten Tuch die Hände ab.

Sharon und Tracy verbrachten ihre Tage in einem schäbigen, kleinen Büro mit Blick auf die Oxford Street, wo sie für eine Billigmöbelfirma Rechnungen tippten. Die Arbeit war ein ewiges Einerlei und wenig anspruchsvoll. Aber letzteres ließe sich ja auch nicht von Sharon und Tracy behaupten. Keine auffälligen Erscheinungen eben, aber das soll kein Grund sein, über die zwei herzuziehen. Im großen und ganzen waren sie in Ordnung.

Die Mittagspause verbrachten sie meistens im Büro. Nur kurz gingen sie auf die Straße und kauften sich in einem der Schnellimbisse eine in Plastik verpackte Mahlzeit zum Mitnehmen. Nur am Freitag änderte sich das Schema. Da gingen sie mit den Jungs vom Postamt im Erdgeschoß unten in eine Weinbar und betranken sich.

»Du weißt doch sicher, was es mit so billigen Hähnchen auf sich hat.« Sharon starrte weiter fasziniert das Ding auf ihrer Gabel an.

»Nein, was denn?«

»Na ja, sie werden zu Millionen in so Legebatterien gehalten. Da bekommen sie ihr ganzes Leben lang keinen Sonnenstrahl ab. Drum wachsen ihnen auch keine Federn. Und weil sie keinen Platz haben, um sich zu bewegen, verkümmern ihre Muskeln total. Sie hocken den ganzen Tag bloß da und gackern einander an. Das einzige, was sie in ihrem Leben lernen, ist aus so Rutschen zu fressen. Bis zum Platzen werden sie mit Fischmehl vollgestopft. Drum schmecken sie ja auch nach Fisch.«

»Na, fantastisch.« Mit angewiderter Miene warf Tracy die fetttriefenden Reste ihres Hähnchens in den Papierkorb.

»Aber das da schmeckt ...« – Sharon suchte nach dem richtigen Wort – »einfach komisch.«

Tracy wischte sich die Hände an ihrem Stuhl ab und riß eine Packung Chips auf. »Bring's ihnen doch zurück und beschwer dich.«

»Das werde ich auch machen. Jawohl, ich geh' sofort los!« Sharon bugsierte den in der Zwischenzeit nicht ahnsehnlicher gewordenen Klumpen in die Schachtel zurück. Weil daraus inzwischen auch schon Fett durch ein Loch auf den Schreibtisch rann, mußte sie das Ganze zusätzlich in eine Plastiktüte stecken.

Tracy, die sich wieder ihrer mit Fettflecken übersäten Zeitschrift zugewandt hatte, sah kurz auf. »Ach, du kommst doch am Sandwichstand vorbei... Kannst du mir eine Sardine mit Tomate mitbringen?«

Eine Minute später stürmte Sharon in die Imbißstube und knallte ihre Tüte auf den Tresen. Ein kleiner Inder, der soeben noch Pommes frites in die Friteuse gekippt hatte, kam herangewatschelt.

»Ja, bitte?«

»Ihr Hähnchen schmeckt komisch!«

»Was soll das heißen?« Der Inder wischte sich eine fettige Strähne aus dem Gesicht und beugte sich mißtrauisch über die Tüte.

Mit zwei Fingern zog Sharon ihre nur zur Hälfte verzehrte Hühnerbrust heraus. »Da, kosten Sie doch mal.«

»Uähh!« ächzte der Inder. »Nein danke. Ich weiß schon, es ist abscheulich.«

»Wenn Sie's schon selber abscheulich finden, warum setzen Sie so einen Fraß dann anderen Leuten vor?«

»Ich kann nichts dafür. Ich esse so was nicht, und außer Ihnen hat sich noch niemand beschwert.«

»Wahrscheinlich, weil keiner den Fraß überlebt hat. Ich will mein Geld zurück.«

»Warten Sie.« Der Inder verschwand hinter Säcken mit tiefgefrorenen Pommes frites, um gleich darauf mit einem verschwitzten jungen Mann zurückzukommen, dessen T-

Shirt einen gewaltigen Bierbauch bis zum Nabel freigab. Über sein aufgedunsenes Gesicht perlten – und das ist sehr vornehm ausgedrückt – dicke Schweißtropfen.

»Was soll mit dem Hühnchen sein?« knurrte er drohend.

»Sie sagt, daß es komisch schmeckt.«

»Komisch?« Der Fettsack nahm den Fleischklumpen in seine Wurstfinger, biß kräftig hinein, kaute kurz und spuckte alles anmutig wie ein Weinkoster in seine ausgestreckte Hand. »Mit was für 'm Teig has'n das überbakken? Der is' ja längst hinüber! Ich hab' dir doch gesagt, du sollst den frischen aus dem Gefrierfach über dem Joghurt nehmen!«

Der Inder nickte nervös.

»Unhygienisch ist so was!« ereiferte sich Sharon. »Sie sollten ein Schild anbringen: ›Achtung! – Wir übernehmen keine Gewähr für Ihre Gesundheit!‹«

»Machen Sie keine Zicken, Sie kriegen Ihr Geld ja zurück.«

»Ich soll Zicken machen? Die machen immer noch Sie mit Ihren komischen Hähnchen!«

Der Inder drückte Sharon mehrere fettverschmierte Münzen in die Hand – drei Pfund vierzig insgesamt. Sie warf ihre parfümierte Lockenpracht zurück und stapfte in Richtung Charing Cross Road davon. Vielleicht gab es dort ein Tandoori-Restaurant, wo man nicht so lange Schlange stehen mußte.

Während der Inder die Plastiktüte mit angewiderter Miene wegräumte, glotzte der Fettsack Sharon nach. »Kommen rein und meinen, sie kriegen Zeug wie im Ritz... Sie sollen lieber das Maul halten. Keiner zwingt sie ja dazu, unsere Hähnchen zu essen.«

»Genau«, meinte der Inder. »Ich ess' sowieso lieber Fisch.«

»Na, dann probier mal unsere Hähnchen«, dröhnte der Dicke. Mit etwas nachdenklicherer Miene fügte er hinzu:

»Aber eins muß man ihr lassen. Einen knackigen Hintern hat sie.«

»Wie läuft's eigentlich mit deinem Tony?« Tracy stand vor dem Kopierer, der für sie einen Stapel von Prospekten für einen Hockerhersteller ausspuckte. »Ist er immer noch arbeitslos?«

»Nö, er fährt jetzt 'nen Lieferwagen.«

»Das freut mich für ihn. Was fährt er denn aus?«

»Keine Ahnung.«

»Ach so?« Tracy sammelte ihre Kopien auf und klopfte den Stoß gerade. »Trotzdem freut's mich. Daß er überhaupt wieder einen Job hat, meine ich. Wenn nur mein Damian auch mal wieder was finden würde!«

»Wie lang geht er denn schon stempeln?« wollte Sharon wissen.

»Ein halbes Jahr schon.«

»Sag ihm doch mal, daß er den falschen Beruf gelernt hat. Wer interessiert sich heute denn noch für Korbflechter?«

»Wo du recht hast, hast du recht. Aber du kennst ihn ja auch ein bißchen. Er hat nun mal dieses Problem.«

»Was für ein Problem?«

»Na ja, daß er sich einfach nicht bewerben kann.« Mit einem Lineal kratzte sich Tracy unter dem Rock. »Uff, diese Hitze gibt mir noch den Rest.«

»Wieso kann er sich nicht bewerben? Willst du sagen, daß er zu dumm ist?«

»Irgendwie... ja. Mal seh'n, wie lang das noch gutgeht.«

Tracy war nun mit dem Kopieren fertig. »Was hältst du davon, wenn ich was zu essen besorge?«

»Guter Vorschlag. Ich hab' nämlich nur Müsli zum Frühstück gegessen.«

»So Vollwertzeug?«

»Etwas in der Richtung. Die Milch wird rot davon.«

Draußen regnete es. Sharon hastete zur nächsten Hamburgerbar in der Oxford Street. Aber was war das? WEGEN RENOVIERUNG GESCHLOSSEN stand auf einem Schild in der Eingangstür. Der Regen machte ihr noch die schöne Frisur kaputt, und wenn sie nicht schnell etwas fand, bekam sie bald nasse Füße. Sie rannte weiter und landete in der Tottenham Court Road. Hier, im Niemandsland zwischen Elektrogeschäften und mürrischen arabischen Straßenverkäufern, gab es nur einen Schnellimbiß, den man im Laufschritt erreichen konnte, ohne allzu naß zu werden.

Der kleine Inder erkannte Sharon, noch ehe sie sich den Regen aus den Haaren geschüttelt hatte. Sie war die einzige Kundin im Laden.

»Heute haben wir gutes Hähnchen, Miß. Wollen Sie's kosten?«

»Hoffentlich ist es gut, sonst lernen Sie mich kennen.«

Mit einer Zange lud der Inder überbackenes Hühnerfleisch in ein Schächtelchen, streute noch verschiedene Gewürze darüber und reichte es ihr. Mit dem Schächtelchen unter dem Arm stöckelte sie wieder in den Regen hinaus. »Die schon wieder?« rief der Dicke aus der Küche. »Zur Strafe sollte man sie mit Hähnchen vollstopfen! Wetten, daß sie's bald wieder zurückbringt. Die Sorte kenne ich zur Genüge. Die finden noch in jeder Suppe ein Haar und beschweren sich. Richtige Querulanten sind das!«

»Diesmal wird sie's nicht zurückbringen«, widersprach der Inder. »Auskotzen, das schon eher. Wie ihr so einen Fraß nur runterbringt... Kebab, Fisch und Chips, überbackenes Huhn...«

»Ihr mit eurem Tandoori zum Mitnehmen seid doch um keinen Deut besser«, brummte der Dicke.

Der Inder bedachte ihn mit einem unfreundlichen Blick und kehrte zu seiner Friteuse zurück.

»Gar nicht übel diesmal«, schmatzte Tracy und spülte mit einem großen Schluck Diätcola nach. Sie saß an ihrem mit Zeitschriften, Tippexflecken und Plastiktassen voller Zigarettenstummel übersäten Schreibtisch. Heute konnten die zwei es ruhiger angehen lassen, weil wenig Arbeit anstand. »Es schmeckt...« – Tracy suchte nach einem geeigneten blumigen Ausdruck – »...nicht so fischig, findest du nicht auch?«

»Stimmt, irgendwie...« – Sharon nahm den Fleischklumpen, aus dem in der Mitte ein heller Knochen herausragte, genauer in Augenschein – »...irgendwie ist es heute fast burgermäßig.«

»Du hast recht. Ein Nachgeschmack wie bei einem Hamburger. Aber ganz gut. Ich frag' mich nur, wie so was möglich ist.« Tracy lugte in die Verpackung, als fürchtete sie, gleich würde da etwas herausspringen.

»Tja, das kommt wahrscheinlich von der Lagerung«, meinte Sharon.

»Was soll das heißen?«

»Na ja, die Hähnchen werden geschlachtet, und zwar gleich zu Tausenden, und wenn man sie in den Fabriken in Brust, Schenkel und Flügel zerteilt hat, lagert man sie in gigantischen Kühlschränken. Dann werden sie ausgeliefert und kommen in kleinere Kühlschränke, wo wahrscheinlich auch Hamburger liegen. Von denen tropft dann die Flüssigkeit auf die Hähnchen runter. Was soll's? Fleisch ist Fleisch. Da denke ich mir nichts weiter.«

Tracys Miene verriet deutliches Unbehagen. »Aber ich seh' nie die Köpfe und Füße! Was machen sie damit?«

»Die will ja auch keiner haben – in zivilisierten Ländern zumindest«, erwiderte Sharon mit Grabesstimme. »Die werden zermahlen und landen in Suppen und so. Auf den Packungen steht dann immer Hühnerfleischextrakt, und drin ist das, was keiner haben will – gemahlene Schnäbel und Klauen.«

Tracy erbleichte unter ihrem Make-up. »Mensch, du

kannst einem richtig den Appetit verderben. In Zukunft halte ich mich wohl besser an Schinkensandwiches.«

»Meinst du, da ist es anders? In den Fabriken werden doch auch die Kuhlippen und Augen mit in die Wurst verarbeitet.«

Während Tracy zur Toilette rannte, vertiefte ihre Kollegin sich in einen Artikel über Gehirntumore.

»Gut festhalten, das Ding ist rutschig!« Tony packte die Saftmaschine unten an, und gemeinsam mit Steve wuchtete er sie von der Ladefläche. Mit einem dumpfen Geräusch stellten sie sie auf dem Boden ab. Erschöpft wischte Tony sich den Schweiß aus dem Gesicht. »Wie viele müssen wir denn noch liefern, Steve? Ich kann schon bald nicht mehr.«

»Nur noch eine. Um sechs haben wir's hinter uns.«

»Na, hoffentlich. Für sechs bin ich nämlich mit Sharon verabredet. Wir treffen uns an der U-Bahnhaltestelle in der Tottenham Court Road.« Tony fuhr sich mit der Hand durch die Haare. Einen Spiegel hatte er nicht dabei, aber er nahm an, daß er immer noch blendend aussah.

»Du hättest es nicht besser erwischen können«, beglückwünschte ihn Steve. »Die letzte Lieferung geht nämlich an Mr. Patel. Seine Bude ist dort um die Ecke.«

Tony vergewisserte sich, daß sein T-Shirt nicht verrutscht war, und packte die Maschine noch einmal an. In dieser Pose gefiel er sich, weil seine Muskeln dann immer anschwollen. »Okay, schaffen wir sie rein!«

Nachdem sie den Automaten in einem chinesischen Schnellimbiß aufgestellt und den etwas verwirrten Geschäftsführer mit der Betriebsanleitung für einen am Tag vorher gelieferten Spielautomaten mit dem schönen Namen ›Mississippi Gambler 2000 Electronic Blackjack‹ allein gelassen hatten, kletterten Steve und Tony wieder in ihren Laster.

Einmal mehr überprüfte Tony sein Aussehen im Rückspiegel, kämmte kurz das makellos gestylte Haar, entdeckte einen kleinen Fleck auf seinem Hals und rückte ein an seinem Ohr baumelndes Amulett gerade, das das Sternkreiszeichen des Stiers darstellte. Sharon hatte es ihm geschenkt.

»Was habt ihr denn für heute noch so vor?« wollte Steve wissen.

»Ach, in Camden haben sie eine neue Cocktailbar eröffnet, da wollen wir rein. Letzte Woche waren wir schon mal dort, aber wir sind nicht lange geblieben, weil sie dort einen niedergestochen haben. Danach werden wir uns wohl nebenan ein Kebab reinziehen. Das ist gleich am Markt, weißt du.«

»Den Laden kenn' ich. Die machen irre scharfe Currys. Was meinst du, wie da der Arsch am nächsten Morgen brennt!«

»Genau! Auf ein anständiges Curry lasse ich nichts kommen.«

Beim Überfahren eines Zebrastreifens verpaßte Steve um Haaresbreite eine ältere Dame.

»Willst du Sharon eigentlich heiraten?«

»Nö. Sie würde schon wollen, aber ich kann nicht.«

»Warum nicht?«

Tony begutachtete sein Spiegelbild im Fenster. »Die Sache ist die... Ich habe ein Kind. Von 'nem Mädchen, mit dem ich in die Schule gegangen bin. Sharon weiß nichts davon. Ich will's ihr schon die ganze Zeit sagen. Vorsicht! Da vorn ist ein Radfahrer!«

»Wenn das so ist, solltest du ihr vielleicht eine Postkarte schreiben. Das ist schließlich was Wichtiges.« Im letzten Moment wich Steve einem Radfahrer aus, der gleichwohl gegen den Bordstein prallte.

»Ich wollte es ihr ja längst beichten. Das Dumme ist nur, die Mutter sehe ich auch noch regelmäßig.«

»Du geiler Bock!« lachte Steve. »Du traust dich was!«

Mit einem halsbrecherischen Manöver bog der Laster in

die Tottenham Court Road ein. Zwei Passanten konnten sich durch einen Sprung zur Seite gerade noch in Sicherheit bringen.

»Weil wir vorhin beim Thema Essen waren...«, meinte Tony, »hast du schon mal Froschschenkel probiert? Fantastisch, sag' ich dir. Schmecken wie Hähnchen.«

»Mit dem Zeugs aus Frankreich kann ich nicht so viel anfangen. Dort essen sie doch auch Pferde, nicht wahr? In meinen Augen ist das barbarisch!«

»Ach, so exotische Sachen sind mir alle recht«, widersprach ihm Tony. »Schnecken zum Beispiel – hmmm! Schnecken mit Knoblauch!«

»So was würde ich nie runterbringen«, gab Steve zu. »Stell dir die Viecher nur vor, wie sie im Garten so schleimige Spuren ziehen! Und gekocht sehen sie aus wie das, was aus einer Pferdenase raushängt.«

Steve trat auf die Bremse und stieß so hastig in eine Parklücke, daß er einem Ford Marina die Stoßstange demolierte. Sie hatten ihr Ziel erreicht. Es war derselbe Schnellimbiß, den Sharon am Tag zuvor aufgesucht hatte.

»Menschenskinder, wie können Sie so ein Gerät bestellen, wenn Sie keinen eigenen Stromkreis dafür haben?« Steve erhob sich und wischte sich die staubigen Hände an seiner Hose ab.

Der kleine Inder zuckte nur die Schultern. »Das müssen Sie Mr. Duncan sagen. Ich geh' ihn holen.«

Der Inder verschwand. »Tja«, meinte Steve, an Tony gewandt, »so hat das keinen Sinn. Heute können wir ihnen das Ding auf keinen Fall mehr anschließen.«

Tony kratzte sich nachdenklich am Kopf. »Morgen abend könnte ich vielleicht eine Sonderschicht einschieben und für den Anschluß sorgen«, schlug er vor.

In diesem Augenblick kam der Inder mit dem Fettsack zurück. »Ich bin Duncan, der Geschäftsführer«, sagte er. »Habt ihr ein Problem?«

Als Steve ihm den Sachverhalt erklärt hatte, schneuzte sich der Dicke erst einmal ausgiebig in eine Papierserviette. »Wenn das so ist«, brummelte er schließlich, »regeln wir das eben morgen.«

»Stehen tut das Ding ja schon«, meinte Steve. »Eigentlich muß es nur noch angeschlossen werden. Das mit dem Stecker kann Tony morgen erledigen. Wann machen Sie denn zu?«

»Um elf. Aber er kann auch früher kommen. Am Abend ist bei uns sowieso nicht viel los.«

»Das nützt nichts«, erklärte Tony. »Ich muß die Sicherung ausschalten, und in der Zeit können Sie die Friteuse nicht benutzen. Am besten, ich komme kurz vor elf.«

»Tja, denn, tschüs für heute«, sagte Steve. »Wie ist's, bekommen wir einen Hähnchenschenkel für den Heimweg?«

»Da ist ein Baby mit dem Kopf nach hinten auf die Welt gekommen!« rief Tracy und legte ihren Hamburger auf eine zusammengefaltete Ausgabe der *Sun*, die die gesamte erste Seite dem Ereignis gewidmet hatte. »Die Ärzte meinen, mit den Spermien wäre was nicht in Ordnung gewesen. Sag mal, wie schmeckt eigentlich dein Sandwich?«

»Keine Ahnung«, antwortete Sharon nach längerer Bedenkzeit. »Beschreiben läßt sich das nicht.«

»Soll ich dir sagen, wie meins schmeckt?«

»Wie denn?«

»Stell dir vor, du zerhackst einen leeren Müslibeutel in tausend winzige Stücke und läßt das Ganze in Fleischbrühe quellen...«

»Und dann?«

»Nichts dann. So schmeckt es.«

»Ich kann dir den Grund verraten: Wenn Kühe geschlachtet werden, verstehst du, dann...«

»Bitte fang nicht schon wieder damit an!« rief Tracy. »Warum arbeitet dein Tony heute nacht so lange?«

»Er schiebt eine Sonderschicht. Muß irgendwo einen Apparat installieren.«

»Daß er was mit einer anderen hat, glaubst du nicht, oder?«

»Nein, dafür ist er nicht raffiniert genug. Wenn du dein Ketchup nicht ißt, kann ich es haben?«

Als Tony im Schnellimbiß eintraf, ging der letzte Kunde gerade. Es war ein warmer Abend, und die Luft im Raum war zum Schneiden. Schon beim Auspacken seiner Werkzeuge klebten ihm die Kleider am Leib. Mr. Patel stand hinter dem Tresen und putzte die Regale. Im Hinterzimmer versiegelte Duncan die aufgebrochenen Tüten mit gefrorenen Pommes frites.

Tony hatte nun all die Sachen, die er brauchte, und trug sie zur Saftmaschine in der Ecke. »So, jetzt kann's losgehen. Wie lang arbeiten Sie hier denn schon?« Er sagte es zur Wand. Mr. Patel, der sich mittlerweile über eine Instanttomatensuppe hergemacht hatte, fühlte sich trotzdem angesprochen: »Zwei Jahre. Ursprünglich waren hier Griechen drin und haben Döner verkauft, aber dann hat das Gesundheitsamt den Laden dichtgemacht.«

»Warum denn das?«

»Die hatten ein Problem mit dem Abwasser im Klo!« rief Duncan. »Ständig war der Boden überschwemmt. Wollen Sie das wirklich so genau wissen?«

Tony machte sich grinsend an die Arbeit. Vor ihm lag ein Gewirr von allen möglichen Kabeln. Er sah auf. »Entschuldigen Sie, können Sie mir mal sagen, wo die Leitung da endet?«

»Tut mir leid«, murmelte Mr. Patel mit einem Achselzucken und schickte sich an, den Boden zu wischen.

»Was haben Sie hier denn alles angeschlossen? Wie viele Steckdosen gibt es überhaupt? Ich muß mir das alles erst mal ansehen.« Tony richtete sich auf und trat in den Nebenraum.

»Rutschen Sie nicht aus. Der Boden ist total glatt.«

Tony hatte schon entdeckt, wo das Kabel herkam. Er kauerte sich nieder und isolierte das Ende.

»Sie haben ja einen ganz schön schlimmen Kabelsalat. An Ihrer Stelle würde ich keinen von der Baubehörde reinlassen. Ach, was ich Sie schon gestern fragen wollte: Was machen Sie eigentlich mit den übriggebliebenen Hähnchen? Nehmen Sie die mit und essen Sie sie selber?«

»Uähh!« stöhnte Patel. »So was esse ich nicht mal, wenn man mich dazu zwingt!«

»Komisch. Sie arbeiten hier und mögen keine Hähnchen?«

»Durch die Arbeit hier ist er zum Vegetarier geworden!« rief Duncan. »Stimmt's, oder hab' ich recht, Patsy?«

»Nennen Sie mich nicht Patsy!« Wütend schleuderte der Inder den Putzlumpen in den Eimer, daß schmutziges Wasser auf den Boden spritzte.

»Ich bin da nicht so«, meinte Tony. »Für mich ist ein richtiges Curry das Allerhöchste, wenn ...« Er konnte den Satz nicht zu Ende führen. Im Sprechen ging er auf den Sicherungskasten zu, rutschte auf dem Spritzwasser aus und landete mit dem Gesicht im Kabelverhau.

Als nächstes gab es einen entsetzlichen Knall. Funken sprühten um Tonys Kopf. Sein Körper bäumte sich auf und wurde von einem gewaltigen Stoß nach hinten geschleudert. Tony prallte gegen die Friteuse, riß instinktiv die Hände erst vor sein verrußtes Gesicht und ruderte dann wild mit den Armen herum, doch weil er nirgends Halt fand, stürzte er in den Kessel mit dem siedenden Öl.

Duncan und Patel sahen entsetzt mit an, was sich da vor ihren Augen abspielte. Die Friteuse war eigentlich viel zu klein für einen ausgewachsenen Mann, aber zu seinem Unglück war Tony nicht nur kopfüber in das Öl gefallen, sondern hatte im Sturz auch noch die Knie bis zum Kinn angezogen, so daß jetzt nur noch die Schuhsohlen herausragten.

Einen Moment lang war außer den immer noch zischenden Kabeln und dem sanften Blubbern des Öls nicht ein Geräusch zu hören.

Duncan erholte sich als erster. »Mensch, warum hast du das Scheißding nicht ausgeschaltet?«

»Ich kann doch nicht ahnen, daß da einer reinfällt. Außerdem sind Sie der Boß. Wegen der Hygiene dürfen Sie keinen hinter den Tresen lassen. Steht schwarz auf weiß in den Vorschriften.«

Nachdenklich stierte Duncan in die Friteuse, während der Inder sie erst jetzt ausschaltete.

»Glauben Sie, er ist tot?« fragte Patel mit zitternder Stimme

»Tot? Was glauben Sie denn? Dem ist nicht mehr zu helfen!«

»Wie kriegen wir ihn da bloß raus?«

»Wir müssen warten, bis das Öl kalt ist.«

Im Raum breitete sich allmählich ein köstlicher Bratenduft aus. Duncan wagte einen Blick in die Friteuse. »O Gott, seine Haut kriegt ja schon eine Kruste!«

»Was sollen wir nur tun?« schrie Mr. Patel.

»Nichts. Wenn das rauskommt, bin ich meine Konzession los.«

»Aber wir können ihn doch nicht da drin lassen.« Mr. Patel zitterte am ganzen Leib.

»Jetzt dreh mir nur nicht durch!« herrschte Duncan seinen Mitarbeiter an. Er beruhigte sich wieder. »Wann kommt denn immer die Müllabfuhr?« fragte er unvermittelt.

»So um Mitternacht. Manchmal auch erst am Morgen. Warum?«

»Beten wir zum Himmel, daß sie diesmal spät dran sind«, sagte der Fettsack. »Mach jetzt folgendes: Du reißt dich zusammen und schaltest die Friteuse wieder...«

»Was? Sind Sie wahnsinnig?«

»Hör mir gut zu. Wir kochen ihn da drin, bis nichts

mehr zu erkennen ist. Dann nehmen wir ihn raus und stopfen ihn in einen von den Säcken, in denen sie uns die Fritten liefern. Den stellen wir dann mit dem anderen Müll auf den Bürgersteig. Wenn jemand reinschaut, wird er nichts als total verbranntes Fleisch sehen.«

»Und das soll klappen?«

»Es muß!« rief Duncan und schaltete die Friteuse wieder ein. »Sonst sind wir dran!«

Nach einer Stunde wurde der Geruch im Raum immer intensiver. Hätte Mr. Patel nicht gewußt, was da in der Friteuse garte, er hätte fast Appetit bekommen. So aber würgte er immer wieder einen Brechreiz hinunter. Duncan, der nach hinten verschwunden war, kam mit einem Plastiksack zurück.

»Riecht gut, was? Ein Jammer, daß wir das wegwerfen müssen. Hey...«, er stieß den immer noch verstörten Mr. Patel an. »Und wenn wir ein Curry draus machen?«

Mr. Patel starrte seinen Chef entgeistert an.

Als das Öl weitgehend verdunstet war und das Gerät ausgeschaltet werden konnte, winkte Duncan Patel heran. Sein Mitarbeiter mußte sich überwinden. Zögernd näherte er sich und warf einen Blick in den Kessel. Auf dem Stahlboden lagen die zur Unkenntlichkeit verschmorten Reste von Tony.

»Zieh dir Handschuhe an«, befahl der Fettsack. »Du packst ihn von der einen Seite und ich von der anderen. Gemeinsam heben wir ihn dann raus.«

»Ich kann nicht!« ächzte der Inder. »Das ist eine Sünde!«

»Ach was. Sei froh, daß du kein Katholik bist. Stell dir vor, du gehst in die Kirche und beichtest so was!«

Mit einem gequälten Blick streifte Mr. Patel sich seine geblümten Topfhandschuhe über und beugte sich zaghaft über die Friteuse. Gemeinsam hoben sie den Toten Zentimeter für Zentimeter aus dem Kessel. Sie hatten es fast geschafft, als Tony mit einem gewaltigen Knacksen entzweibrach. Er war im siedenden Öl innen wie außen total knusprig geworden. Obwohl Duncan fluchte wie ein Droschkenkutscher, hatten sie es nun leichter, denn sie konnten Tony in beliebig viele Teile zerbrechen und mit dem Abfall in verschiedenen Säcken unterbringen.

Mr. Patel half zwar mit, doch kniff er die ganze Zeit die Augen zu. Immer wenn Duncan etwas zerbrach, zuckte er zusammen.

»Hast du auch die ganzen Teigkrusten weggeschafft, Patsy?«

»Ich glaube ja.«

»Gut, dann hilf mir die Säcke rausschaffen. Wir haben Glück. Die Müllabfuhr kommt erst noch.«

Als die Säcke gut verschnürt draußen aufeinander gestapelt standen, ging das Reinemachen los. Auf dem Boden hatten sich überall schmierige Pfützen gebildet. Mr. Patel mußte schrubben, während der Fettsack wieder verschwand, um nach einer Weile mit einer Sprühdose zurückzukommen.

»Hmmm, Lavendel! Das wird duften! Bist du mit dem Putzen fertig? Dann gib den Käsekuchen in den Kühlschrank, sonst geht er noch kaputt.«

Schließlich waren sämtliche Spuren beseitigt. Sie drehten die Lichter aus und sperrten ab. In Duncans Wagen warteten sie noch die Müllkutscher ab und sahen zu, wie die Überreste des unglückseligen Tony mit dem übrigen Abfall zu Brei gemahlen wurden. Noch einmal versicherten sie einander, daß niemand je von der Geschichte erfahren würde, und suchten jeder sein Zuhause auf. Mr. Patel allerdings konnte in dieser Nacht kein Auge zubekommen.

Sharon und Tracy saßen in ihrem schäbigen Büro an ihren angestammten Plätzen. Vor ihnen stand wieder einmal ihr Mittagessen. Als Unterlage diente Sharon ein Bestellschein für Liegestühle mit dem schönen Namen ›Buffalo Suede‹. Tracy hatte ihr gebackenes Hähnchen noch nicht ausgepackt. Sie wollte warten, bis ihr neuer Nagellack endlich getrocknet war. Aber sie brauchte etwas zu trinken. Sie hielt zwei Dosen in der Hand. »Welche willst du, Shar? Die orangefarbene oder die gelbe?«

»Was ist denn drin?« Sharon hatte ihre Mahlzeit nebst Utensilien bereits vor sich ausgebreitet.

»Tropische Früchtemischung steht drauf. Kann alles oder nichts sein. Warte, da steht: Produkte aus mehreren Ländern. Fruchtsaftkonzentrat. Süßmittel: Saccharin.«

»Saccharin hat in Laborversuchen bei Ratten Krebs ausgelöst«, sagte Sharon und biß herzhaft in ihren Hähnchenschenkel.

»Ja und, wir sind ja keine Laborratten.«

»Ach, gib mir die orange Dose.«

»Na, ist dein Tony gestern gekommen?« fragte Tracy, während sie Sharon den Saft reichte.

»Nein. Ausgemacht war's, aber er hat sich nicht blicken lassen. Typisch Männer.«

»Ist er normalerweise zuverlässig?«

»Zuverlässig? Überhaupt nicht.«

»Na ja, so sind sie wohl alle.«

Sie verstummten. Tracy riß nun ihre Schachtel auf – Hähnchenflügel. Sie warf einen Blick zu ihrer Freundin hinüber.

»Mann, den Schenkel hast du ja in Rekordzeit verdrückt!«

»Was meinst du, was ich für einen Hunger hatte«, nuschelte Sharon mit vollem Mund. »Morgen ist Freitag. Gehst du mit in die Weinbar?«

»Klar. Aber ich mag den Hauswein dort nicht. Wenn ich schon die roten Plastikfässer sehe... Ob man das Zeug auch so transportiert...?«

»Warum nicht? Wenn sie ihn in den Plastikfässern lagern, wird das schon seine Richtigkeit haben.«

»Na ja, wahrscheinlich hast du recht.«

Wieder verstummten sie. Sharon legte den abgenagten Knochen in die Schachtel zurück und griff nach dem zweiten. Plötzlich schnüffelte sie und beugte sich über den Nachtisch, ein Stück Käsekuchen.

»Dachte ich's mir doch, daß der Geruch von da kommt. Der Kuchen riecht nach Lavendel.«

»Wahrscheinlich eine neue Kreation.« Sharon kaute immer langsamer. »Also, das Hähnchen schmeckt nun wirklich abartig.«

»Ach, das sagst du doch immer, Shar. Du bist nur zu heikel, das ist dein Problem.«

»Es stimmt aber! Und überhaupt, hast du schon einmal so einen Hähnchenschenkel gesehen?« Sie hielt das Ding Tracy unter die Nase. Es war halbkreisförmig und ziemlich flach.

»Ich weiß auch nicht so recht«, gab Tracy zu. »Sieht eher aus wie ein Ohr.«

»Hühner haben doch keine Ohren!« Sharon nahm das Ding nun genau in Augenschein. Unter der Kruste glitzerte etwas. Vorsichtig entfernte sie die Schicht – und entdeckte ein kleines, goldenes Amulett; es stellte das Sternkreiszeichen des Stiers dar.

Ein schriller Schrei gellte durch das Fenster. Wer gerade unten in der Oxford Street einkaufen ging, blieb wie angewurzelt stehen. Und sogar Mr. Patel, der in diesem Moment einen Kunden bediente, sah verwundert auf.

KEVIN J. ANDERSON

Redmonds Privatkino

KEVIN J. ANDERSON kennen viele nur als Science-fiction-Schreiber. Auf dem Gebiet ist er ein hochdotierter Newcomer, der seinen großen Durchbruch als Autor der offiziellen neuen KRIEG-DER-STERNE-Trilogie erlebte. Horror schreibt er eigentlich zur Entspannung und, wie er sagt, weil er hier die Tiefen menschlicher Empfindungen ausloten kann. Zum Thema Film hat er wohl eine besondere Beziehung...

Redmonds Privatkino

»Na, Mike, hast du Lust, dir mit dem Ding da den Bauch aufzuschlitzen?«

Michael Kendai sah wortlos zu, wie sich Redmond mit einem Samuraischwert in die Haut ritzte. Von draußen drangen gedämpft die Geräusche der über das Kopfsteinpflaster holpernden Automobile herein. Ein Auspuff knallte, woraufhin ein Mann unflätige Beschimpfungen ausstieß.

»Es wurde 1811 gefertigt, sagst du?« fuhr Redmond fort. »Die hundert Jahre sieht man ihm aber gar nicht an. Und scharf ist es immer noch. Sag, wo hast du diesen Takadingsbums eigentlich aufgegabelt? Und wie hast du ihn so weit gebracht, daß er vor meiner Kamera Harry-Carry begehen will?«

Michael maß Redmond mit einem mißbilligenden Blick. Seine Miene sprach eine allzu deutliche Sprache: Viele strapazieren meine Geduld ja nicht, aber du gehörst unbedingt dazu. »Erstens heiße ich Michael und nicht Mike. Wenn du mir aber unbedingt einen Kindernamen geben willst, benehme ich mich auch wie ein Kind, nehme dir mein Samuraischwert wieder weg und gehe heim.« Er hielt kurz inne. Mit einem Nicken wies er auf einen hageren Japaner, der zwischen seinen Eltern, einem älteren Ehepaar, dasaß und wartete; dann fuhr er fort: »Akira Takahashi ist von sich aus auf mich zugekommen und hat mir ohne mein Zutun seinen *Harakiri* angeboten. Er möchte seinen Eltern die Rückkehr nach Japan ermöglichen und sieht keinen anderen Weg, das nötige Geld zu beschaffen. Für ihn ist es eine Frage der Ehre.«

Redmond lachte nervös. »Es wollen ja immer mehr in diesem neuen Gewerbe Fuß fassen, aber zum Selbstmord vor der Kamera sind meines Wissens die wenigsten bereit.« Er reichte Michael das Schwert, der es wortlos in die Scheide steckte.

»Die meisten Hersteller von bewegten Bildern legen auch keinen gesteigerten Wert darauf, ein solches Spektakel zu fotografieren. Und die wenigsten Geldgeber würden das Ergebnis sehen wollen. Aber Ausnahmen bestätigen nun mal die Regel, und wir beide haben ja unsere besonderen Quellen. Vor fünfzehn Jahren sind die Leute noch in hellen Scharen in die Lichtspielhäuser geströmt, nur um zu sehen, wie einer auf der Leinwand niest. Heute müssen wir ihnen schon etwas mehr für ihr Geld bieten.«

»Dessen bin ich mir sicher.«

Michael ließ den Blick durch das kleine Zimmer schweifen, das als Studio diente. Außer ihm und Redmond waren nur noch die drei Japaner zugegen. Da sie kein Englisch sprachen, ging das Gespräch an ihnen vorüber. Der mit einem Kimono festlich gekleidete Akira Takahashi hockte auf einem weißen Tuch, das seine Mutter für ihn ausgebreitet hatte, auf den Fersen. Sein Vater hielt ebenfalls ein Schwert in der Hand. Mit versteinertem Gesicht kauerte er hinter dem jungen Mann und starrte ins Leere.

Nur die Mutter verriet ihre Gefühle. Obwohl ihre Augen in Tränen schwammen, blitzte sie Redmond wütend an.

Eine mit Handkurbel zu bedienende Kamera war auf einem Stativ aufgebaut. Ihr Zyklopenauge war bereits auf den jungen Samurai gerichtet.

»Warum sind sie überhaupt nach Amerika gegangen, wenn es ihnen in Japan so gut gefallen hat?« flüsterte Redmond, als hätte er Angst, sie könnten ihn verstehen. »Und was ist aus ihrem ganzen Geld geworden?«

Michael hatte keine Bedenken, die drei bei seiner Antwort anzusehen. »Sie gehörten einer wohlhabenden Samuraifamilie an, aber mit dem Sturz des letzten Shogun haben sie alles verloren. Der Großvater brachte sich um. Akiras Vater versuchte, seinen Lebensunterhalt in der neuen Armee zu verdienen, aber er konnte nicht billigen, daß niemand mehr an den traditionellen Werten der Samurai festhielt. So wurde er Kaufmann. Sein ältester Sohn, Akiras Bruder, ging zur Marine. Vor fünf Jahren ist er im russisch-japanischen Krieg gefallen. Akira und seine Eltern sind daraufhin nach Amerika, dem Land der unbegrenzten Möglichkeiten, ausgewandert. Aber für sie gab es hier nichts zu verdienen. Jetzt stehen sie mittellos da und haben nur noch den Wunsch, zu Hause sterben zu dürfen.«

»Rührend, Michael, wirklich rührend!« Redmond zog ein zusammengefaltetes Stück Papier aus der Hosentasche. Mit einem Schlag gab er sich geschäftsmäßig. »Das ist der Vertrag. Er dürfte alle wichtigen Punkte enthalten. Sag Mister Samurai, er soll ihn unterschreiben. Danach machen wir die Aufnahmen. Du kannst ihm den Inhalt vorlesen, wenn du Lust hast.«

Michael überflog das anscheinend von Redmond selbst getippte, von Fehlern nur so strotzende Formular. Schließlich nickte er und trat auf Akira Takahashi zu. Mit einer Verbeugung reichte er dem Samurai das Schwert. Dann erklärte er ihm auf japanisch den Inhalt und Zweck des Vertrags. Takahashi sprang empört auf. Ohne den Blick von Redmond zu wenden, antwortete er Michael in schneidendem Ton.

»Er versteht die Notwendigkeit eines solchen Vertrags nicht«, erklärte Michael. »Und will wissen, ob du an seiner Ehre zweifelst. Er selbst wird in jedem Fall zu seinem Wort stehen.«

»Wie bitte? Der Vertrag ist doch zu seinem Schutz da und nicht zu meinem.«

Michael übersetzte. Der junge Japaner wirkte immer noch nicht überzeugt, und nun schaltete sich auch seine Mutter ein.

»Sie fragen, warum sie dir nicht trauen sollen. Bist du etwa kein Ehrenmann?«

Redmond stöhnte verzweifelt auf. »Hör zu, Michael. Erklär ihnen doch einfach, worum es hier geht. Ich brauche die schriftliche Bestätigung, daß er uns seine Dienste freiwillig angeboten hat, daß ich ihn nicht dazu gedrängt habe und daß er sich dessen bewußt ist, was er tut. Warum regt er sich überhaupt auf? Er ist sowieso gleich tot.«

Nach kurzem Überlegen wandte Michael sich wieder an die Japaner. Schließlich ergriff Takahashi das Dokument und setzte seine Unterschrift darunter.

»Ich habe ihm gesagt, daß unsere Sitten solche Erklärungen erforderlich machen. Akira Takahashi achtet Sitten und Gebräuche.«

Mit zur Decke verdrehten Augen steckte Redmond den Vertrag wieder in die Hosentasche. Dann klatschte er in die Hände. »Also gut, an die Arbeit!«

Während Redmond auf und ab stolzierte, bezog Michael hinter der Kamera Stellung. Da seine Projekte rechtlich meist äußerst fragwürdig waren, ließ Redmond möglichst wenig Leute an der Produktion mitwirken. Michael war es gewöhnt, die Kamera zu bedienen, auch wenn das nicht zu seinen Spezialgebieten gehörte.

Durch das Dachfenster flutete das Sonnenlicht genau auf die weiße Decke auf dem Boden. Die Mutter trat in den Schatten, um das Folgende besser beobachten zu können. Der ältere Takahashi erhob sich und stellte sich mit dem Schwert in der Hand neben seinen Sohn.

»Was will der Alte denn mit dem Schwert?« fragte Redmond.

»Er ist Akiras *Kaishaku.*« Michael legte eine Kunstpause ein. Deutlicher hätte sich nicht unterstreichen lassen, wie wenig Redmond von all dem verstand, was hier geschehen sollte. »Beim Harakiri darf dem Samurai ein enger Vertrauter zur Seite stehen. Hat er sich den Bauch aufgeschnitten, bis die Eingeweide herausquellen, kann der Freund ihm den Kopf abschlagen und ihn so von seinen Qualen erlösen.«

Redmonds Augen weiteten sich. »Soll das heißen, der Alte will Takahashi einen Kopf kürzer machen? Davon hast du mir vorhin gar nichts gesagt. Das ist ja fantastisch!« Er klatschte begeistert in die Hände.

Michael warf ihm einen finsteren Blick zu. Er fühlte sich nicht wohl in seiner Haut, denn er war es gewesen, der diese Situation heraufbeschworen hatte. Beging er nun Verrat an den Takahashis, wenn er ihnen das gab, was sie wollten? Er wußte es einfach nicht. In diesem aufgewühlten Zustand reagierte er sich an Redmond ab, doch das war auch nicht richtig. So versuchte er, sich zu beruhigen und beugte sich über die Kamera. Nachdem er sie scharf eingestellt hatte, gab er Takahashi mit einem Zeichen zu verstehen, daß es losgehen konnte. Einen langen Moment sahen sich der junge Samurai und seine Eltern tief in die Augen, nahmen Abschied voneinander. Dann ergriff er das Schwert. Den Blick unablässig auf die Klinge gerichtet, zog er es aus der Scheide. Einer der besten Schwertschmiede, verhaftet der Zen-Tradition, hatte die Waffe in aufwendiger Feinarbeit gefertigt. Das Sonnenlicht spiegelte sich in der blankpolierten Klinge. Es blendete Takahashi.

Der junge Krieger ließ sich von seinem Vater ein weißes Tuch reichen und wickelte es unter dem Griff um die Klinge, so daß ihm noch gut zehn Zentimeter nackten Stahls bis zur Spitze blieben. Nun legte er das derart präparierte Schwert vor sich auf die Decke. Es gehörte mit zum Zeremoniell, daß er bei keinem einzigen rituellen Schritt die Augen davon abwendete. Als nächstes wikkelte er seine Schärpe auf und entblößte den Oberkörper. Seine kräftigen Bauchmuskeln waren aufs äußerste angespannt.

Obwohl ein Brechreiz ihm in die Kehle stieg, kurbelte Michael weiter. In seinem Bauch kribbelte es, als wäre ein Schwarm Schmetterlinge darin. Bestimmt würden sie hochflattern – falls sich diese Klinge in seinen eigenen Bauch bohrte.

Takahashi starrte ins Leere. Seine Hand schloß sich erneut um den Schaft, führte die Waffe an seinen Bauch. Michael glaubte, die Ahnung von einem Zittern an seinem Hals bemerkt zu haben.

Dann sah es aus, als atme der Samurai gar nicht mehr. Alles im Raum schien zum Stillstand gekommen zu sein. Der Vater stand da wie eine Statue, die Mutter sah mit weit aufgerissenen Augen zu und wagte sich nicht zu rühren.

Redmond wurde ungeduldig. »Worauf wartet er denn?«

»Psssst!« zischte Michael.

Als hätten die Geräusche ihn aus der Trance gerissen, stieß sich Takahashi mit einem wilden Schrei die Klinge bis zum weißen Tuch in die linke Lende. Aus seinem Mund drang eine Art Husten. Es klang überrascht. Takahashi blieb stocksteif sitzen. Sein Gewand war bereits blutgetränkt. Nur die über sein Gesicht jagenden Zuckungen verrieten, welche Schmerzen er ausstehen mußte. Seine Hände waren längst glitschig vom Blut, trotzdem hielt er das Schwert weiter in festem Griff.

Mit beiden Händen zog er die Klinge weiter nach rechts

zur Mitte des Bauchs. Hinter ihr öffnete sich, einem grotesken Lächeln gleich, eine Spalte. Takahashis Gesicht wurde grau, sein Atem ging flach und ohne jeden Rhythmus. Schauer liefen über seinen ganzen Körper, als die Klinge den Nabel erreichte. Takahashi stieß einen neuerlichen Schrei aus, einen schwächeren diesmal, und zog die Klinge durch bis zur anderen Seite.

Die Welt vor Michaels Augen verschwamm zu roten Schemen. Der Magen drehte sich ihm um, von seiner Stirn perlte der Schweiß. Seine Knie wurden zu Pudding, er fiel ohnmächtig zu Boden. Wenigstens hatte er die Kamera nicht umgeworfen. Fluchend schob Redmond ihn zur Seite und drehte an seiner Stelle weiter.

Krämpfe schüttelten Takahashi, und aus seinem Unterleib quollen die Eingeweide hervor. Seine glasigen Augen weiteten sich. Für einen Moment wurden sie wieder klar und erblickten all das, was früher einmal sein Leben ausgemacht hatte. Aus seiner Kehle drang ein Gurgeln.

»*Seppuku!*« schrie der alte Mann und schlug ihm mit einem Schwerthieb den Kopf ab. Der tote Samurai kippte auf das blutgetränkte Tuch. Sein Vater sank neben ihm in die Lache.

»Perfekt!« rief Redmond und hörte auf zu kurbeln.

Michael fand Redmond in einer Nische im Café. »Ich habe mich um die Einäscherung gekümmert, aber es gab Schwierigkeiten«, sagte er leise und setzte sich.

»Bilde dir nur nicht ein, daß du mehr Geld kriegst, Mikey!« knurrte Redmond. »Mir doch egal, was für Probleme du hattest. Du hast einen Vertrag unterschrieben.«

Michael stieß einen angewiderten Seufzer aus. »Ich hatte nicht die Absicht, von dir mehr Geld zu verlangen, sondern habe nur eine Tatsache festgestellt. Ich habe mich um die Einäscherung gekümmert, aber es gab Schwierigkeiten.«

Redmond ließ zwei Zuckerstücke in seine Tasse fallen und rührte um. Daß der Löffel immer wieder klirrend gegen die zarte Porzellanwand stieß, störte ihn nicht. Mit einem gellenden Pfiff befahl er den Kellner an den Tisch. »Warum hast du dich überhaupt darum gekümmert? Im Vertrag stand nichts davon.«

»Wir haben ihren Sohn umgebracht, mein Lieber. Wenigstens das waren wir ihnen schuldig.« Er senkte die Stimme, denn der Kellner näherte sich. »Auch für mich Tee, bitte.«

»Was will einer mit Gewissen in diesem Geschäft?« rief Redmond mit einem gekünstelten Lachen. »Außerdem hätten ihn seine Eltern jederzeit daran hindern können, wenn sie nicht einverstanden gewesen wären.« Er trank einen Schluck, dann gab er noch einen Würfel Zucker in seinen Tee.

»Nein, Redmond. Ist ein Japaner erst einmal volljährig, werden die Rollen getauscht. Er wird der Familienvorstand, und die Eltern hören auf ihn. Akira Takahashi hat die Rückkehr seiner Eltern beschlossen und hat seinem Vater befohlen, sein *Kaishaku* zu werden. Sie hatten keine andere Wahl.«

Der Kellner brachte Michael den Tee, was Redmond gar nicht zu registrieren schien. »Ja und? Die alten Vögel haben doch gekriegt, was sie wollten. Ich habe ihnen die Schiffsreise in ihr geliebtes Vaterland bezahlt.«

Michael legte einen Zuckerwürfel auf die Untertasse und zerdrückte ihn mit dem Löffel. Dann kippte er das Pulver in seinen Tee – er hatte sich diese amerikanische Sitte angewöhnt. »Ich weiß. Der Dampfer dürfte gestern in Japan eingetroffen sein.«

»Hast du's noch nicht gehört?« kicherte Redmond. »Der Alte war so aufgeregt, daß er noch am Pier mausetot umgefallen ist. Und hat dabei die Asche seines Sprößlings in sämtliche Richtungen verstreut. Das Gesicht von der Mama hätte ich ja zu gerne gesehen.«

Michael sah dem anderen prüfend in die Augen. Da mußte es sich doch um einen Scherz handeln! »Woher weißt du das? Und warum hat mir niemand etwas gesagt?«

»Keiner wußte, wo du warst. Soviel ich weiß, verschwindest du ja öfter von der Bildfläche, wenn du allein sein willst. Ein Bote hat mir ein Telegramm gebracht. Der Arme war ganz aufgelöst. Kam mir so vor, als hätte er sich auf der Suche nach dir in ganz Hollywood die Füße wundgelaufen.«

Michael führte mit zitternder Hand die Tasse an seinen Mund. Er hoffte, das Getränk würde ihn bald beruhigen. Lange sagte er kein Wort, bis Redmond unruhig auf seinem Stuhl hin und her rutschte. »Sie haben doch schon so viel durchgemacht«, murmelte er schließlich. Da Redmond ihn verständnislos anglotzte, erklärte er es ihm: »Der andere Sohn der Takahashis war im Krieg gegen die Russen bei der Marine. Er ist in der Schlacht um die Halbinsel Liaotung gefallen. Seine Mutter hat mir von seinem letzten Geburtstag erzählt; damals war er schon auf dem Kriegsschiff *Miyako*. Obwohl er nicht mit ihnen feiern konnte, hat sie ihm zu Ehren eine Schale Reis auf den Tisch gestellt, und der Geist ihres Ältesten ist für diesen einen Abend heimgekommen und hat ihnen Gesellschaft geleistet. Sie haben viel geredet und gelacht, doch mit Mondaufgang mußte er zu seinem Kriegsschiff zurück. In derselben Nacht ist die *Miyako* auf eine Mine aufgelaufen und gesunken.«

»Du behauptest, sein Geist sei ihnen am Abend vor seinem Tod erschienen?« höhnte Redmond. »Sag mal, was nimmt man denn dort unten bei Festen zu sich? Diesen *Sake*? Oder wird da fleißig Opium geschmaucht?«

Michael beherrschte sich nur mit Mühe. »Opium gibt es in China, Redmond, und nicht in Japan. Und sag jetzt bitte nicht wieder ›Ja und?‹ Im Glauben der Japaner muß ein Mensch nicht tot sein, um seinen Geist aus dem Körper zu entlassen. Die Takahashis glauben daran, daß sie mit ihrem ältesten Sohn am Abend vor seinem Tod gefeiert haben.«

»Bizarr.«

»Viele Japaner sind davon überzeugt, daß überall Geister unerlöst herumwandern, bis sie gerächt sind. Wer eines gewalttätigen Todes gestorben ist, wird unweigerlich die Schuldigen verfolgen. Mein Großvater hat mir an seinem Sterbebett davon erzählt. Er hat mir erklärt, man müsse einen Schrein für die Asche des Toten errichten und so den Geist besänftigen. Solange seine Asche aber keinen Ruheplatz gefunden hat, irrt der Geist über das Land und verrichtet nach Belieben sein Zerstörungswerk.«

»Hübsche Geschichte. Mir blutet das Herz.« Redmonds Augen verengten sich zu Schlitzen. »Aah, ich verstehe! Du willst mir mit der Geschichte von Mister Samurais Geist einen Schrecken einjagen. Vergiß es, Michael. Und selbst wenn, mich wird er kaum verfolgen. Ich habe ihn zu nichts gezwungen. Er ist ja freiwillig gekommen. Außerdem hast *du* ihn zu mir gebracht.«

Eine Antwort erübrigte sich in Michaels Augen. Er erhob sich. Den zur Hälfte getrunkenen Tee würde Redmond bezahlen. »War das der ganze Grund, warum du mich sprechen wolltest?«

Redmond grinste. »Ich wollte dir auch eröffnen, daß ich den Samuraifilm in drei Tagen vorführen werde. Ich habe fünf Männer aufgetrieben, die das Zeug in den Lichtspielhäusern genauso anödet. Wenn ich die versprochene Leistung bringe, zahlen sie mir jeder zehn Dollar. Sie befürchten aber, daß ich ihnen Trickaufnahmen andrehe. Du weißt schon, etwas in der Art von George Meliés.«

Michaels Gesicht verriet keinerlei Bewegung. »Meliés hat doch nie einen Mann gefilmt, der sich den Bauch aufschlitzt. Abgesehen davon, wer würde schon an deiner Ehre zweifeln, Redmond?«

Redmonds Grinsen erstarb. Mit verdrießlicher Miene trank er seinen Tee aus.

Redmond bestand darauf, den Film im Halbdunkel vorzuführen. Nur ein paar geschmacklose rote Gasfunzeln sorgten für etwas Licht. Noch abgeschmackter freilich war in Michaels Augen Redmonds Absicht, Takahashis weißes Tuch, das trotz intensiver Wäsche immer noch einige Blutflecken aufwies, als Leinwand herzunehmen.

Michael drückte gerade die Rolle in die Halterung, als Redmond mit den fünf Interessenten eintrat. Um für das seiner Meinung nach geeignetste Ambiente zu sorgen, hatte Redmond sich in ein lächerliches japanisches Festgewand gehüllt. Für das Publikum standen fünf wacklige Holzstühle bereit. Michael fragte sich erstaunt, ob er wirklich nichts Besseres hatte auftreiben können.

Die fünf Männer achteten nicht weiter auf Michael, so konnte er sie in aller Ruhe beobachten. Einer wirkte gelangweilt, zwei waren sehr nervös (der eine davon hatte sich einen falschen Schnurrbart angeklebt, der andere einen schwarzen Seidenhut tief über die Stirn gezogen). Die übrigen zwei schauten kritisch drein. Beide zupften sich intensiv an ihren identisch aussehenden Koteletten. Michael sah ihnen an, daß sie nur zu gerne über Redmond herfallen würden, wenn er sich als Schwindler erwies, und dafür bereitwillig zehn Dollar geopfert hätten. Gern hätte er gewußt, was für ein Leben solche Leute führten. Schlugen sie ihre Ehefrauen, oder taten sie ihren Kindern Gewalt an, suchten sie Prostituierte auf – oder genügte es ihnen, wenn sie sich an solch gräßlichen Bildern ergötzten?

Von den sechs Filmen, die er mit Redmond gedreht hatte, war dieser hier der erbärmlichste. Dabei hatten sie mit einer wunderschönen Studie über eine Ballettänzerin angefangen. Und nun dieses Blutbad! Was kam wohl als nächstes? Wollte Redmond am Ende ein Baby ermorden?

Nein, Michael wollte wieder einmal verschwinden und sämtliche Spuren verwischen. Trotz seiner japanischen Herkunft würde er dank seiner vielen Begabungen und Beziehungen schnell woanders Arbeit finden. New York war nicht schlecht, auch wenn sich das Interesse immer mehr auf Los Angeles und die aufregende Landschaft darum herum verlagerte.

Redmond räusperte sich. Mit größtenteils unzutreffenden Worten erklärte er den Männern die Bedeutung des Selbstmordrituals, des *Seppuku*, besser bekannt unter dem Namen *Harakiri*. Er wandte sich an Michael. »Kann es losgehen?«

Jawohl, Redmond. Siehst du nicht, wie ich darauf brenne? Michael überlegte kurz, ob er den Projektor einschalten und dann das Zimmer verlassen sollte. Noch einmal wollte er sich Takahashis Tod wirklich nicht antun. Dann aber entschied er sich dagegen. Er mußte das Projekt bis zum bitteren Ende durchstehen und sich dann endgültig von Redmond trennen.

»Sehr schön. Meine Herren, lehnen Sie sich zurück und genießen Sie die Premiere von Redmonds *Das rote Schwert*.« Er imitierte mit gefalteten Händen die in Japan übliche Verneigung, nickte Michael zu und trat hinter die fleckige Leinwand, um die roten Gasflammen kleiner zu stellen.

Das Stroboskoplicht flackerte, und auf dem Tuch erschien ein verschwommenes Bild von Akira Takahashi. Michael stellte sofort die Schärfe richtig ein.

Die fünf Zuschauer konnten sehen, wie Takahashi auf den Fersen auf dem Tuch hockte und das Schwert anstarrte, es aus der Scheide zog und aus der knotigen Hand seines Vaters das weiße Tüchlein entgegennahm. Das einzige Geräusch im Raum war das Rattern des Projektors. Die Männer beugten sich gespannt vor.

Takahashi drückte sich die Schwertspitze an die Lende.

Plötzlich erschien auf der Leinwand oben ein dunkelroter Strich. Er wurde schnell breiter und nahm bald ein Viertel der Fläche ein. Tropfen sonderten sich ab. Eine blutrote Flüssigkeit rann über das Tuch. Die fünf Männer tuschelten aufgeregt miteinander. Wie hatte Redmond es nur fertiggebracht, das matte Sepia mit diesem knalligen Rot zu überlagern? Hatte er eine besondere Technik?

»Michael!« japste Redmond.

Takahashi blickte auf sein Schwert hinab. Daß die dickflüssige rote Brühe nun über die gesamte Leinwand strömte, berührte *ihn* nicht.

In Michaels Magen regte sich wieder der Schmetterlingsschwarm. Er klopfte gegen die Linse. Der Schatten seiner Hand hätte auf der Leinwand erscheinen müssen, doch das war nicht der Fall. Das Rot floß unaufhaltsam weiter. Nun tropfte es auch schon aus dem Projektor. Michael betastete die Filmrolle. Als er die Finger herauszog, waren sie naß und klebrig.

Die Männer wurden ärgerlich. Was der Samurai mit seinem Schwert nun anstellte, war unter der roten Flüssigkeit längst nicht mehr zu erkennen. Redmond schluckte mehrmals nacheinander. Seine Haut nahm im roten Licht eine erschreckend graue Farbe an.

Das Blut hatte den unteren Rand der Leinwand erreicht. Nun war überhaupt nichts mehr zu erkennen.

Ein ohrenbetäubendes Getöse erfüllte den Raum. Michael wurde schwindlig. Für einen Moment verschwamm ihm alles vor den Augen. Ein eisiger Wind fegte über ihn hinweg – mit einem Schlag legte er sich wieder. Zurück blieb ein gespenstischer Nebel.

Willkommen in der Welt der Geister. Eine Stimme war das nicht. Es hatte auch nichts mit Worten zu tun, obwohl es eindeutig Japanisch war. Michael verstand es, aber auch die anderen schienen zu begreifen.

»Michael!« krächzte Redmond.

Der Projektor hatte sich von selbst ausgeschaltet, doch war die Leinwand weiterhin in ein glühendes Dunkelrot getaucht. Michael stand wie angewurzelt, auch die fünf Männer auf ihren Klappstühlen konnten sich nicht rühren. Es war, als wäre die Zeit in diesem Raum stehengeblieben, als wäre ein anderer Apparat, der sie filmte, angehalten worden und zeige nur noch ein Standbild – sie in ihrer Erstarrung.

Mit einer Ausnahme. Redmond rannte wüst schimpfend auf und ab.

»Was, zum Teufel, wird da gespielt?« Er wußte die Antwort anscheinend selbst, doch fiel ihm nichts anderes ein als so zu tun, als habe er die Situation im Griff.

»Kann das Wort Rache genügen?«

»Was soll das heißen?« kreischte Redmond. »Ich habe Wort gehalten! Ich bin ein Ehrenmann!«

»Du hast keinen Funken Ehre im Leib, Redmond. Versprechungen niederschreiben, das kannst du, aber nur, weil du aus den Leiden anderer Gewinn schlagen willst. Diese fünf Aasgeier, die frisch vergossenes Blut sehen wollen, sollen im Überfluß davon bekommen. Menschen wie sie verdienen den Tod der gewöhnlichen Verbrecher.«

Die fünf Männer konnten sich auf ihren Stühlen nicht rühren. Und dann sackten ihre Köpfe einer nach dem anderen nach unten. Michael hörte ein Knacken. Gleich darauf hallten gellende Schreie durch den Raum. Hilflos mußte Michael das alles mit ansehen. Kam er als nächster an die Reihe? Hatte er nicht dasselbe getan wie Redmond?

»Doch du sollst deine Ehre wiedererlangen dürfen, Redmond. Ich gebe dir die Möglichkeit, den Tod eines Mannes von Ehre zu sterben.«

Der dicke rote Vorhang über der Leinwand löste sich auf. An seiner Stelle war ein neues Bild zu sehen. Es zeigte einen Mann in einem protzigen japanischen Festgewand, der auf den Fersen dasaß und ein Schwert gegen seinen entblößten Bauch drückte – Redmond.

»Das kannst du nicht machen!« Redmond zerrte verzweifelt an seinem Kimono, als wolle er das Bild verscheuchen. Der Redmond auf der Leinwand betrachtete stumm das Schwert, das jeden Moment seine Bauchwand durchdringen würde. »Wir hatten einen Vertrag!«

»Ich habe keinen Vertrag mit dir geschlossen.«

»Doch! Du hast ihn sogar unterschrieben! Ich habe meinen Teil Punkt für Punkt erfüllt. Ich habe dich nicht betrogen. Es tut mir ja leid, daß dein Vater gestorben ist, aber damit hatte ich nichts zu tun. Was kann ich dafür, wenn deine Asche dabei verstreut worden ist? Bitte!«

Michael wollte Redmond etwas zurufen, doch seine Stimmbänder versagten ihm den Dienst.

»Du verwechselst mich mit meinem Sohn, du Narr. Er ist mit dem Geschäft zufrieden, obwohl es ihn einen hohen Preis gekostet hat. Ich bin diejenige, die Rache verlangt.«

Auf der Leinwand erschien jemand hinter Redmonds Abbild.

Es war Takahashis Mutter.

»Du?«

»Ich bin diejenige, die am meisten gelitten hat. Meine Söhne sind beide tot. Und nun auch mein Mann. Seitdem bin ich allein und mittellos in meinem Vaterland. Ich verlange Vergeltung.«

»Du kannst doch kein Geist sein. Du lebst ja noch!«

Die alte Frau auf der Leinwand hob lächelnd das Schwert. *»Ein Körper muß nicht tot sein, damit seine Seele sich frei bewegen kann.«*

Sie nickte Redmonds Abbild zu. Er blickte wie in eine Trance versunken ins Leere. Und dann stieß er sich das Schwert in den Bauch.

Das Bild auf der Leinwand löste sich auf. Gleichzeitig platzte die Birne im Projektor. Michael riß das Kabel aus dem Stecker. Stille senkte sich über den Raum, doch Michael glaubte, einen Schrei in der Zeit ersterben zu hören. Er erkannte Redmonds Stimme.

In der plötzlichen Dunkelheit tastete er nach dem Lichtschalter. Redmond lag, die Hände fest auf den Bauch gepreßt, auf dem Rücken. Die anderen fünf saßen in sich zusammengesunken auf den Stühlen. Ihre Arme baumelten zu beiden Seiten herab.

Michael befühlte Redmond. Seine Haut war kalt und starr. Er wandte sich den Geschäftsmännern zu. Auch sie waren tot. Blut entdeckte er nirgendwo. Das klebrige Rot auf der Leinwand und im Projektor war verschwunden. Auch seine Finger waren wieder rein – nur äußerlich freilich.

Ein lähmender Schreck kroch in ihm hoch. Warum hatte der Geist der alten Frau ihn verschont? Er hatte doch den Tod ihres Sohnes in die Wege geleitet. Andererseits hatte er anders als Redmond ihren Ehrbegriff nicht verletzt. Was aber nicht hieß, daß Michael ein Ehrenmann war. Die Auseinandersetzung mit der eigenen Schande stand ihm noch bevor.

Schande. Die Ehrbegriffe seiner Kultur wiesen Michael Kendai den Weg, den einer zu gehen hat, wenn er Schande auf sich geladen hat.

Er spulte den Film zurück, dann nahm er ihn aus dem Apparat. Kein Mensch sollte je *Das Rote Schwert* sehen dürfen. Er würde die Rolle so bald wie möglich zerstören.

Erwartete der Geist der alten Frau von ihm nun, daß er den Traditionen Folge leistete? Auf die Ausrede, er hätte es nicht gewußt, konnte er sich nicht berufen. Und das tat Michael auch nicht. Würde sie ihn verfolgen und für sein Verbrechen büßen lassen, wenn er sich nicht selbst tötete?

Er wußte, wo Redmond die anderen Filme aufbewahrte, und legte die Rolle von der Tänzerin in den Projektor. Wenn man die Toten fand, war er längst über alle Berge. Er beherrschte die Kunst, seine Spuren zu verwischen. New York erschien ihm verheißungsvoller denn je.

Michael verließ den Vorführraum. Die Scham und die Furcht kämpfte er nieder. Doch auf der Straße mußte er sich dazu zwingen, nicht zu rennen.

GRAHAM MASTERTON

Futter für die Schweine

GRAHAM MASTERTON ist Schotte. Er hat also weniger mit dem MANITOU zu tun (auch wenn das sein wohl berühmtester Roman- und Filmerfolg ist), als mit einem Highlander. Aber keine Angst, trotz seiner grusligen Geschichten ist er ein äußerst gepflegter Gentleman mit einer reizenden Frau und zwei wohlerzogenen Kindern (warum glaubt eigentlich jeder, die Kinder eines Horrorautors müßten kleine Monster sein...? Auaaaa! Du, wenn du das noch mal machst, mußt du in dein Pentagramm zurück!! Entschuldigung, mein kleiner Sohn hat gestört...). Also, wie gesagt, Graham ist Schotte. Muß ich eigentlich noch mehr sagen?

Futter für die Schweine

David kletterte verdrossen aus seinem Landrover und knallte die Tür zu. Die Hände tief in den Jackentaschen vergraben, trottete er zu seinem Haus. Endlich hatte es zu regnen aufgehört, doch ein rauher Wind fegte über den Hof. Über seinem Kopf jagten die Wolken einander.

Daß er heute Schwein gehabt hatte, konnte David beim besten Willen nicht behaupten.

Um halb sechs am Morgen hatte er bei strömendem Regen einen Wurf von sieben Rasseferkeln in den Wagen gepackt und war nach Chester gefahren. Wegen Verdachts auf Wundrose sollte sie ein Tierarzt vom Veterinäramt untersuchen. Dieser blutjunge Berufsanfänger hatte ihn geschlagene zweieinhalb Stunden warten lassen, weil er seinen Zug verpaßt hatte. Danach war er mit einem Bankmenschen essen gegangen, dessen durchnäßter Anzug gestunken hatte wie ein alter Spaniel. Aber einen Kredit hatte er David nicht gewährt, obwohl er und Malcolm dringend Geld für die Reparatur des Scheunendachs benötigten.

Er war durchnäßt, erschöpft und am Boden zerstört. Zum erstenmal, seit sie vor vier Jahren die Schweinezucht von ihrem Onkel übernommen hatten, sah er schwarz für die Zukunft von *Bryce Prime Pork*. Selbst wenn sie die Hälfte des Bestands und sämtliche Felder verkauften und dazu eine neue Hypothek auf ihr Haus aufnahmen, bestand kaum noch Hoffnung.

Er hatte die Steinstufen fast erreicht, da bemerkte er, daß in der Scheune noch Licht brannte. Daß dieser Malcolm auch immer so verdammt vergeßlich sein mußte! Außerdem hatten sie es nur Malcolms übertriebenem Ehrgeiz zu verdanken, daß sie so tief in den Schlamassel geraten waren! Wenn es nach ihm gegangen wäre, hätten sie das Geld in die neuen Maschinen nicht investiert und auch nicht die neue Schlachtanlage und den Gefrierschrank angeschafft. *Bryce Prime Pork* steckte in einer Zwickmühle zwischen sinkender Nachfrage und steigenden Kosten. Nach und nach hatte David seine hochfliegenden Träume vom wohlhabenden Gentleman-Farmer begraben müssen.

Wütend stapfte er auf die Ställe zu. Ihre Zucht war eine der hygienischsten in ganz Derbyshire, aber am Abend stank es bei Wind immer noch stark nach Ammoniak, und an Davids Schuhen klebte dünner schwarzer Schmer, der bei Nässe das ganze Grundstück zu bedecken schien. Er riß das Tor auf und trat in die Scheune. Sämtliche Lichter brannten, aber Malcolm war nicht zu sehen. Nichts als Säcke von Fischmehl, Mais, Kartoffeln, gemahlenen Nüssen und graue Plastikmülltonnen voller gekochter

Schlempe. Sie mischten sich ihr Schweinefutter lieber selbst. Erstens kam es sie billiger als die Fertigprodukte und zweitens hatte Malcolm eine ganz eigene Mischung aus Schlempe, Getreide und Konzentrat entwickelt. Nun wurden ihre Schweine nicht nur schneller fett, sondern gaben auch einen besseren Schinken ab, der ihnen bereits einen Preis eingebracht hatte.

In den nachtschwarzen Fenstern konnte David sein Spiegelbild erkennen. Er sah untersetzter, geduckter aus, als er immer gedacht hatte. Während er an dem gewaltigen Stahltrichter ihrer Futtermühle vorbeiging, kam er sich auf einmal vor wie ein Zwerg, wie ein finsterer, vom Leben enttäuschter Troll. Vielleicht wirkten sich Niederlagen auf das Äußere eines Mannes aus und drückten ihn nieder, bis er sich selbst nicht mehr erkannte.

Er inspizierte die Schalter neben der Tür und schaltete sie nacheinander aus. Beim letzten, dem für die Futtermühle, stutzte er. Komischerweise war sie als einziges Gerät nicht in Betrieb.

Er zögerte. Weder Malcolm noch Dougal White, ihr Vormann, hatte etwas davon gesagt, daß sie kaputt wäre. Sie stammte aus Deutschland, hergestellt von Müller-Koch in Düsseldorf, und lief, abgesehen vom Ärger mit den Schneideblättern ganz am Anfang, absolut zuverlässig.

David drückte den Schalter auf ›on‹, und zu seiner Überraschung setzte sich das Mahlwerk auf Anhieb mit einem metallenen Geräusch, das sich anhörte, als würde eine Stahlklinge geschliffen, in Bewegung.

Im nächsten Moment drang ein gräßlich verzerrtes Kreischen an sein Ohr. Er erstarrte. Im ersten Schock begriff er rein gar nichts. Er wußte weder, woher die Schreie kamen, noch wie er Abhilfe schaffen konnte. Schließlich tastete er doch nach dem Schalter und drückte ihn hastig auf ›off‹. Die Schreie überschlugen sich. Sie waren eher noch lauter, noch schriller geworden und wurden von den

Wänden so grell zurückgeworfen, daß David glaubte, jeden Moment überzuschnappen.

Ein Knirschen, und das Mahlwerk blieb stehen. Mit steifen Beinen stakste David zu dem riesigen Stahltrichter, in denen sie das zu mahlende Futter kippten. Das Brüllen kam eindeutig von dort. Mühselig kletterte er die Leiter an der Außenwand hinauf. Die Schreie erstarben allmählich und wichen einem Gurgeln und Stöhnen.

Endlich kam David oben an und beugte sich über die Umrandung. Zu seinem Entsetzen erblickte er zunächst statt blitzendem Stahl nur rostrotes Blut. Und dann, ganz unten auf dem Boden – Malcolm. Er stand da und starrte mit verdrehten Augen zu ihm hinauf. Mit den Händen stemmte er sich so fest er konnte gegen die Wand. Oder vielmehr: Er schien zu stehen, aber als David genauer hinsah, mußte er erkennen, daß die Stahlblätter Malcolm bis zu den Schenkeln zerfetzt hatten. Er war gebadet in einer dickflüssigen Masse aus Blut und zerhackten Knochen. Hin und wieder blubberte es an der Oberfläche. Malcolms Hemd war mit Blut getränkt und sein Gesicht mit Kleckser bespritzt wie eine Landkarte.

David starrte Malcolm an, und Malcolm starrte David an. Sie waren verbunden und zugleich hoffnungslos getrennt durch einen stummen Schmerz, der mehr ausdrückte, als es jeder Schrei vermocht hätte.

»O Gott«, ächzte David. »Das wußte ich nicht.«

Malcolms Mund ging auf und zu. Auf seinen Lippen stand rosa Schaum. Eine Blutblase bildete sich und platzte.

So weit er konnte, beugte sich David über die Umrandung und streckte die Hand aus. »Komm, Malcolm, ich zieh' dich da raus. Bitte, es wird alles wieder gut.«

Malcolm reagierte jedoch nicht. Er stemmte weiter die Arme gegen die Seitenwände und schüttelte nur stumm den Kopf. Über seine Wange strömte nicht versiegen wollendes Blut.

»Komm schon, Malcolm, ich zieh' dich raus, und dann hol' ich einen Arzt.«

Wieder schüttelte Malcolm nur den Kopf, diesmal fast schon störrisch. Erst jetzt begriff David, daß es nicht mehr viel zum Rausziehen gab. Malcolm war nicht nur mit den Füßen zwischen die Blätter geraten, der Stahl hatte ihn schon fast bis zur Hüfte zerhackt. Alles darunter – die Füße, Beine, Schenkel – war ein einziger Brei aus zermahlenen Knochen, Muskeln, Sehnen, Fleisch und Haut, der nun langsam durch den Filter tropfte.

»O Gott, Malcolm! Sei tapfer! Ich hole Hilfe. Bitte halte durch!«

»Nein!« bellte Malcolm mit vom Schock erstickter Stimme.

»Um Gottes willen, ich hole Hilfe!« schrie David.

»Nein! Ich will es so!«

»Was – was soll das heißen?«

David sah, wie Malcolms Finger zuckten. Was für gräßliche Schmerzen sein Bruder ertragen mußte, konnte er bestenfalls erahnen. Und doch sah Malcolm auf einmal mit einem Lächeln zu ihm auf. Einem fast verklärten Lächeln!

»Es ist herrlich, David. Einfach herrlich. Ich hätte nie geglaubt, daß Schmerzen so wunderbar sein können. Etwas Schöneres habe ich nie erlebt. Bitte, bitte schalte die Maschine wieder ein.«

»Ich soll sie wieder einschalten?«

Malcolm zitterte auf einmal am ganzen Leib. »Du mußt! Ich will es wirklich. Leben, Liebe... das alles zählt nicht mehr. Nichts läßt sich mit diesem Gefühl vergleichen!«

»Nein!« rief David. »Das kann ich nicht!«

»David!« flehte Malcolm. »Ich muß sowieso sterben. Bitte schenke mir dieses Erlebnis. Wenn du's nicht tust... glaub's mir, ich würde dich bis zu deinem Tod nicht mehr zur Ruhe kommen lassen.«

David verharrte unentschlossen auf seiner Leiter. Zehn

Sekunden waren es nur, doch sie erschienen ihm endlos lang.

»Bitte glaub's mir! Es ist wunderschön, einfach vollkommen. Es ist ein Gefühl jenseits der Schmerzen, aus der anderen Welt. Man muß sterben, um so etwas zu erleben. Aber was für ein langer Weg war es bis dahin, David!«

David blieb noch einen Moment regungslos oben stehen, dann kletterte er langsam auf wackligen Füßen hinunter. Er versuchte, nichts zu denken, als er den Schalter wieder nach unten drückte.

Aus dem Mahlwerk drang ein gellender Schrei, der zugleich entsetzliche Schmerzen und das reinste Glück ausdrückte. David blieb wie angewurzelt stehen. Das kaum verdaute Mittagessen kam ihm hoch. Eine dicke, säuerliche Flut ergoß sich zu seinen Füßen.

Plötzlich überwältigte ihn das Bedürfnis, alles zu *sehen*. Er kletterte die Leiter wieder hinauf, klammerte sich an der Umrandung fest und starrte hinunter. Malcolm lebte noch. Sein Torso spannte sich an, während die Schneideblätter seinen Unterleib in einen brodelnden Brei aus Blut, Haut, Knochen und zerfetzten Kleidern zermalmten.

Sein Gesicht war eine Maske der totalen Konzentration und Verzückung inmitten der Qualen. Er genoß sie, er triumphierte und kostete jede Sekunde aus. Die Vernichtung seines Körpers, die Zerstörung seines Lebens ... und er war glücklich.

Jenseits der Schmerzen, hatte er gesagt. *Aus der anderen Welt.*

So lange er konnte, stützte sich Malcolm mit den Händen ab, blieb er aufrecht stehen. Schließlich verließ ihn die Kraft, und seine Arme sanken Zentimeter für Zentimeter nach unten. Seine ekstatischen Schreie gingen über in ein einziges Kreischen, wie David es noch nie gehört hatte, ein durchdringendes, nicht mehr irdisches Triumphgeheul.

Sein Bauch wurde zerfetzt. Haut, Fett, Eingeweide wurden durch einen Mahlstrom gejagt, tauchten unter im Rachen der Maschine.

»David!« schrie er noch einmal. »David! Es ist vollbracht!«

Die Blätter durchschnitten seine Rippen. Noch einmal konnte er die Arme erheben. Wie in einem wütenden Tanz wurde er durch den Brei gewirbelt. Dann war nur noch der Kopf zu sehen, der sich rasend schnell in einem Schaum aus rosa Blut drehte. Schließlich wurden die Wangenknochen zerhackt, und auch der Kopf war weg. Der Strudel toste immer schneller, denn nichts bot jetzt den Stahlblättern mehr Widerstand.

Zitternd kletterte David die Leiter hinunter und schaltete die Maschine aus. Ein langes Heulen und dann Stille. Nur der Wind pfiff um die Mauern.

Was sollte er nun tun? Für Hilfe war es zu spät. Es war nicht nur sinnlos, einen Arzt zu alarmieren – wie hätte er ihm auch erklären sollen, daß er die Maschine wieder eingeschaltet hatte, ohne zuvor Malcolm rauszuholen?

Die Polizei würde schnell herausfinden, daß die Futtermühle Malcolms Körper nie im Ganzen hätte zerhacken können, daß er Zeit genug gehabt hätte, sie vorher rechtzeitig auszuschalten. Und was würden sie sagen, wenn er angab, daß Malcolm gar nicht mehr gerettet werden wollte, daß er ihn angefleht hatte, ihn sterben zu lassen?

Zitternd stand er allein in der Scheune. Er und Malcolm hatten sich in der letzten Zeit oft gestritten, und jeder wußte das. Erst vor zwei Wochen hatten sie sich bei einer Viehversteigerung in Chester angeschrien. Es brauchte nur jemand den Verdacht äußern, er habe Malcolm vorsätzlich ermordet, und er mußte mit seiner Festnahme, Verurteilung und vielen Jahren Gefängnis rechnen. Und selbst wenn er seine Unschuld beweisen konnte, sein Unternehmen wäre vollends ruiniert. Wer würde denn noch seine Produkte kaufen, wenn er wußte, daß das Schweinefutter von der gleichen Maschine gemahlen wurde, die einen von den Brüdern Bryce zu Brei verarbeitet hatte?

Es sei denn, niemand erfuhr davon.

Es sei denn, niemand fand Malcolm.

Eine Geschichte fiel ihm ein, in der ein Farmer seine Frau ermordet und an die Hühner verfüttert hatte. Die hatte er dann ebenfalls getötet und anderen Hühnern zum Fressen gegeben, bis auch die allerletzte Spur seiner Frau verschwunden war.

Er hörte ein Tröpfeln in der Maschine. Bald würde Malcolms Blut verkrusten, und dann würde er es kaum noch wegwaschen können. Nach kurzem Zögern schaltete er die Lichter wieder an. Dann lief er zu den Kleie- und Soyamehlsäcken hinüber. So erschöpft und verzweifelt er auch sein mochte, heute nacht mußte er noch Schweinefutter anrühren.

Nach unruhigem Schlaf wachte er früh auf. Lange blieb er im Bett liegen und starrte zur Decke. Es fiel ihm schwer zu glauben, daß das, was heute nacht geschehen war, Wirklichkeit sein sollte. Fast meinte er, er habe nur einen Gruselfilm gesehen. Trotzdem, tief in sich spürte er einen kalten Klumpen. Seine Seele ließ sich nichts vormachen. Etwas in ihm hatte sich verändert. Sein ganzes Leben würde sich nun ändern – was er dachte, was er sagte, welche Menschen er lieben konnte, welche Risiken er einzugehen bereit war.

Nach der Morgendämmerung sah er in den Schweineställen die Lichter angehen. Dougal und Charlie waren also gekommen. Er zog sich an und ging nach unten in die Küche, wo er zunächst eine halbe Flasche eiskalte Milch trank. Sie kam ihm gleich wieder hoch, und er erbrach sie in die Spüle. Mit einem feuchten Küchentuch wischte er sich den Mund ab und ging hinaus.

Dougal band gerade eine Sau fest, weil er ihre Ferkel von ihr trennen und in eine beheizte Box stecken wollte.

Ferkel unter vier Wochen brauchen so etwas, denn ihre Mutter konnte ihnen nicht genug Wärme geben. Charlie fütterte ein paar Boxen weiter den einäugigen Old Jeffries, ihren riesigen ehemaligen Zuchteber. Weil seine Rasse, die *Large Blacks,* heute nicht mehr so gefragt war, züchteten sie in erster Linie Schweine von der Sorte *Danish Landrace.* Die waren sehr gefügig, vermehrten sich schnell und gaben einen exzellenten Schinken. Trotzdem hätte es Malcolm um Old Jeffries leid getan, und darum bekam er das Gnadenbrot. Ihr Onkel hatte ihnen den Eber damals vermacht, und mit ihm hatten sie am Anfang auch ihren ersten Zuchtpreis gewonnen. »Old Jeffries und ich werden eines Tages im selben Grab liegen«, hatte Malcolm gern gesagt.

»Morgen, Mr. David!« rief Dougal, ein pausbäckiger Bursche mit sandfarbenen Haaren und leicht hervorquellenden Augen.

»Morgen, Dougal.«

»Ist Mr. Malcolm noch nicht da?«

David schüttelte den Kopf. »Nein ... ich glaube, er ist nach Chester gefahren.«

»Ach so? Komisch. Wir wollten heute doch die Box für die Jungschweine reparieren.«

»Na ja, dabei kann ich dir auch helfen.«

»Hat er nicht gesagt, wann er zurückkommt?«

»Nein«, erwiderte David, »kein Wort.«

Er ging die Boxen ab. In der letzten war Old Jeffries untergebracht. Charlie hatte einen Eimer frisches Futter in den Trog gekippt, und der große, schwarze Eber wühlte gierig mit der Schnauze darin herum. Sein gelbes Auge blieb dabei auf David gerichtet.

»Heute schmeckt ihm das Frühstück aber besonders«, meinte Charlie, ein junger Bursche aus dem Dorf. Er wollte einmal Tierarzt werden und machte bei *Bryce Pork* ein Praktikum.

»J-ja«, murmelte David. Wider seinen Willen fasziniert

sah er zu, wie Old Jeffries die dunkelrote Mischung aus Ballastnahrung und Fischmehl grunzend in sich hineinschlabberte. Am Rande des Wahnsinns war er gestern nacht gewesen, als er die breiigen Reste von Malcolm mit dem anderen Zeug verrührt hatte. »Das ist eine neue Mischung, die wir da ausprobieren.«

»Hat Mr. Malcolm den Schaden am Mahlwerk gestern wieder hingekriegt?«

»Oh, ... o ja«, stotterte David. Er konnte den Blick nicht von Old Jeffries abwenden, der sich weiter grunzend über sein Futter hermachte. Und der Eber richtete sein gelbes Auge unentwegt auf den Züchter.

»Was hat denn der Tierarzt gesagt?« erkundigte sich Charlie.

»Ach, nicht viel. Wundrose ist es Gott sei Dank nicht. Zinkmangel, meint er. Zu viel Trockenfutter.«

Charlie nickte. »Daran hatte ich auch schon gedacht. Aber die neue Mischung ist ja super! Sie riecht auch toll. Ich habe davon gekostet.«

David fuhr herum. »Was hast du gemacht?«

»Regen Sie sich nicht auf«, lachte Charlie. »Sie wissen doch, was Malcolm immer sagt. Er würde den Schweinen nie etwas zu fressen geben, was ihm nicht auch schmekken würde. Ich kenne keinen Menschen, der sein Vieh so liebt wie Ihr Bruder. Mit Leib und Seele hängt er dran.«

Old Jeffries hatte mittlerweile den Trog leergefressen und schleckte nun den Boden ganz blank. Gebannt sah David zu, wie er sich zum Schluß die Borsten um die Schnauze herum ableckte.

»Ich koche mir jetzt erst mal einen Tee«, erklärte er mit belegter Stimme und gab Charlie einen Klaps auf den Rükken.

Ständig klingelte das Telefon, und alle möglichen Leute verlangten, Malcolm zu sprechen. Ein Mann fuhr mit einem vor Dreck starrenden Montego vor. Er war Versicherungsvertreter und hatte mit Malcolm einen Termin vereinbart. David wimmelte sie alle ab. Malcolm sei nach Chester gefahren, erklärte er. Wann er zurückkomme, könne er beim besten Willen nicht sagen. Bin ich meines Bruders Hüter? Als Dougal am Abend heimgegangen war, machte er noch einmal eine Runde durch die Ställe und vergewisserte sich, daß alles seine Ordnung hatte.

Ganz zum Schluß schaute er bei Old Jeffries vorbei. Der Eber starrte ihn an. Aus seiner Kehle drang ein Laut, wie ihn David noch nie von einem Schwein gehört hatte.

»Na, alter Junge«, sagte er und lehnte sich über den Verschlag. »Sieht ganz so aus, als hätte Malcolm genau gewußt, was er sagte, wenn er davon redete, daß ihr zwei mal im selben Grab beerdigt werdet.«

Old Jeffries schürzte grunzend die Schnauze.

»Sonst wußte ich ja nicht, was ich hätte tun sollen«, fuhr David fort. »Er wäre doch vor meinen Augen verblutet. Mein Gott, länger als fünf Minuten hätte er nie durchgehalten.«

Old Jeffries grunzte wieder.

»Danke, O.J., du bist ein guter Zuhörer«, sagte David und tätschelte dem alten Eber den Kopf.

Ohne jede Vorwarnung verbiß sich Old Jeffries in seiner Hand. Die Finger brachen, und spitze Zähne bohrten sich in Davids Handfläche. Brüllend vor Schmerzen versuchte er sich zu befreien, doch Old Jeffries zerrte mit solcher Gewalt, daß David über das Gatter flog und auf dem nach Ammoniak stinkenden Stroh landete.

Im nächsten Augenblick wurde ihm der Arm hinter dem Rücken verbogen, bis der Ellbogen brach. Schreiend versuchte er, sich zur Seite zu wälzen, doch schon bearbeitete Old Jeffries mit den Vorderfüßen seine Brust so heftig, daß mehrere Rippen brachen und der linke Lungenflügel einen Riß abbekam. Old Jeffries wog über dreihundert Kilo. Da konnte David sich winden und kämpfen, soviel er mochte, der Eber ließ sich nicht abschütteln.

»Dougal!« brüllte David, doch ihm war klar, daß sein Vorarbeiter vor zwanzig Minuten gegangen war. »O Gott! Hilfe! Hilfeeee!«

Mit einem wütenden Grunzen trampelte Old Jeffries auf David herum und verdrehte seine Hand immer mehr. Zu seinem Entsetzen sah David zwei Finger auf das Stroh fallen. Mit seinem borstigen Unterleib zerkratzte der Eber ihm das Gesicht, und der stechende Tier- und Ammoniakgeruch betäubten ihn fast.

Auf dem Rücken liegend, krabbelte David unter dem Bauch des Ebers hindurch, packte ihn schließlich mit seiner freien Hand am Rücken und versuchte, sich hochzuziehen. Einen kurzen Moment lang glaubte er, er hätte es geschafft, doch dann ließ Old Jeffries mit einem wütenden Quietschen Davids Hand los und wühlte sich mit der Schnauze zwischen seine Schenkel.

»Nein!« brüllte David. »Das nicht! Nicht da!«

Doch schon zerfetzten Old Jeffries' scharfe Zähne seine Hose und rissen ihm ein großes Fleischstück vom Knochen. Und dann hatte der Eber sich weiter oben verbissen. David spürte, wie seine Zähne alles durchtrennten, was dort hervorstand. David warf den Kopf zurück und stieß einen Schrei der Verzweiflung aus. Er wollte auf der Stelle sterben, keine Schmerzen mehr empfinden, nichts als Dunkelheit um sich herum spüren.

Doch jetzt gab Old Jeffries sich zufrieden. Er ließ von David ab und zog sich mit seiner grausigen Beute zwischen den Zähnen zurück. Trotzdem ließ er den Mann nicht aus dem Auge, als warne er ihn davor, sich die abgetrennten Teile zurückzuholen.

David erbrach Blut. Mit einem langgezogenen Wimmern richtete er sich auf. Er spürte, daß er literweise Blut verlor. Warm und bedrohlich spritzte es durch das Loch in seiner Hose. Er wußte, daß er sterben würde. Aber ein Schwein sollte nicht über sein Leben verfügen dürfen. Nein, er wollte den gleichen Weg gehen wie Malcolm. Jenseits der Schmerzen und im Angesicht der anderen Welt. Er wollte die endgültige Ekstase erleben.

Er öffnete das Gatter und humpelte an den Ställen vorbei. Eine Blutspur markierte seinen Weg. Nach kurzem Zögern folgte ihm Old Jeffries. Seine Klauen klapperten auf dem Betonboden.

David schleppte sich über den Hof zur Scheune, in der sie das Futter aufbewahrten und wo die Mahlmaschine stand. Ihm war so kalt – kälter, als er sich je gefühlt hatte. Im Abstand von zwanzig Metern trottete Old Jeffries ihm nach. Sein Auge leuchtete in der Dunkelheit.

Keuchend öffnete David die Tür und schaltete die Lichter an. Dann mußte er sich gegen die Wand lehnen. Mit eigener Kraft konnte er sich kaum noch aufrecht halten. Old Jeffries folgte ihm über die Schwelle und blieb stehen. Groß und schwarz stand er da, kam ihm aber nicht näher. David drückte nun den Hebel für das Mahlwerk nach unten. Sogleich setzten sich die Stahlblätter knirschend in Bewegung.

Eine ganze Ewigkeit schien zu vergehen, bis David die Leiter endlich erklommen hatte und von oben in den Trichter schauen konnte. Die Blätter blitzten im Lampenlicht.

Ekstase hatte Malcolm gerufen. *Ein Gefühl jenseits der Schmerzen.*

Er brachte seine bluttriefenden Füße über die Umrandung. Ein Stoßgebet noch: Gott, vergib mir. Geliebte Mutter, bitte vergib mir.

Er ließ los und schlitterte die Stahlwand hinunter. Mit den Füßen zuerst landete er zwischen den Blättern.

Erst schrie er auf vor Entsetzen und dann vor Schmerzen. Gnadenlos schnitt sich der Stahl durch seine Knöchel, Schienbeine, Knie. Er sah, wie seine Schenkel zu einem blutroten Chaos aus Knochen, Muskeln und Sehnen zermalmt wurden. Die Schmerzen waren so unerträglich, daß er mit den Fäusten gegen die Innenwände trommelte.

Das war keine Ekstase! Das waren unerträgliche Schmerzen! Und dazu kam noch das Wissen, daß er bereits rettungslos verstümmelt war. Daß er so gut wie tot war.

Die Blätter bohrten sich in seine Schenkel. Er hatte schon gedacht, er sei ohnmächtig, aber das stimmte nicht. Man konnte das Bewußtsein nicht verlieren, wenn die Schmerzen so gräßlich waren, daß nichts verschont blieb, auch die tiefsten Winkel der Seele nicht.

Er spürte, wie sein Unterleib zerbrochen, zerstoßen und zu Brei zermalmt wurde. Er spürte, wie ein Sog seine Eingeweide ergriff und aus dem Bauch riß. Und dann geriet der Rest zwischen die Blätter und wurde wie bei Malcolm durch einen Strudel gewirbelt. Den Bruchteil einer Sekunde spürte er auch das noch, diesen wilden Derwischtanz, einen Tanz der Schmerzen. Malcolm hatte gelogen! Jenseits der Schmerzen gab es nichts als nur noch mehr Schmerzen. Und auf der anderen Seite wartete etwas, was ihm die Sicht raubte und Schmerzen vergleichsweise noch als Liebkosung erscheinen ließ.

Die Blätter zerschnitten ihm die Kiefer, zermalmten sein Gesicht. Blut und Hirnmasse wurden im Kreis herumgewirbelt, und dann war von ihm nichts mehr übrig.

Über eine Stunde drehte sich das Mahlwerk noch in einem rasenden Tempo. Schließlich hatte es sich überhitzt, und die Blätter kamen mit einem Pfeifen zum Stehen.

Noch tröpfelte Blut, aber immer langsamer.

Der einäugige Old Jeffries blieb in der geöffneten Tür stehen, wo ihm der kalte Nachtwind durch die Borsten fegte. Was Strafe war, wußte er nicht. Was Schuld war, wußte er nicht. Aber auch wenn er es nicht verstand, so war vorher doch etwas durch die Windungen seines primitiven Gehirns gedrungen – ein unbändiges Verlangen nach Rache.

WILLIAM RELLING JR.

Zu Hause ist es doch am schönsten

WILLIAM RELLING jr. ist ein Meister der Verführung! Na ja, stürzen Sie jetzt bitte nicht alle nach Los Angeles, liebe Leserinnen! Ich habe es anders gemeint. Er schreibt gute Geschichten, führt den Leser an der Hand, wiegt ihn in Sicherheit, bis man sich ihm blind anvertraut – und dann läßt er einen in den Abgrund fallen. Kennen Sie die schönen Geschichten von Dorothy und dem Zauberer von Oos? Gut – dann genießen Sie jetzt die letzte davon.

Zu Hause ist es doch am schönsten

Der freundliche, weißhaarige Mann machte ein bekümmertes Gesicht. »Ich fürchte, ihr täuscht euch da. Außer mir gibt es keinen anderen Zauberer.«

»Schwätzer!« schrie die Vogelscheuche.

»Genau!« knurrte der Löwe.

»Ihr habt ja recht«, meinte der Zauberer traurig. »Ich bin ein Schwätzer.«

»Dann bist du ein schlechter Mensch«, schalt ihn Dorothy.

»O nein, meine Liebe, ich bin ein guter Mensch.« Seine Stimme wurde leiser. »Aber ich bin ein schlechter Zauberer.«

»Was ist mit dem Herz, das du unserem Zinnsoldaten versprochen hast?« bedrängte ihn die Vogelscheuche. »Und dem Mut für den feigen Löwen, und wo bleibt mein Gehirn?«

»Ein Gehirn ist wirklich nichts Besonderes«, tröstete sie

der Zauberer. »Das ist billige Massenware. Die niedrigsten Kreaturen, ob sie nun über die Erde kriechen oder sich in den trübsten Gewässern winden, haben eins. Da, wo ich herkomme, gibt es Universitäten – Brutstätten der Gelehrsamkeit. Die Menschen gehen dorthin, um große Denker zu werden. Und wenn sie sie verlassen, geben sie die tiefsten Gedanken von sich. Dabei ist in ihrem Gehirn auch nicht mehr Verstand als in deinem. Aber: Sie haben etwas, was du nicht hast – ein Diplom.«

Aus einem Sack zu seinen Füßen zog der Zauberer ein Stück Papier. »Sei's drum. Kraft der mir durch die UNIVERSITATUS COMMITTIATUM E PLURIBUS UNUM erteilten Vollmacht verleihe ich dir hiermit den Ehrentitel eines Dr. del.«

Die Vogelscheuche nahm mechanisch die Urkunde aus den Händen des Zauberers entgegen, gleichwohl war ihr Gesicht ein einziges Fragezeichen. »Dr. del.?«

Der Zauberer nickte. »Das ist ein ... ääh ... Doktor der Denkologie.«

Der Vogelscheuche ging mit einem Schlag ein Licht auf. Sie legte den Finger in Denkerpose an die Stirn. »Die Summe der Quadratwurzeln zweier beliebiger Seiten eines gleichschenkligen Dreiecks ist gleich der Quadratwurzel der dritten«, ratterte sie herunter und machte einen Luftsprung. »Freude! Wonne! Ich habe ein richtiges Gehirn! Wie kann ich dir je genug danken?« Sie schüttelte dem Zauberer begeistert die Hand.

»Nun, das kannst du gar nicht«, brummelte der Zauberer. Er wandte sich dem Löwen zu. »Und was dich betrifft, mein lieber Freund, so bist du das Opfer einer falschen Denkweise. Du unterliegst dem Irrtum, du hättest keinen Mut, nur weil du vor jeder Gefahr davonrennst. Tatsächlich verwechselst du aber Weisheit mit Mut.« Er griff erneut in seinen Sack. »Da, wo ich herkomme, gibt es sogenannte Helden. Einmal im Jahr kramen sie ihre Tapferkeit zwischen Mottenkugeln heraus und führen sie auf der belebtesten Straße ihres Heimatortes vor. Dennoch haben sie kein Gramm mehr Mut als du. Aber: Sie haben etwas anderes, was du nicht hast – einen Orden.«

Der Zauberer förderte ein an einem bunten Band baumelndes großes eisernes Kreuz zutage. Auf das Kreuz war in Großbuchstaben das Wort TAPFERKEIT eingraviert. Der Löwe neigte den Kopf, damit der Zauberer ihm den Orden umhängen konnte.

»Für dein vorbildliches Verhalten und deine herausragende Tapferkeit gegenüber den bösen Hexen verleihe ich dir hiermit dieses dreifache Kreuz. Du bist mit sofortiger Wirkung Mitglied der Liga der Tapferkeit.«

Der Löwe lief vor Verlegenheit rot an. »Mensch, Leute, ich weiß gar nicht, was ich da sagen soll.«

»Und nun zu dir, mein gegossener Freund.« Der Zauberer hatte sich bereits zum Zinnsoldaten umgedreht. »Du willst also ein Herz haben? Wenn du nur wüßtest, wie gut du ohne so ein Ding dran bist! Herzen sind eher Ballast, weil sie doch immer zerbrechlich bleiben.«

»Trotzdem will ich eins haben!« rief der Zinnsoldat.

»Da, wo ich herkomme«, erklärte der Zauberer, »gibt es Menschen, die von früh bis spät nichts als gute Taten vollbringen. Man nennt sie Phil... äääääh... Philan... ääääääh... Menschen, die gute Taten begehen. Dabei ist ihr Herz um keinen Deut größer als deins. Aber: Sie haben etwas, was du nicht hast – ein Ehrabzeichen.«

Er griff einmal mehr in seinen Sack und holte eine Taschenuhr heraus. Sie war in ein herzförmiges, rubinrotes Kristall eingefaßt und hing an einer goldenen Kette. Er gab sie dem Zinnsoldaten mit den Worten: »Ich habe das große Vergnügen, dir heute dieses kleine Zeichen unserer Wertschätzung für deine Herzensgüte zu überreichen. Vergiß aber eins nie, mein mildtätiger Freund: Ein Herz wird nicht nach der Liebe, die man gibt, beurteilt, sondern nach der Beliebtheit bei den anderen.«

Der Zinnsoldat lächelte den Zauberer an. Er hielt die

Uhr an sein Ohr, und sein Lächeln wurde breiter. »Sie tickt ja!« rief er erfreut und zeigte sie den anderen. »Hört nur, wie sie tickt!«

»Ihr müßt das Wort auf meiner Medaille lesen!« unterbrach ihn der Löwe. »TAPFERKEIT steht drauf. Ich bin mutig!«

»Ach, die sind ja alle so lieb!« schwärmte Dorothy.

»Hey!« rief die Vogelscheuche. »Und was bekommt Dorothy?«

Der Löwe, der immer noch ganz verzückt seinen Orden anstarrte, spitzte die Ohren. *Was für eine Dorothy?* sinnierte er.

Und dann sah er sie plötzlich mit ganz anderen Augen. Das Wasser lief ihm im Maul zusammen. Er merkte, daß er seit über zwei Tagen nichts mehr gegessen hatte.

Herrgott noch mal! hielt er sich vor. *Bin ich etwa nicht mutig?* Und mit einem hungrigen Knurren sprang er das Mädchen an.

Sie stürzte kreischend zu Boden. Die anderen waren in einem Reflex beiseite gesprungen. Dorothy schrie noch immer, doch der Löwe zerfetzte sie mit seinen scharfen Zähnen und schlang ihr Fleisch in sich hinein.

Die Vogelscheuche verbarg den Kopf in ihren Händen. »Was sollen wir nur tun, Zauberer?« jammerte sie. »O Gott, können wir ihr denn gar nicht helfen?«

Der Zauberer riskierte einen Blick auf den am ganzen Körper mit Blut bespritzten Löwen und fiel in Ohnmacht.

Für einen Augenblick ließ der Löwe von seinem Opfer ab. Er richtete sich auf und stieß ein Triumphgeheul aus.

Die Vogelscheuche wandte sich an den Zinnsoldaten, der anscheinend nur Augen für seine neue Taschenuhr hatte. »Was sollen wir nur tun?« ächzte die Vogelscheuche. »Können wir ihr denn gar nicht helfen?«

Der Zinnsoldat hielt sich gerade die Uhr ans Ohr. Sie hatte aufgehört zu ticken. Er runzelte die Stirn. Durch heftiges Schütteln versuchte er, sie wieder in Gang zu bringen. Ohne Erfolg. Schließlich sah er zum Löwen hinüber, der sich immer noch nicht satt gefressen hatte. »Ach«, brummelte er enttäuscht, »wen juckt das denn schon?«

WAYNE ALLEN SALLEE

Für euch, die ihr lebt

WAYNE ALLEN SALLEE hat schon durch seinen Vater die dunklen Seiten des Lebens in seiner Heimatstadt Chicago kennengelernt. Der Vater war nämlich Polizeioffizier. In Chicago kennt er jeden Winkel, jedes dunkle Eck, und seine Geschichten zeichnet eine düstere Endzeitatmosphäre aus. Auch ihre Entstehung übrigens ist so eigenartig, wie sie nur sein kann: Fast alle Geschichten schreibt er zunächst per Hand im Bus auf seinem langen Weg zur Arbeit und wieder nach Hause! Er weiß heute noch bei den meisten Geschichten zu sagen, an welcher Ecke Chicagos ihm diese Idee kam und durch welchen Anblick sie angeregt wurde! Und er bringt es auch fertig, eine wirkliche Splatterpunk-Liebesgeschichte zu schreiben!

Für euch, die ihr lebt

Für Rachel Drummond
mit besonderem Dank an Bob Maddock, der sich beim Zählen der Leichen im Milligan's 137 nicht verrechnet hat.

Wer Glück hatte, spannte einfach die Gesichtsmuskeln an, bis die Stirnadern hervortraten und platzten. Andere sahen das als eine Form des Selbstmords an. Unter allen möglichen Verrenkungen äfften sie die Methode trotzdem nach. Die wenigsten schieden still und leise dahin; das kalte Wetter machte dies so gut wie unmöglich. Bei den meisten waren zwei Varianten zu beobachten: Entweder sprang ihre Wirbelsäule aus dem Gesäß, oder sie mutierten zu sogenannten *Mindfucks*, das heißt, sie schnappten über und versuchten alles zu umarmen, was ihnen unter die Augen kam, unter anderem auch die eigenen Eingeweide.

Sherideen und ich unterhielten uns am Anfang unserer Beziehung viel über die ekelhaften Aspekte. Damals hatte die Seuche gerade Chicago erreicht. Liebe unter Viren. Wir streichelten einander die Handflächen. Noch hatten wir keine Angst, die Haut könnte brüchig werden und reißen wie alte Papierschirme. Häufig lagen wir in dem Apartment an der Gold Coast, das wir uns unter den Nagel gerissen hatten, aufeinander. Der Vormieter war entweder tot, oder geflohen oder lief dreißig Stockwerke unter uns Amok. Da noch Winter war, blieben die Fenster geschlossen. Schreien hörte man die Kranken nur, wenn welche ins Treppenhaus eindrangen.

Nicht, daß sie dort lange überleben würden. Wenn sie nicht gleich einer vom Streets and Sanitation Department (was wären wir ohne unser Amt für Müllabfuhr und Straßenreinigung?) abknallte, quoll ihnen das Rückenmark ganz von selbst raus. Das kommt von der Anstrengung beim Treppensteigen.

Nein, nein, in den Hochhäusern ist man sicher. Gegenüber steht übrigens der Wolkenkratzer in der Guignol Street, aber bei klarem Himmel können wir trotzdem die Sonne über dem Lake Michigan aufgehen sehen. Schon verflucht romantisch mit einer Frau in den Armen. Aber jetzt ist Sherideen weg. Plötzlich bekomme ich Angst beim Gedanken an meinen bevorstehenden Tod.

Früher hieß es, es sei die Schuld der Politik. Wer sich lange genug auf Politiker einläßt, wird ein komischer Bettgenosse, sagt man bei uns. Nun, mit Seuchen verhält es sich im Prinzip genauso. Von außen bekamen wir so gut wie keine Informationen, und ehe wir's uns versahen, ging es auch hier den Bach hinunter. Aber ich habe Sherideen kennengelernt – was will ich mehr? Ein Geschenk des Himmels in den letzten Tagen der Menschheit. Mir ist bewußt, daß die Lage sich nie wieder normalisieren wird. Wir werden alle sterben. Das große Finale.

Das Virus bekam den Namen *Treats*, als es noch an der Südküste sein Unwesen trieb. Man dachte wohl, es wäre so etwas wie Aids und man könne es bis zu seinem ersten Träger zurückverfolgen – sei es ein Affe im afrikanischen Dschungel oder eine Zwanzigdollarmieze in der Bliss Street in New Orleans.

Das Scheißding ist wahrscheinlich aus einem Reagenzglas in einem der unterirdischen Forschungslabors in Nevada entwichen. Sachen von der Art kann man ja ständig in den Revolverblättern lesen. Graue Weltraummännchen, die für ihr Leben gern Erdbeereis schlecken, oder so. Die Dinger, die jetzt unsere Straßen unsicher machen, holen sich ihre Kraftnahrung am liebsten aus den Innereien des jeweils nächsten Treats-Negativen.

Es wurde auch schon gemunkelt, das Virus – dann wären letztendlich auch die Impfungen suspekt geworden – habe alle HIV-Positiven befallen, die das Krankheitsbild des erworbenen Immunschwächesyndroms noch nicht entwikkelt haben. Ja, ja, ich weiß schon, daß es überall Aids genannt wird. Aber was passiert, wenn dieses kleine Tagebuch auf Jahrzehnte hinaus oder noch länger in der Versenkung verschwindet und die überlebenden Randgruppen der Gesellschaft nicht kapieren, wofür unsere heißgeliebten Abkürzungen stehen? Ein kultureller GAU wäre das!

Ich deliriere. Regt euch nicht auf. Mit Treats hat das nichts zu tun.

Ich möchte euch von ein paar Sachen erzählen, die ich gesehen habe. Und von bestimmten Augenblicken, die Sherideen und ich gemeinsam erlebten. Zeugnisse davon, wie schwer das Loslassen ist.

Eine Bemerkung am Rande: Ihr erinnert euch doch noch an diesen blöden Spruch: ›Laß los, was du liebst; jag es und schlag es tot, wenn es nicht zurückkommt.‹ Treats wirkt sich auf das auto-erotische System aus – eine Art von Übersteigerung der Vorstellungen all der Leute, die mit dem Schwanz oder der Möse denken, ins Extreme. Mindfucks beiderlei Geschlechts beherzigen den Spruch nur zu gut. Es ist nicht anders als in diesen herrlich-schaurigen, alten Zombiefilmen.

Ich würde mir gerne vorstellen, daß diese Erzählung gut ausgeht. Die Sache ist die – ihr müßt darüber entscheiden. Ich bin hier nur mein eigener Richter und Henker.

»Ich habe schreckliche Angst, Sher.« Schnell hatte ich herausgefunden, daß ihr mit Ausnahme von Sherry jeder Name recht war. Und daß meine allerersten Bemühungen, ein Gespräch in Gang zu bringen, so vorhersehbar gewesen waren wie die Dialoge in billigen Filmen.

»Vor mir oder der Seuche?« Ihre sepiafarbenen Augen blinzelten nie, wenn sie aufmerksam zuhörte.

»Vor beidem.«

Oft muß ich an diese Worte zurückdenken. Ein ums andere Mal hallen sie in meinem Kopf wider, werden zu einander verfolgenden Bildern – wie diese aufgetakelte Frau in einem Werbespot, die ständig wiederholt: »Sie werden von Dallas begeistert sein, Mister President.«

Ihre Stimme drang trotz der Detonation des Gewehrs an mein Ohr.

»Vor mir oder der Seuche?«

»Du wirst von Dallas begeistert sein.«

Ein typischer Tag bei mir sieht so aus: Ich stehe ungefähr im Morgengrauen auf. Auch im Sommer, obwohl man in der Nacht wegen der Hitze kaum ein Auge zugetan hatte. Schreie taumelten durch die Straßen wie das Quietschen von Fledermäusen. Gewehrschüsse knatterten wie ein kaputter Auspuff. Man gewöhnt sich an alles. Im Oktober sahen wir keinen Grund, die Uhren auf die Winterzeit zurückzustellen. Es läßt sich sowieso nichts ändern – die Sonne geht über einem dunstigen Himmel über dem Lake Michigan auf. Wieder ein Morgen – man fühlt sich wie von einem Vampir gebissen. An klaren Tagen funkelt das Licht in tausend Fenstern am Ufer.

Eine Zeitlang schaukelten Jachten auf dem See draußen. Die Eigentümer wagten sich nicht an Land. Wir schossen Leuchtsignale ab – ich gehöre zum sogenannten goldenen Team, das blaue arbeitet in der Nachtschicht –, aber natürlich blieben sie alle draußen. Eines Morgens im Oktober waren sie weg. Vielleicht hatten sie versucht, drüben in Michigan heimlich anzulegen, aber soviel ich weiß, schossen die von der Küstenwache auf jeden, egal ob er die Krankheitssymptome hatte oder nicht.

Treats fing im Süden an, griff auf die Great Plains über und breitete sich aus irgendeinem beschissenen Grund – hatten die bigotten Baumwollzupfer aus dem Bible Belt* etwa die Hände im Spiel? – rasch auch bei uns im Rust Belt aus.

Was an der Westküste drüben los ist, weiß ich nicht. Vielleicht geht die Sache ja auch schneller vorbei als ich dachte, und in irgendeinem Bethlehem wird schon an einem neuen und verbesserten Heilmittel gebastelt. Vielleicht bekommen Buddy, Jesus oder Relling die Chance, meine Zeilen zu lesen.

Hoffnung gibt es immer. Menschenskinder, wenn wir denen im Irak die Bomben um die Ohren knallen können, läßt sich nie genau sagen, was dem Militär noch alles einfällt. Im Moment sind wir freilich auf uns selbst gestellt. Von den Großen Seen oder dem Marinestützpunkt *Glenview* ist jedenfalls keine Hilfe zu erwarten. Wenn dort überhaupt noch jemand lebt.

* Spitzname für den landwirtschaftlich geprägten und religiösen Süden Amerikas. Rust Belt: zu deutsch Rostgürtel, liebevoll-despektierlicher Spitzname für das Industriegebiet im Mittleren Westen mit den Schwerpunkten Auto- und Stahlindustrie.

Der Himmel Ende Februar hat dieselbe Farbe wie die Treats-Positiven. Dummerweise sieht meine Magenwand um keinen Deut besser aus. Ich habe mir vor wenigen Minuten ein Loch reingeschossen. Unmittelbar danach habe ich zu schreiben angefangen.

Und ich spüre nichts als eine irrsinnige Lust auf Sex.

In den letzten Wochen hatten wir unser Hauptquartier im North Lake Shore Drive 565. Als der ganze Mist während der Hundstage losging, glaubten wir erst an Halluzinationsdrogen, unter deren Einfluß die Leute schlimmer werden als die Tanten von der Sozialfürsorge. Doch dann tröpfelten die ersten Berichte herein: Schwule hätten im Friedhof von Graceland die Leichen ihrer Liebhaber ausgebuddelt und gefickt. Spätestens da wußten die Cops, daß sich ein weitaus größeres Unheil zusammenbraute. In der Presse war wortwörtlich von ›Unheil‹ die Rede – wie in Horrorromanen.

Es wurde schnell schlimmer. Wir hier sind der Loop* hatten noch Glück. Die Stadt wird vom See, vom Fluß und einer Spaghettischüssel voller Schnellstraßen nach allen Seiten abgegrenzt. Außerdem handelten einzelne Stadträte beherzter als die Leute von der *National Guard*. Wir vom zweiundvierzigsten Bezirk sagten – scheiß drauf! Die City zerfiel in lauter Einzelteile, und die Informationen wurden immer dürftiger. Diesmal schickte CNN keine Reporter los. In Bagdad '91 war das ja ganz anders gewesen. Wurden Einzelheiten bekannt, so waren sie unzureichend. Die Homosexuellen um den Diversey Parkway richtete man kurzerhand hin. Die meisten Northsider flohen in die Vororte. Geistesgegenwärtige Polizisten in den edlen Vierteln am Nordufer stapelten die Toten in den Pendlerzügen und brauchten nur darauf zu warten, daß die Treater an Bord kletterten, um sich an den Leichen das

* Die Bezeichnung der Chicagoer für ihre Innenstadt.

zu holen, was sie für Befriedigung hielten, was in Wirklichkeit aber eine mehr als jämmerliche Nummer war. Kaum waren sie drin, wurden Hebel gedrückt. Sämtliche Türen schnappten zu, und der Nekrophilenexpreß rollte nach Chicago zurück, wo er auch blieb.

Daß wir überhaupt noch leben, verdanken wir dem Rathaus. Seit November gilt für alle in der Loop Gestrandeten das ›Kriegsrecht‹. Verhängt hat es das *Department of Streets and Sanitation*.

Als die Züge mit den Treats-Positiven im Union Station einrollten, gab es ein probates Mittel für die total ausgerasteten Sexfucks, die erst die Toten und dann teilweise einander aufgefressen hatten. Mit der berühmten Schneeräumerflotte von Chicago wurden sie in Grund und Boden gerammt und von einem nachfolgenden Fahrzeug zu Häcksel verarbeitet.

Wochenlang konnten wir so die Gegend zwischen dem Nordarm des Chicago River, dem Lake Michigan und dem Eisenhower Expressway sichern. Das sind insgesamt etwa zwanzig Blocks mit Bürohäusern und kleinen Geschäften. Ich arbeitete in einem Comicheftladen in *Van Buren and Plymouth Court*, als die ersten Gerüchte über Treats die Stadt erreichten. Natürlich wurden die wildesten Spekulationen in die Welt gesetzt, und man kann sich nur zu gut ausmalen, wie es unter der Kundschaft eines Comicheftladens zuging.

Märchen von Weltraumsonden machten besonders gern die Runde. Dabei hatte man längst an der *Pensacola Naval Air Base* Testpersonen ein Mittel gegen HTLV-4 gespritzt. Es wird allgemein davon ausgegangen, daß es dort auch angefangen hat. Genannt wurden freilich auch kleine, graue, glatzköpfige Weltraumwesen, große, blonde Schweden oder sogar Eidechsen von Barnards Stern, die sich ein Rennen geliefert und so alles ausgelöst haben sollten.

Kunden, die regelmäßig das *Vietnam War Journal* und

die *Punisher*-Comics lasen, verkündeten mit wissender Miene, nur die Heimkehrer aus dem Golfkrieg hätten das Virus einschleppen können. Saddams Operation ›Euch zahl ich's heim‹ also. Das Virus sei am zweiten Kriegstag bei einem Bombenangriff auf eine Fabrik für Babymilch freigesetzt worden. In der *Tribune* stand ein Artikel über verseuchte Blutspenden. Sandfliegen würden das sogenannte Pappadacifieber übertragen, das sich nur durch intravenöse Injektionen behandeln lasse.

Die Nachrichten steigerten nur die Hysterie. Gegen Schluß schwor ein Reporter Stein auf Bein, daß die allerersten Treater mit einem aus Council Bluffs, Iowa, stammenden Reisebus eingetroffen seien. Die von *Streets & San* taten die Meldung umgehend als Blödsinn ab. Caitlin Jurgens, die Pressesprecherin des Bürgermeisters, erklärte, sie halte das für schlichtweg unmöglich. Ein Busfahrer mit zerfressenem Hirn und vierzig todessehnsüchtigen Passagieren an Bord hätte die Fahrt über den Interstate 40 nie geschafft. Eher würde noch ein Republikaner ins Rathaus einziehen. Darauf fiel ihr einer vom City News Bureau ins Wort und wollte wissen, ob in der Amtsstube des Bürgermeisters wirklich noch keiner ein Auto mit Iowaer Nummernschild gesehen habe, dessen Fahrer plötzlich mitten auf der Cicero Avenue ausgestiegen sei und den Mittelstreifen abgebusselt habe.

Das war so ziemlich der letzte große Heiterkeitserfolg.

Streets & San. leisten ganze Arbeit. Der größte Teil der Innenstadt ist unter Kontrolle, die meisten Leichen werden in den Kanalkessel am Navy Pier gekippt. Sollen die in Hammond, Indiana, sich damit rumplagen. Uns haben sie dafür den Oak Street Beach mit ihrem Pißwasser verseucht.

Kurz vor Weihnachten haben die von S & S zwei Teams in die Yuppievororte losgeschickt. Wie gesagt, die Hoffnung darf man nie aufgeben. Das blaue Team schob

Nachtschicht, das goldene arbeitete bei Tag. Wer die Chicagoer Winter kennt, weiß, wie stolz die Stadt auf ihre Reinigungsflotte ist.

Mein Onkel William Manach war Müllmann bei *Streets and Sanitations*. Bis zu seinem Tod arbeitete er im dreiundzwanzigsten Bezirk, zwanzig Jahre insgesamt. Ich kann beurteilen, wieviel sich die Müllkutscher auf ihren Job zugute hielten. Und daß ein einziger Schneesturm eine Bürgermeisterwahl entscheiden kann, weiß hier jeder. Wenn ihr dies lest und wenn die Zivilisation noch besteht, könnt ihr ja mal Michael Bilandic aufsuchen. Er erzählt euch gern von dem Winter 1979.

Chicago hat zweihundertneunundzwanzig Einfallstraßen mit einer Gesamtlänge von gut vierzehnhundert Meilen. So steht es in einer Pressemitteilung zu lesen, die wir alle neben einigem anderen Informationsmaterial erhielten, als wir uns freiwillig zu den Aufräumarbeiten verpflichteten.

Warum, zum Teufel, hat der sich bloß eintragen lassen? werdet ihr euch fragen. Na ja, zum einen kann ich die Innenstadt sowieso nicht verlassen. Außerdem hatten Sherideen und ich gehofft, wir könnten im Frühling zusammen abdampfen. Wir haben beide Verwandte in Louisville, Kentucky. Sherideen stammt übrigens aus Cincinnati.

Und noch eins kann ich euch verraten: Diese Art von Arbeit sorgt für einen kräftigen Adrenalinstoß. Mein Daddy war bei der Feuerwehr in Far South drüben. Ich bekam früh mit, was für eine Heidenangst er hatte und wie ihn der Job doch zugleich immer wieder reizte. Er war einundzwanzig und blutiger Anfänger, als in der katholischen Schule in der LeMoyne Street ein Großbrand hundert Menschenleben forderte. 1958 war das, ein Jahr vor meiner Geburt. Von dem Zeitpunkt an liebte er seinen Beruf, so wie er später den Kentucky Gentleman Bourbon lieben sollte, der ihm noch etwas später die Leber zerfraß.

Es kann einen ganz schön aufregen, wenn man sieht, wie Leute sich unter den Gleisen der Hochbahn zu Boden schmeißen, wie ihre Schamknochen plötzlich sowohl Hemd wie Hose durchstoßen und Wirbelstücke durch das Loch fallen wie sonst Kleingeld. Ich halte dann immer die 38er, die eigentlich der Stadt gehört, fest mit beiden Händen und ziele auf den Unterkiefer. Die Wucht des Schusses reißt ihnen den Kopf hoch. Wie bei den Stehaufmännchen in Schießbuden. Es macht richtig Spaß.

Und noch einen ganz pragmatischen Aspekt hatte meine Entscheidung, mich der S & S anzuschließen: Es gab keine Jobs mehr. Überall waren die Türen verrammelt. In den Restaurants hatte man zwar jede Menge Vorräte gehortet, aber keiner wußte, wie lange sie halten würden. Hinzu kamen ein paar Privilegien, weil man eben bei den richtigen Leuten war. Und das in einer Stadt, in der man am Geburtstag des Bürgermeisters frei bekommt – oder vielmehr bekam –, wenn man auf dem Gehaltszettel des Rathauses steht/stand.

Was wollte ich da noch in meinem Comicladen? Schon damals, als die ersten Hirnschäden noch eine Sensation waren, vor sechs Monaten also, lag ich wegen Neuauflagen von Herschell Gordon Lewis-Adaptionen wie *Blood Feast* und *2000 Maniacs*, Anne Rice' Büchern über Lestat, Sid Williams' *The Mantus Files* und anderem nekro-erotischen Zeug von der Sorte dem Verlag ständig in den Ohren. Unmittelbar bevor wir die Kacke am Dampfen hatten, brachte Eternity Books ein Buch mit dem Titel *Plan Nine From Outer Space, Thirty Years Later* heraus. ›Plan Nine‹ in Ed Woods unvergeßlichem Kultklassiker bedeutete die Wiederbelebung der Toten.

Mit solchen Sachen kannte ich mich jedenfalls besser aus als mit den Titeln, die nur unter der Theke verkauft werden durften.

Aber komisch ist es schon, wie das wirkliche Leben immer wieder der Kunst folgt.

Wie dem auch sei, die Stadt suchte Freiwillige zuhauf. Sie verfügt über fast dreihundert Schneepflüge, von denen jeder unter Blizzardbedingungen dreihundert Tonnen Salz streuen kann. Auch diese Info habe ich aus der Pressemitteilung. Daneben besitzt Chicago zweihundertfünfundzwanzig Müllwagen, die bislang noch jeden Mindfuck mitsamt seinem Knochen spuckenden Arsch zermalmt haben.

Bei einigen von meinen neuen Kollegen und Kolleginnen handelte es sich um Nachzügler aus der Northside. Bei ihnen galt ich als alter Hase und Geschichtenlieferant, denn ich hatte diese Scheißseuche von Anfang an hautnah in der Loop mitgekriegt.

Hey, von diesen Seuchenstories habe ich jede Menge auf Lager!

Ein Gutes hat der ganze Schlamassel ja. Ich habe mich in die oben erwähnte Sherideen McLaren verliebt, auch wenn das Ende unserer Beziehung von Anfang an besiegelt war. Ähnlich geht es vielleicht den Autoren mit ihren Büchern – solche Verhältnisse kann man genauso als hungrige, leidenschaftliche Affären bezeichnen.

Das Schlimmste, was ich unter all den Greueln gesehen habe – damit ihr mal einen Eindruck kriegt –, ist einem sündteuren Callgirl aus der Guignol Street zugefügt worden. Das Wort ›sündteuer‹ trifft heute eigentlich auf nichts mehr zu, denn mit Geld läßt sich mittlerweile kaum noch etwas bewegen. Wie dem auch sei, zwei Deputy-Sheriffs, die sich zufällig im *Dirksen Federal Building* rumtrieben, als die Innenstadt gesperrt wurde, erwischten diese Frau – Desirée Nix hieß sie – beim Versuch, sich für Essen und/oder Toluol zu verkaufen. Sie drohten ihr, sie aus der sicheren Zone auszuweisen, es sei denn, sie gebe sich einem der häßlichsten Mindfucks hin.

Danach töteten die zwei Bullen sie kurzerhand. Noch widerwärtiger war es freilich, mitanzusehen, wie die Nix diesen Sexbesessenen blies, bis seine Vorhaut in Fetzen herunterhing. Alles wurde mit einer Videokamera gefilmt: der Akt und dann die Hinrichtung – sie drückten Nix eine Derringer in die Augenhöhlen und schossen. Anschließend wurde das Ganze an der Ecke State und Randolph auf einer riesigen Leinwand gezeigt. Unser kleiner Times Square. Die Kamera ließen sie von Anfang bis Ende laufen. Vom Penis des Typen gab es eine Großaufnahme. Wie ein nasser, roter Fetzen hing er herab. Deutlich war zu sehen, wie die Vorhaut sich löste und der Typ trotzdem immer noch Lust auf mehr hatte. Die Nerven, die die Schmerzempfindung steuern, hatte die Krankheit längst zerfressen. Der Kerl delirierte nur noch. Er drückte und drückte, daß die Stirnadern hervortraten und Blut wie aus einem Rasensprenger in alle Richtungen spritzte.

Die letzte Aufnahme zeigte die Unterschrift von Treats: die Spur des aufgelösten Rückenmarks auf der Straße. Man fühlte sich unwillkürlich an eine Rolle aufgewickeltes Klopapier erinnert. Die Betrunkenen unter den Zuschauern johlten. Polizisten waren auch da. Die Sheriffs aus den Countys taten wie die dicksten Freunde und ignorierten die Bullen aus der Stadt. Das war ja schon immer ein beliebtes Spiel unter den Ermittlungsbehörden. Kein Wunder, daß Schlächter wie Gacy, Eyler und Dahmer so glimpflich davongekommen sind.

Opferlämmer wird es immer geben. Und an dem Abend, an dem das Video gezeigt wurde, drängelten sich da, wo sich im September noch der Verkehr durchgewälzt hatte, gut hundert Menschen.

Von Laternenpfählen hingen noch ein paar andere. Der Wind hatte Spruchbänder mit der Ankündigung einer ganzjährigen Andy-Warhol-Ausstellung in der Hochschule für Kunst durch die Luft gewirbelt und um sie gewickelt.

Das Beste und das Schlechteste im Menschen.

In den letzten fünfzehn Stunden habe ich dreimal auf

mich geschossen. Nur um mich zu vergewissern, daß meine Ängste nicht unbegründet sind. Im Magazin sind noch genügend Patronen. Wenn ich mir endlich einen Kopfschuß verpaßt habe, kann sich derjenige, der mich findet, auch noch umbringen. Ich würde gerne bei Gott hoffen, daß dieser derjenige nicht Sherideen sein wird.

Aber meine letzten Reste Hoffnung sind aufgebraucht. Ich schrieb immer dann am besten, wenn ich high auf Hoffnung war. Im Delirium habe ich doch glatt vergessen, daß ich Buchautor bin/war/immer sein werde. Ich kannte viele Schriftsteller aus allen möglichen Richtungen. Mein kleiner Anspruch auf Ruhm begründete sich lediglich auf Pornos. Vielleicht habt ihr schon mal von *Gnadenfick* oder der *Schlecker von Hollywood* gehört? Richtig, die waren von mir. Sind von mir. Wie man es eben sieht.

Eine Zeitlang habe ich mit dem Gedanken gespielt, ob ich dieser kleinen Erzählung den Titel LEBEN IN DER GORK-ZEIT geben soll. Die Jungs von Streets & San. nannten die gesundheitlich stabileren Treater nämlich Gorks. Sieht ganz so aus, als seien einige der Mitarbeiter im Golfkrieg gewesen und hätten dort den Begriff ›gork‹ kennengelernt. Er stammt aus dem Soldatenslang und bezeichnet Leute mit einer schlimmen Kopfverletzung. Nun ja, sehr viel anders als im Wüstenkrieg ist die Lage hier auch nicht – einen Sieger wird es nicht geben.

Jetzt habe ich A gesagt, da muß ich auch ein B folgen lassen, wenn ihr mir noch diese kleine Abschweifung erlaubt – viele sind es ja nicht mehr bis zu meinem Selbstmord, der letzten und größten meiner vielleicht etwas exzentrischen Freuden. Ein mir sehr nahestehender Kollege, ein brillanter Autor namens Lucius Shepard, hat vor ein paar Jahren ein Buch mit dem Titel LIFE DURING WARTIME geschrieben. Es ist die Chronik einer ganzen Serie von Ereignissen im Leben eines Mannes. Das Buch hat mich von den Socken gerissen. Kein Kerouac hat mich je derart beeindruckt. Vielleicht wird es einem Leser mit dieser Geschichte auch mal so gehen.

Zuletzt habe ich Lucius, der bestimmt noch lebt, bei einem Autorenkongreß am Roger Williams College in Bristol, Rhode Island, gesehen. Unmittelbar danach ist er nach Borneo geflogen. Ausgerechnet dort wollte er einen Vampirroman schreiben. An ihn denke ich öfter als an meine Kollegen in Städten wie Detroit oder Mount Vermont. Wir sind ja von der Außenwelt total abgeschnitten. Ich frage mich, ob das Treats-Virus es bis nach Borneo schafft.

Und wenn es tatsächlich den Ozean überquert hat, will ich immer noch wissen, was Lucius im Augenblick schreibt.

Abschweifung beendet. Ich werde mein möglichstes tun, daß das kein zusammenhangloses Geschreibsel wird. In meinem gegenwärtigen Zustand fällt die Konzentration eben zunehmend schwer. Ich komme mir vor, als hätte ich Säure in den Nieren. Was wollte ich eigentlich im Leben erreichen, oder, anders ausgedrückt, was kann ein wie auch immer beschaffenes Göttchen, sofern es eines gibt, von mir erwarten? Wohl doch nur, daß ich meine Zeit sinnvoll nutze, sie nicht an Geld oder Titeln messe – von daher auch der Gnadenfick – und vor allem nicht rechtfertige.

Die Spasmen und Zuckungen hätte ich wohl schon viel früher richtig interpretieren können, aber ich führte sie auf neurotisches Hypochondertum zurück. Ich war in eine wunderschöne Frau verliebt, sie erwiderte meine Liebe – da ist es doch ganz logisch, daß die Eier permanent unter Hochspannung stehen, bis man Magenkrämpfe kriegt.

Während die Leute um mich herum, ob nun tot oder lebendig, nach Kannibalenart übereinander herfallen, spucke ich mein Leben in rohen, unverdauten Klumpen aus.

So schreibe ich also weiter vor mich hin. Es ist Mitte Februar. Die Jahreszahl hat nichts mehr zu besagen. Chicagos Innenstadt besteht weiter. Hier gewinnen wir, dort verlieren wir etwas an Boden. Das *Streets and Sanitation Department* leistet ganze Arbeit und hält uns so lange wie möglich am Leben. Den Lake Shore Drive, den Balbo, die Grand Avenue... S & S räumt überall auf.

Und Gott sei Dank haben wir die Spaghettischüssel voller Interstates um das Zentrum herum. Von früh bis spät kippen wir die toten Ärsche in den Lake Michigan. Ich kann mir nicht vorstellen, daß andere Treats-Städte ähnliche Standortvorteile aufweisen.

Einer der Führer des blauen Trupps, Mel Bland, der mal bei der Feuerwehr gearbeitet hat, geht davon aus, daß wir bis spätestens Sommer die Mindfucks und die mit den Schwelladern hinter den Edens/Tri-State gedrängt haben. Vielleicht hat er ja recht, aber ich werde den Tag des Triumphs nicht mehr erleben.

Es ist so still hier. Wird Sherideen mich von meinen Leiden erlösen und erschießen? Ich kann es mir eigentlich nicht vorstellen.

Sherideen McLaren, die Frau, in die ich mich verliebt habe. Wie oft werde ich euch diese Litanei noch vorbeten. Ein Hauch von Chantilly hängt in der Luft. Und der kupferne Geruch meines Blutes. Aber wie kann ich von ihr verlangen, daß sie mich tötet, wenn ich selbst viel zuviel Schiß davor habe, meine Innereien in den Bauch zurückzustopfen?

Eine Weile war es nur etwas unheimlich. Gelegentlich hüpfte halt ein Treater von einem der Neubauten im Westen drüben herunter. Bald freilich drehten so gut wie alle durch. Die Beamten auf der Nordseite des Flusses und südlich des Ike sicherten ihre Viertel und räumten auf wie die Berserker! Nach uns die Sintflut! schien ihr Motto zu lauten. In den Zeitungen verdrängte die Bandenkriminalität die Sexverbrechen. Schließlich versiegten die Nachrichten von außerhalb der Loop ganz.

Streets & San. hat das Richtige getan. Gerüchteweise haben wir gehört, daß in den Arbeitervierteln die Bullen wahllos auf die Leute schießen. Trotzdem, wer im August in der Loop war, hat bald ausgeschissen.

Ich habe bald ausgeschissen.

In den Straßen draußen hört man jede Menge Stories. Und ich bin nicht der einzige, der am *Treats Day* in der Loop gearbeitet hat. Mit der Beschreibung eines typischen Hochhausmorgens habe ich ja schon angefangen. Vor jedem Wolkenkratzer schieben zwei Männer Wache. Aber meistens hören wir die Treater, noch ehe sie Türen aufbrechen und ins Treppenhaus eindringen können. Manchmal machen wir uns einen Spaß draus und kippen eimerweise Scheiße auf sie. Sie halten es meistens für ein neues Analgel aus einem exklusiven Sexshop. Es ist ein Kinderspiel, einen Treater reinzulegen. Die Sanitäranlagen in diesen Gebäuden funktionieren übrigens nur sporadisch.

Weiter. Wir fahren ins Erdgeschoß runter, wo uns die von der blauen Mannschaft in Empfang nehmen und sicher zu den Einsatzbussen geleiten. Mel Bland, der ehemalige Feuerwehrmann, jagte am liebsten im Shelby County drüben. Er schoß so schnell, daß die Mindfucks gar nicht mehr dazu kamen, sich an die Eier zu fassen.

Mel war schon ein guter Mann. Daß er Knochenkrebs hatte, erzählte er keinem von uns. Ich habe es nur durch einen Zufall erfahren. Gestern, an meinem letzten vollen Arbeitstag, haben wir über hundert erledigt. Verluste auf unserer Seite gab es keine. Das heißt, wenn man mich nicht zählt. Dennoch frage ich mich immer noch, ob sich der Aufwand wirklich lohnt.

Diese Schneeräumer sind schon eine Wucht. Dieselmotor, Vierradantrieb, 240 PS und drei Achsen. Und mit ihren tonnenschweren Walzen vorne zermalmen sie jeden Treater, der ihnen über den Weg läuft. Man muß nur das Blaulicht einschalten, und schon kommen sie angetaumelt. Mel glaubte, das liege an den sich drehenden Lichtern. Der Effekt würde in ihren zerfressenen Hirnen eine perverse Erinnerung an Striplokale – Mel nannte sie Tittenschuppen – und Nackttänzerinnen wachrufen.

Das dürfte wohl stimmen. Bei den meisten kann ich es sogar verstehen. Aber die, die halbnackt durch die Straßen rennen, als stünde die Apokalypse bevor, die bleiben mir ein Rätsel. In ihre Lage kann ich mich beim besten Willen nicht versetzen. Ich könnte mir höchstens vorstellen, daß das Treats-Virus sich individuell verschieden auf das Unterbewußtsein auswirkt. Wir alle haben ja unsere geheimsten Träume. Die Frage ist nur die: Woher kommt so ein Durchschnittsdelirium? Von Hirngespinsten über graue, glatzköpfige Männchen im Kopf? Oder aus der Kindheit, weil man mit ansehen mußte, wie die Mama zu viele Männer mit zu wenig Pausen dazwischen fickte, während der Daddy sich an der Theke der Eckkneipe die Ellbogen durchscheuerte? Das Nachdenken über die Fieberfantasien, die in den Gehirnen meiner ehemaligen Mitmenschen herumspukten, bereitet mir richtiggehend Kopfschmerzen.

Das Folgende lege ich euch zur Zustimmung vor. Mit meiner besten Rod-Sterling-Stimme breite ich vor euch ein paar von den Dingen aus, die noch vor dem Treats-Virus passiert sind. Einen Teil davon weiß ich aus den Zeitungen, den Rest habe ich von meinem Studienfreund Mikkey O'Malley, der in Markham für Sexualdelikte zuständig war. Die Leute, von denen nun gleich die Rede sein wird, gelten wohlgemerkt als normal.

Da wäre zum Beispiel der Fall von dem Mann, der seinen Liebhaber wegen seelischer Grausamkeit verklagt hat. Dieser hatte ihn nämlich gezwungen, beim Feuerwerk am Unabhängigkeitstag Raketen nicht aus der üblichen Flasche, sondern aus einer Befestigung an seinem, des Beklagten, Penisschaft abzuschießen.

Ein Stricher wurde auf der Straße aufgegriffen, nachdem er sich den Arm und das Handgelenk mit Fiberglas umgossen und so heftig onaniert hatte, daß sein Penis von der Reibung Brandwunden erlitt. Er starb wenig später an einer Infektion.

Von unserer ersten Serienmörderin, die sich auf Frauen spezialisiert hat, ist zu berichten. Am Interstate 55 zwischen Argo Summit und Streator zerfetzte sie ihre Opfer mit einer Handschere.

Dann gab es einen Typen mit der fixen Idee, er sei ein unsterblicher Vampir. In den Schwulenkneipen von North Halstead drang er in die Separées ein, wo er seinen Opfern die Ohren abbiß und gleichzeitig mit aller Kraft ihre erogenen Zonen zu zerquetschen versuchte. Na ja, vielleicht hielt er sich für einen Werwolf. In dem Stadtteil gibt es nichts, was es nicht gibt.

Chicago war schon damals krank bis dahinaus – Bars für Epileptiker mit Namen wie *Seizure's Palace* oder *Tourette Lautrec's;* Kuriositätenläden/Trophäenmärkte wie das *Eliviscera,* in dem man die Spermien, den Urin und weiß der Geier was noch für Reliquien von toten Berühmtheiten erstehen konnte. Gezahlt wurde mit Visa, Mastercard, Amex und Discover.

Weiter gab es 1991 etwa fünfzig autoerotische Selbstmorde oder Unfälle mit tödlichem Ausgang. Das alles, wie gesagt, bevor dieser blöde Scheißdreck da in unserem Blut herumschwamm.

Wie steckt man sich eigentlich an? Herrgott, ich weiß immer noch nicht genau, wie ich es mir eingefangen habe. Den Aids-Opfern wurde als ersten die Schuld in die Schuhe geschoben. Möglicherweise waren auch Mitarbeiter der Gesundheitsämter die ersten positiven Träger. Aber wer weiß schon, wo der Prototyp des Treats-Kranken rumlief. Habe ich schon gesagt, daß manche Leute der Meinung sind, Treats sei von unseren Golfkriegern eingeschleppt worden? Ich bin sicher, daß ich es vor drei Stunden geschrieben habe. Da hatte ich noch Angst, und mein

Blut war warm. Verflucht noch mal! Ich bin zu schwach, um nachzuschlagen. Traurig, aber wahr.

Wenn ich für jeden Fluch einen Vierteldollar in mein Sparschwein werfen würde, wäre es längst voll. Vergeßt nicht: vom Fluchen bekommt man kein Treats. Aber man kann sich anstecken, wenn man aus Mitleid einem toten Treater die Augen schließt. Einer von uns holte es sich, weil er ein zu weiches Herz hatte. Joe Verve sah ein Mädchen mit einer klaffenden Wunde in der Kehle daliegen. Es war klar, daß ihr Gehirn nicht mehr mit Sauerstoff versorgt wurde, und ihre Augen wirkten gewiß nicht so wehmütig wie die des Mädchens in der Schlußszene von *Die Früchte des Zorns*.

Siebzehn Tage später erwies sich Verves Urinprobe als positiv. Er zog den Selbstmord dem Gnadenschuß vor. Erhängte sich in der Nähe des Theaters. Wir verbrannten die Leiche und kippten die Reste in den Gulli. Urinproben wurden übrigens jeden Dienstag, Donnerstag und Samstag vorgenommen, Bluttests am Montag, Mittwoch und Freitag. Am siebenten Tag ruhte der Treats-Gott. Wahrscheinlich spielte er da mit sich selbst und wuchtete seine Braut ins Bett wie andere ein Sixpack-Bier.

Verbrechen aus Leidenschaft in einer von der Libido besessenen Stadt.

Ich habe von den Schneepflügen erzählt. Einen einzigen Nachteil haben die Babys – schnelle Wendemanöver kann man vergessen. Bewegen lassen sie sich über eine Hydraulik. Vorne kann man entweder eine Walze oder eine Schaufel anbringen. Läßt man zwei solcher Wagen hintereinander fahren – der eine walzt, der andere schiebt zur Seite – dann kommt am Straßenrand ein Treater-Graffiti heraus.

Authentische Graffiti, die ich vor ein paar Wochen von der Mauer hinter der St. Peter's Church abgeschrieben habe. Bis zur *Northern Trust Bank* zog sich die blutige Spur hin:

sie stellte sich ein in einem flachen atemzug
der ewigkeit, der die lücke zwischen dem
vor sich hinfaulenden orwell-jahr und dem
analen pesthauch des jüngsten gerichts füllte,
eine seuche, ein geschwür, das aus den badehäusern und
verschmutzten schließen rostiger gürtel und roter
strümpfe aufstieg, nur masken mit reißverschluß hielten
sie
noch zurück, die batzen aus dem rücken und den brei
aus den schädelritzen, ein düsterer schatten, geboren
in der dunklen vergangenheit des kilimandjaro und
genährt im rektalgewebe eines arglosen wirts,
und, o ja, als die lebenden verfielen, da dankten die
blinden hofschranzen des unheils in gebeten
dem gott der schmerzen für seinen trank aus antimon
und seinen grausigen segen, die spender der
verstümmelung mitsamt ihren verstümmelten
gesichtern,
und doch sah keiner Lovecrafts traum von
Cthulhu, die große kahina vagina dildo im im angesicht
ihrer selbst. die verzagten götter der menschheit
werden nicht zeugen der dunkelheit sein
und wissen nicht,
daß sie wohlgeraten ist.

Paul, der Positive, 30. 9. 92

Der Herr des Untergangs

in HIV-straßen trieben hirnrissige mindfucks
unter dem mond einer zertrennten sieben,
gekrümmt, die beine verknotet, zerschlagen,
und schwarze klumpen aus dem arschloch spuckend,
und rissen mit ihrem grölen bald noch den himmel nieder

11. 11. 92

Allem Anschein nach sah Paul sich als eine Art Gesandten. Seine Leiche deckte die letzten Worte seines Abschiedsgedichts zu: *Seine Heimat ist näher als ihr zu träumen wagt, so nah nämlich wie die Sichel des zur Miniatur verkleinerten Gevatters Tod; ihr seid ihr näher als ihr schreien könnt – zwei huren nur noch und ein langsames sichkrümmen unter schmerzen ...*

Jawohl, die Dichtung besänftigt das wilde Tier. Einer hat sich sogar die Mühe gemacht und e. e. cummings zitiert, auch wenn ein Teil des Gedichts mit Fäkalien überschmiert war:

Babylonische Schlank-
heit von

stöße von
liebestollen jäh

zerfetztes fleisch »Pretty
Baby«
zu
dumpfen rhythmen aus den zeiten vor jesus

Und noch eines (der Autor wird für immer unbekannt bleiben):

ihre treatszunge eine elastische
elektrode, funken sprühende
augenlider
und ein mit einem reißverschluß
aus grausigen liebesflüchen
versiegelter hals

rücken an rücken und bauch
an bauch

beim zombieball,
er kam auch, und das virus
war auf ewig sein und trieb

die windmühlen seines verbrechens an,
der treats-mann mit seiner neuen braut,
ein elefant im porzellanladen,
er schmachtete und, offen gesagt, fickte

an ihren brustwarzen und rammte
seinen daumen

Uäh! Es Lebt! Lebt!
Es gab monstermaische für alle

Das letzte habe ich in einer Fußgängerunterführung gelesen. Ein Teil war unkenntlich gemacht worden, wahrscheinlich von der-/denselben Person/en, die jeweils den Buchstaben A mit Blut und Hirnflüssigkeit an die Wand geschmiert hatte/n.

Der scharlachrote Buchstabe der neunziger Jahre.

Aber reden wir lieber über die Monstermaische. Anscheinend schöpfe ich neue Kraft.

Da gibt es einen Typen, der sich die Hoden von Treats-Kranken um den Hals bindet und Gorks vor die Füße wirft. Die stürzen sich darauf, als wären es Seidenschals beim Konzert eines Elvis-Imitators. Dieser Bursche, von dem außer dem Namen Beltram keiner etwas weiß, legt auf den glücklichen Trophäengewinner an und erledigt ihn mit einem Schuß genau durch die Faust, die die Eier umklammert. Badabumm, badabing.

Vor ein paar Wochen ging ich mit einem gewissen Hodge, der zuvor im Mandel Building Bote gewesen war, auf Jagd. Er erzählte mir, es mache ihm unheimlich Spaß, mit seinem Zehngangrad auf den Gegenverkehr oder den

Strom der Fußgänger zuzurasen und im Winter über Eis zu schlittern, kurz, dem Tod ins Auge zu schauen. Und ich hatte immer gedacht, mit Polizisten und Leuten, die von Berufs wegen viel unterwegs sind, könne einem im Verkehr nichts passieren. Tatsächlich war Autofahren für sie so etwas wie ein Videospiel. Ich verscheißere euch nicht.

Laut Hodge brauchte man viel Mut, wenn man in der Loop ohne Helm und Ellbogenschoner radfahren wollte. Er selbst wickelte sich ein rotes Halstuch um die Stirn und ließ seine langen, braunen Haare wie ein total überdrehter Jesus in seinem eigenen Garten Gethsemane im Wind wehen. Tja, das war damals, als es noch Verkehr gab, vor dem man sich ängstigen mußte. Und jetzt fuhren wir mit fünfzehn Meilen durch die Erie Street. Vor der Einfahrt zum Rock 'n' Roll-McDonalds rammten wir zwei Treater. Dort stand eine noch tadellos erhaltene 59er Corvette direkt vor dem Eingang.

Wir ließen die zwei liegen. Obwohl sie verstümmelt beziehungsweise zerquetscht waren, zuckten sie noch. Die neueste Version des Plattwurms. Der eigentliche Kopf des einen wackelte hin und her, sein zweiter Kopf klebte an seinem auf Halbmast befindlichen Penis, die übrigen Teile des noch lebenden Rumpfs lagen in einem Umkreis von vielleicht fünf Metern herum. Tja, der Sexualtrieb.

Lust und Tod vor dem Fast food-Restaurant, Viertelpfünder und Happy hours.

Wir funkten Mels Team an. Sie sollten kommen und den lebenden Leichen den finalen Kopfschuß geben. Auf und nieder, geht zu Gott, zappelt euch durch zu Jesus, findet eure ewige Ruhe und Friede, Freude, Eierkuchen.

Amerika, du Schönheit! Sag, kannst du schreien?

Mit noch einem arbeitete ich zusammen. Gomez hieß er und sah aus wie Jerry Lewis in seiner Jugend. Hatte zuvor im Dienst der Anwaltskanzlei Lancaster & Frye säumige Schuldner aufgespürt. Einer der Großkunden dieser

Kanzlei war Freedom Military Sales gewesen. Die hatten für viel Geld Kurse zu Prüfungsvorbereitungen sowie Ausbildungshandbücher für Offiziere und anderen Schund von der Sorte verkauft. Hatten den Leuten unter anderem weisgemacht, man müsse nur fleißig Stiefel lekken, und schon wäre man kreditwürdig.

Wir fuhren und walzten weiter, ließen von den dürren Ärschen nichts übrig, rieten bei den dickeren je nach Geräusch beim Plätten, wie schwer sie gewesen sein mochten.

Gomez erzählte mir von seinen Besuchen in den billigen Mietshäusern, bei denen er den grünen Witwen von Militärangehörigen alles mögliche vorgeschwindelt hatte, nur um herauszufinden, ob irgendwelche Vermögensgegenstände ein Verfahren lohnten. Er gab sich als Vertreter einer Bank aus und bot Visakarten oder so etwas an. Eine, so verriet er mir, hatte ihm am Telefon gerade etwas von »wenn es so Gott will keine Überschwemmung gibt« vorgefaselt, als ein Treats-Positiver aus dem Camp der Air Force ihre Wohnung stürmte und über sie herfiel. Mensch, Scheiße, dachte ich da.

Und dann blitzte Gomez mich mit seinem schiefen Grinsen an und legte über seinen damaligen Chef Frye los. Der kam zu ihm ins Büro gerannt – in den Nachrichten ging's damals nur um Treats – und bearbeitete den Telefonhörer mit Fausthieben. Der Spinner fuhr voll drauf ab.

Hand ausstrecken und irgendwen berühren. Mensch, warum nicht Hand ausstrecken und wen zermalmen? 'ne ganze Million liegt rum. Ich sing' auch brav ›Merci, Chérie‹. Zwo, drei, vier – auf sie mit Gebrüll!

Ein bißchen unheimlich wurde mir schon, weil Gomez die ganze Zeit so komisch lächelte. Wie ein Massenmörder, der noch mal die irrsinnigen Augenblicke unmittelbar vor seiner Festnahme erlebt.

Eine wilde Zeit. Trotzdem mag ich Gomez. Schon deswegen, weil es ihm nichts ausmacht, wenn aus mir was rausläuft, noch dazu jetzt im Winter. Ich glaube, ich habe euch noch nicht gesagt, daß ich auch schon Krämpfe im Gehirn habe. Um diese Jahreszeit fegt ein fieser Wind vom See in die Stadt herein und peitscht einem den Arsch wie eine Hexenzunge. Ich packe mich ja dick ein, vor allem hinten, wo die Krämpfe und das Pochen am schlimmsten sind. Mich erstaunt noch immer, daß ich tagelang nicht gemerkt habe, daß ich über den Schulterblättern die Finger durch die Haut stecken kann. Ob die Schmerzen den Sexualtrieb ausschalten? Ich habe bei Gott nie viel gevögelt.

Nein, mein Gestank störte Gomez nicht. Andererseits schmierte er sich immer Wickvaporup in die Nase. Jedem das Seine, würde ich sagen.

Auch an dem Tag, an dem ich Sherideen McLaren kennenlernte, war Gomez mit mir unterwegs.

Und dann lagen wir nebeneinander, berührten uns, ohne uns zu streicheln. Unsere Beziehung ging weitaus tiefer. Wir erzählten uns flüsternd, was für Graffiti wir gesehen hatten und lachten. Und dann:

»Hast du Angst vor der Seuche oder vor mir?«

»Vor beidem.«

Angst.

Es war die Haupteinkaufszeit, oder vielmehr wäre es unter normalen Umständen gewesen. Gomez und ich lachten noch über den alten Suffkopf Blackstone Shatner. Der saß immer unter der Parkwaybrücke und trank seinen Fusel aus einem Waschmittelmeßbecher. Es ging damit los, daß Shatner einen Treats-Test machte, der positiv war. Schuld konnten seiner Meinung nach nur die ›verfluchten koreanischen Zeitungsverkäufer‹ sein, denn: »Ich hab' doch sonst keinen an meinen Becher rangelassen!«

Shatner entwickelte schnell die Symptome der Gorks. Die unterscheiden sich von den Mindfucks insofern, als letztere noch ein bißchen gewalttätiger und wilder sind.

Die endgültigen Berserker. Die Gorks trieben sich nur auf den Straßen rum, ließen die Hosen fallen und wichsten sich bei der ersten besten Gelegenheit.

Wie es passieren konnte, werde ich nie verstehen, aber Shatner verwandelte sich in eine selbstzerstörerische Bestie. Man stelle sich einen Mann von fünfzig Jahren vor. Graue Haare und vom Überlebenskampf auf den Straßen geschwärzte Zähne. Das alles aus einer Zeit, als keiner was vom Virus wußte. Und jetzt zerkaut er nach und nach seine Gliedmaßen. Die Symptome sind wohl so ähnlich wie bei der Lesch-Nyhan-Erkrankung. Deren Opfer gehen ja auch auf sich selbst los, obwohl sie ansonsten total friedlich sind. Kein Vergleich mit Psychopathen wie zum Beispiel Tiny, einem Achtzehnjährigen, der all denen, die ihm etwas zu essen gaben, in die Hände, die Nase und die Augen biß. Ich kenne keinen LN-Kranken, der älter als dreißig geworden wäre. Mit ein paar habe ich mal einen Sommer lang im Bessemer Park gearbeitet. Ihre Knöchel waren geschwollen, als wären sie von Tumoren befallen. Ein junger Schwarzer namens Tommy hatte so lange herumgefuhrwerkt, bis seine Haut grau war, ein anderer – Richie hieß er – hatte sich kichernd die Haut von den Fingern gerissen.

In Shatners Fall war das viel schlimmer. Vielleicht hatte bei ihm das Virus früh mutiert. Ein beängstigender Gedanke! Wenn Sherideen sich bei mir ansteckt, hoffe ich, bei der Hölle, daß sie nie so verfällt wie der Bursche da.

Ich hoffe bei der Hölle, weil ich auf Gott nicht mehr setze.

Shatner kommt mir fast so vor wie diese dämlichen Zombies in den Splatterfilmen. Das wissen auch die Leute von S & S, aber sie lassen ihn leben. Wie gesagt, außer sich selbst tut er ja keinem weh.

Ganz selbstlos sind sie bei *Streets & San.* ja auch nicht. Sie warten nur immer auf die Show, die er abzieht, wenn er zu viel Fusel intus hat. Dann kotzt er seine längst vom

Alkohol zerfressenen Organe buchstäblich aus. Danach gibt es eine Freßorgie. Wie ein Kind, das mit Bauklötzen spielt, tändelt er mit seinen Eingeweiden herum und stopft sie wieder in sich hinein. So treibt er es schon seit Wochen.

Von irgendwoher hoch über uns hört Gomez einen Schrei. Wir fuhren gerade durch die Chicago Avenue; die Sonne war auf ihrer einsamen Wanderung hinter der Neubausiedlung am Cabrini Green im Westen angelangt, und die Straße lag schon ziemlich im Schatten. Glich einem Boxer mit schiefem Grinsen. Auf der Feuerleiter des Lawson YMCA sah ich etwas huschen. So richtete ich den Blick genauer auf das grüne Eisengeländer mit den Gitterstufen und den Graffiti aus der Zeit vor Treats. Lauter Namen von Straßenbanden: Vice Lords; Haddon Cobras. In grellem Orange hatte jemand auf die Wand geschmiert: ›Jeder Glanz ist schwarz – Paco.‹

Dann fiel unser Scheinwerfer auf eine dunkelhaarige Frau im fünften Stock oben. Sie trug einen schwarzen Regenmantel und stand so dicht vor dem Abgrund – real gesehen, aber nicht psychisch –, daß das Ding über unseren Köpfen wie Batmans Umhang flatterte. Sie brachte sich in Sicherheit vor den Gorks, die alle nach ihr grabschten. Aber ob ihr's glaubt oder nicht, Angst hatte sie nicht. Im Gegenteil – Sherideen McLaren gab ihnen Saures! Einem stach sie mit dem Absatz sogar ein Auge aus.

Sherideen McLaren. Ich würde gern wissen, wie es mit ihr weitergeht, ob sie Glück hat und trotz des Kontakts mit mir negativ bleibt. Ob sie die Schüsse gehört hat? Ob sie den letzten mitbekommen wird?

Den, der meinem Leben ein Ende setzen wird...

Sie zu retten war überhaupt kein Problem. Sie hätte es auch allein geschafft, wenn wir nicht gerade zufällig dahergekommen wären. Wir funkten Mel Bland an, der ein paar Häuserblocks weiter im Einsatz war, und während er die Gorks nacheinander abschoß, half ich Sherideen die Feuerleiter herunter. Beim Versuch, ihr zu folgen, blieb einer zwischen zwei Stufen hängen, stolperte und baumelte kopfüber im Leeren.

»O weh! Ich bin gestürzt und kann nicht mehr aufstehen!« schrie Mel unten und kicherte wie ein Irrsinniger. Nach dem Motto: Wer den Schaden hat, spottet jeder Beschreibung. Ich glaube, daß sein Krebs Mel den Verstand bereits halb weggefressen hatte. Wie dem auch sei, er jagte dem Kerl eine Kugel in den Kopf.

Gomez rief mir von unten zu, ich solle schnell machen, wir hätten schließlich Dienstschluß. Ich aber starrte unentwegt in ein Gesicht, bei dem die gesündesten Männer zu sabbern angefangen hätten. Endgültig um mich geschehen war es wohl, als ich das Grübchen am Kinn und das Muttermal unter dem rechten Auge erblickte.

Und meine letzten Tage nahmen schlagartig einen anderen Verlauf, einfach so.

Als Sherideen mein Interesse erwiderte, war ich total perplex. Wir leben immerhin in Chicago, und da bin ich es gewohnt, daß die Leute Bücher nach dem Einband beurteilen. Nun ja, einem Taschenbuch mit Eselsohren glich ich zwar nicht unbedingt, aber trotzdem... Sherideen war eine in edles Leder gebundene Originalausgabe. Sepiabraune Augen – habe ich das eigentlich schon erwähnt? – mit dunkleren Pünktchen um die Pupille herum, das fatale Muttermal im Gesicht und eine Nase, die aussah, als hätte ein Bildhauer wochenlang allein daran gearbeitet – ein absolutes Meisterwerk eben, mit zwei vollkommenen runden Nasenlöchern genau in der Mitte. Und ihr Lächeln! Als stünde sie tagtäglich Modell vor der Kamera.

Mein nicht ganz so perfektes Aussehen war das eine Manko. Nun brauchte ich ihr nur noch zu gestehen, daß ich vor der Seuche halbtags in einem Comicbuchladen gearbeitet und mein bescheidenes Gehalt durch das Schreiben von Softpornos aufgebessert hatte...

Genausogut hätte man in der guten alten Zeit einer Frau in einem Single-Treff erzählen können, daß man Splatterpunkgeschichten schriebe. Nun, mit so einer Story hätte man wenigstens noch eine Geistesgestörte abschleppen können, die Vampire für unheimlich cool hielt.

In der ersten Nacht – ohne Intimitäten, wohlgemerkt! – erzählte mir Sherideen, daß es um das YMCA ruhig gewesen war, bis eine Horde Gorks das Haus stürmte. Sie kamen von der U-Bahnhaltestelle Dearborn Street, zertrümmerten als erstes den Burger King an der Ecke und fanden dann heraus, daß das Lawson-Haus lauter Glastüren hatte. Die U-Bahn verläuft diagonal von Norden nach Westen am Jefferson Park vorbei bis zum O'Hare Flughafen. Ich kann mir höchstens vorstellen, daß die Beamten dort die Gorks mit irgendwelchen Versprechungen in die Züge gelockt und dann die Weichen in Richtung Loop gestellt hatten.

Wie dem auch sei, Mel Bland hieß Sherideen und noch ein paar andere Leute aus dem YMCA, die im Haus der Heilsarmee am Bughouse Square Zuflucht gesucht hatten, willkommen. In derselben Gegend hat übrigens John Wayne Gacy seine Opfer aufgegabelt. Tja, seinerzeit, als Serienmorde als das abscheulichste aller Verbrechen galten... Ich versuche, mich noch an die Bewohner des YMCA zu erinnern, aber mir fallen nur noch zwei langhaarige Burschen namens Rory und Cousin Slick ein.

Mit Sherideen verbrachte ich so viel Zeit wie nur möglich. Über unsere jeweiligen Webfehler konnten wir uns unheimlich amüsieren. So hatte sie von einem Fahrradunfall her Narben, und ich konnte auf meine Geschichte von '89 verweisen. Hinzu kamen meine Geheimratsecken und eine Reihe von vernarbten Bißwunden in Sherideens Armen. Letztes Jahr hat sie im Zoo mit Leguanen gearbeitet.

Vielleicht hat sie über die Sachen auch nur gesprochen, damit ich mich ihr gegenüber nicht so unsicher fühle.

Mit Unsicherheit hat mein bevorstehender Selbstmord freilich nicht das geringste zu tun. Das möchte ich hier ein für allemal klarstellen.

Es war früh am Morgen in der dritten oder vierten Woche. Der Himmel war von einem tiefen Blau. Es deprimierte mich, weil ich den Ausblick mit jemandem teilte, der so schön war, daß der Himmel daneben verblassen mußte. Klingt das noch plausibel? Was ich zu sagen versuche, ist ungefähr folgendes: Unter dieser Art von Himmel hätte man zu anderen Zeiten durch in Neonlicht getauchte Straßen laufen, seinen Gedanken nachhängen und vielleicht eine oder sieben Zigaretten rauchen können.

Sherideen und ich waren inzwischen vertraut miteinander. Ich streichelte ihr die Haare. Unser Gespräch war so schlicht, daß ich mich mühelos daran erinnern kann. Von einer Harlekinromanze spreche ich hier nicht.

»Ich habe entsetzliche Angst, Sher.«

»Vor mir oder vor der Seuche?«

»Vor beidem.« Mein Mund hätte die Zeichnung eines Minimalisten sein können. »Ich habe ein Gefühl, als ob ich in Leim stecken würde.«

»Hmm?« Sie zog eine amüsierte Miene, obwohl sie schon wußte, daß mir das, was ich sagen wollte, sehr schwer fiel.

»Ich klebe ... Na ja, immer wenn ich jemandem nahekomme, suche ich plötzlich Ausreden, nur damit ich wieder für mich sein kann und damit es mir nicht zu eng wird. Ich glaube, es ist die Angst davor, verletzt zu werden.« Sherideen wußte, daß ich nie viel mit Mädchen ausgegangen war. Ich hatte es ihr erzählt. »Einmal war ich wohl derjenige, der jemanden verletzt hat.«

Sie bohrte nie nach. Genausowenig stellte ich Fragen, wenn sie von ihren Beziehungen aus ihrer Zeit in Cincinnati und Camden, New Jersey, erzählte. Die Zukunft interessierte mich mehr als die ferne Vergangenheit.

Für mich bedeutete die Zukunft nicht Treats, sondern Sherideen.

Zurück zu unserem Gespräch. Ich fing an:

»Wenn wir so miteinander sprechen...«

»... habe ich das Gefühl, wir kennen uns schon ewig lange.« Sie drückte genau das aus, was mir auf der Zunge gelegen hatte.

Dabei waren wir noch keine dreißig Tage zusammen...

»Sher, wir haben so viel gemeinsam...« Trotz allem war ich noch nicht so weit, daß ich ›Honey‹ oder ›Baby‹ hätte sagen können. »Unsere Wunden von allen möglichen Unfällen her... Weißt du, irgendwie schieben wir sie vor, nur um nicht zu weit zu gehen.« Ich versuchte, einen leichten Ton anzuschlagen.

»Der Ton paßt nicht zu dir«, sagte sie. »Du flirtest ja die ganze Zeit.« Und als sie meine Miene bemerkte: »Aber du bist alles andere als aufdringlich.« Sie gab mir einen liebevollen Klaps aufs Knie.

»Bevor wir uns wieder Anekdoten erzählen, Sher, möchte ich dir sagen, daß ich nicht...« Ich bin mir sicher, daß ich spätestens hier stotterte, so wie mein damaliger Boß im Comicbuchladen, als er mich beim Klauen erwischt hatte. »Daß ich nicht... Verstehst du, ich will dich nicht verlieren.«

Mir war klar, daß sie sich unbehaglich fühlte. Kein Wunder, wir waren einander ja so nahe. Ich holte tief Luft. »Ich genieße jeden Augenblick mit dir und werde so lange zu dir stehen, wie du mich in deiner Nähe haben willst.« Endlich war es heraus. Ich hatte ein Gefühl, als hätte ich mir selbst das Gesicht aufgeschlagen. Aber Sherideen lächelte nur.

»So wie du redest, könnte man meinen, wir hätten die Seuche überlebt und würden demnächst nach Colorado oder so ziehen. Aber jeden Tag kriegen mehr Leute Treats. In den achtzigern war es nicht anders, als sie sich alle mit Aids infizierten.«

»Trotzdem bin ich kein Optimist. Ich sehe mich wirklich nur hier neben dir und habe mehr Angst davor, deine Haut zu riechen als vor dem Angriff irgendeines Treats-Kranken.«

Wenig später ist genau das eingetroffen, aber das konnten wir ja nicht wissen. Das Thema war fürs erste beendet, und wir wandten uns harmloseren Dingen zu wie Graffiti oder dem Geschmack von tiefgefrorenen Pizzas.

Hand in Hand spazierten wir durch den Washington Square Park. Ich erzählte ihr, daß wir ihm den Namen ›Bughouse Square‹ *(Klapsmühlenplatz)* verpaßt hatten, weil dort um die Jahrtausendwende alle möglichen Philosophen von Seifenkisten herab ihre Reden geschwungen hatten. Ständig war der Name John Wayne Gacy von ihnen genannt worden, aber die gräßlichen Einzelheiten zu seinen dreiunddreißig Morden waren nicht über ihre Lippen gedrungen. Dieser Tage ist der Platz ja im Vergleich zum vorangegangenen Jahr relativ sicher. Damals hatten Straßenbanden jeden umgebracht, der nicht ihr Emblem trug.

Gemeinsam gingen wir den Grover Hill hinauf. Schnee war gefallen und sah so herrlich aus wie in meiner Kindheit.

Ich sah ihr in die sepiafarbenen Augen und wußte, daß ich alles, aber auch alles für sie tun würde.

Liebe unter Viren. Sie erzählte mir Witze über die Beamtenviertel in Cincinnatti, ihren Geburtsort, und ich konnte Anekdoten über die bei uns weniger beliebten vornehmen Gegenden zum besten geben.

Wenn ich frei hatte, flanierten wir gemeinsam durch die abgesicherten Straßen. Die Jungs von *Streets and Sanitation* hatten alles südlich von der Armitage Avenue und dem Kennedy-Express-Viadukt freigeräumt. Verluste waren auf unserer Seite kaum zu beklagen.

In der Holy Name Cathedral sahen wir einen Jungen, der unbedingt zu Father Malcolm wollte. Ein Gork, der zum Beichten kam? Er war blond und vielleicht fünfzehn Jahre alt. Sherideen und ich bekamen das Ganze von der Bank unter der Statue des heiligen Vitus aus mit.

Der Junge verlangte vom Pfarrer, er solle ihn umbringen, nicht mehr und nicht weniger. Er sei schon vor Treats autistisch gewesen und wolle endlich sterben, weil er jetzt alles besser verstehe. All das, was über ihn hereingebrochen sei, könne er einfach nicht mehr verarbeiten.

Father Malcolm brachte ihn nicht um. Auch dann nicht, als der Junge ihn am Meßgewand packte und ihn anflehte. »Mein Sohn, mein Sohn«, sagte der Priester ein ums andere Mal, und predigte ihm eine ganze Litanei. Zum Schluß kniete er sich benommen in den Beichtstuhl eines anderen Pfarrers. Der Junge verschwand. Wir haben ihn nie wieder gesehen. Aber er war klar im Kopf. Der nördliche Arm des Chicago River fließt in der Nähe der Kathedrale vorbei. Na ja, im Frühling werden immer wieder Überraschungen an Land gespült...

Am Abend hatten wir die Episode schon wieder vergessen. Es ging auf den März zu, und die Temperaturen stiegen merklich. Wir lagen mehr oder weniger nackt auf meinem schmalen Bett und dichteten neue Texte zu unbekannten Songs. Zur Melodie von ›Dirty Deeds Done Dirt Cheap‹ von der Gruppe AC/CD sang Sherideen: »Derby Geeks and the Thunder Chiefs.«

Warum konnten wir uns nicht unter anderen Umständen kennenlernen? Während des dritten Weltkriegs zum Beispiel... Seit dem Vorfall im YMCA sind nun auch schon wieder elf Wochen vergangen. Sie kommen mir vor wie elf Jahre. Die Tage werden ja auch unmerklich länger.

Es fällt mir sehr schwer, über das nun Folgende zu schreiben. Und das, obwohl ich vorher doch gesagt habe, am leichtesten schriebe es sich, wenn man alle Hoffnung verloren hat.

Die Sache kam so schnell wie der Krebs, der Mel Blands Gehirn zerfraß. Sherideen und ich saßen am Fenster und genossen den schaurig-schönen Schwindel beim Blick auf die verlassene Straße hinunter. Dann unterhielten wir uns, die Augen unablässig aufeinander geheftet. Das alles mit hundertprozentiger Konzentration, als beobachteten wir die Explosion der Raumfähre Challenger oder das Attentat auf Ronald Reagan.

Die berühmte Schlußszene: Vielleicht lagen unsere Fortschritte auch am Adrenalin. Ich dachte in dem Moment an Mel. Komisch, daß sich einem sogar in Pestzeiten die allerersten Todesopfer am lebhaftesten einprägen.

Sherideen fing damit an, und es endete wie ein Strip-Poker ohne Karten. Abwechselnd zogen wir ein Kleidungsstück aus, zögernd zuerst, dann schneller, doch nie hektisch.

Ungläubig starrten wir einander an, als ob das Ganze ein verrückter Traum gewesen wäre. Ich bat sie, den ersten Schritt zu tun, denn ich wollte durch unnötige Eile nichts zerstören. Sie verstand gleich, daß ich auf ein Gespräch anspielte, das nun auch schon eine Ewigkeit zurückzuliegen schien.

Beschreibe ich eigentlich ihr Aussehen? Das könnte nur ein Tennessee Williams. Jede ihrer Bewegungen zog mich in ihren Bann, hypnotisierte mich.

Ist das vielleicht der Grund, warum ihr noch weiterlest?

Soll ich mehr von mir preisgeben, euch von meinem Steifen, den Schmerzen und meiner Verlegenheit erzählen, die sich bei jedem unserer Treffen unweigerlich einstellten? Wird die nachfolgende Zivilisation so barbarisch sein und meine Aufzeichnungen als eine Art Heilige Schrift, als mikroskopisch genaue Darstellung der Liebe werten?

Wird man sich etwa Fragen stellen wie: Hatte sich Sherideen die Muschi rasiert oder wucherte ihr Schamhaar wie ein Urwald? Hatten ihre Brustwarzen die zu ihren Augen passende Farbe? Oder: War mein Penis so erigiert, daß er gegen den Nabel klatschte?

Wie sie nackt aussah, geht keinen etwas an. Unsere Beziehung beruhte auf gegenseitiger Liebe und tiefem Wissen voneinander.

Kein Sex. Nie wieder.

Sie massierte mir den Rücken. Aus Dankbarkeit, nehme ich an, weil ich ihr einmal gesagt hatte, wie gerne ich ihre Narben von den Leguanbissen an meiner Haut spürte. Später knabberten wir einander am Kinn. Den Teil mit dem Stoßen und Stöhnen lasse ich weg.

Plötzlich spürte ich, wie Sherideens Finger in meinen Rücken versanken. In meinem Kopf drehte sich alles. Dann wurden meine Finger taub. Wir lagen beide auf der Seite, ich mit dem Rücken zur Tür. Als Sherideen auf einmal wimmerte, dachte ich erst, ein Gork sei irgendwie mit einer Art Zauber eingedrungen.

Tatsächlich war folgendes geschehen: Die Haut über meinem Rücken hatte sich gelöst, und die Wirbelsäule ragte auf einmal heraus. Abgebrochen war sie nicht, sie stand nur vor wie eine Landzunge im Meer. Blut floß auch, aber nur ein bißchen.

Ich selbst spürte nur ein dumpfes Pochen. Konnte ich meine Schmerzen denn so gut ignorieren? Nein, so schlimm war es gar nicht. Außerdem konnte ich noch sämtliche Glieder bewegen. Trotzdem hatte ich ein Gefühl, als schwämme ich unter Wasser.

Nein, die Wirbelsäule war es nicht. Es war bestimmt nur ein Witz! Ich...

Ich griff nach meiner 38er, die mir *Streets & San.* schon vor Monaten gegeben hatten, und schoß mir in die Kniekehle. Sherideen sagte kein Wort. Allein schon für ihr verständnisvolles Schweigen werde ich sie ewig lieben. Dennoch zitterte ihre Unterlippe, als sich weder Schmerz noch Erschrecken auf meinem Gesicht spiegelten.

Ich schoß noch einmal. Dabei achtete ich nur darauf, daß ich keine Ader traf. Nichts.

Keine Ahnung, wann oder wie ich mich infiziert habe. Fest steht nur, daß auch ich Treats-positiv bin. Ich mußte an den jungen Autisten und Blackstone Shatner denken. War ich wieder ein anderes Beispiel für die vielen Spielarten dieser Krankheit? Bei Krüppeln, Alkoholikern oder kranken Kindern, denen man es nie beigebracht hat, äußert sich der Sexualtrieb ja auch auf jeweils verschiedene Weise.

Nun, ich hatte zwei klaffende Löcher im Bein, durch die das Blut rhythmisch nach außen spritzte. Und ich hatte mich nie besser gefühlt.

Meine Erektion hatte kein bißchen nachgelassen.

»Töte mich«, bat ich sie. »Bitte. Ich selbst kann's nicht.«

Sherideen küßte mich ein letztes Mal und sagte mir, daß sie es genausowenig fertigbringen würde. Und, daß sie mir auch nicht dabei zusehen könne, wenn ich es täte.

Auch dafür werde ich ihr ewig dankbar sein. Darüber, daß sie sich bestimmt bei mir angesteckt hatte, verlor sie kein Wort.

Das liegt nun auch schon eineinhalb Tage zurück. Die Stunden seitdem habe ich mit Warten verbracht. Bald bricht ein neuer Morgen heran. Keine Wolken. Der Himmel wird von einem makellosen Blau sein. In einem Wutanfall habe ich mir gegen zwei Uhr heute nacht in den Unterleib geschossen.

Ich möchte noch bis zum Schichtwechsel warten. Dann geht mein letzter Schuß vielleicht in der allgemeinen Hektik unter.

Zu gerne würde ich wissen, was Sherideen den Leuten von meinem Team sagen wird, wenn sie es ihnen nicht schon erzählt hat.

Neben der letzten Seite lasse ich den Füller liegen. Es kann ja sein, daß derjenige von euch, der mich findet, noch ein paar Zeilen hinzufügen will. Ehe ich mir in den Kopf schieße, werde ich mich in eine andere Ecke schleppen.

Und eine Kugel lasse ich im Lauf. Kann ja sein, daß einer von euch sie sich selbst verpassen will.

Eine Kugel für euch – die ihr noch lebt.

Einzelrechte

J. N. WILLIAMSON: *Schlag nach im Webster / The Book Of Webster's.* © 1986 by Montcalm Corp. Veröffentlicht in *Night Cry* (Frühling 1986). Ins Deutsche übertragen von Maximilian K. Brocken.

JOE R. LANSDALE: *Bizarre Hände / By Bizarre Hands.* © 1988 by Autor. Veröffentlicht in *Hardsboiled Nr. 9.* Ins Deutsche übertragen von Maximilian K. Brocken.

GRAHAM WATKINS: *Die trauernden Toten / Weeping Women.* © 1993 by Autor. Erstveröffentlichung. Ins Deutsche übertragen von Maximilian K. Brocken.

MORT CASTLE: Auszug aus: *Verflucht sei das Kind / Cursed Be The Child.* © 1990 by Autor. Ins Deutsche übertragen von Maximilian K. Brocken.

JAMES KISNER: *Wenn der Mann mit dem Messer liebt / When The Man With The Knife Loves You.* © 1990 by Autor. Veröffentlicht in *Cemetary Dance* (Frühling 1990). Ins Deutsche übertragen von Maximilian K. Brocken.

DEBRA GRAY DE NOUX UND O'NEIL DE NOUX: *Einzelteile / A Few Pieces.* © 1993 by D. G. De Noux und O'Neil De Noux. Erstveröffentlichung. Ins Deutsche übertragen von Maximilian K. Brocken.

HANS DIETER RÖMER: *Wölfe im Betonwald.* © 1994 by Autor. Erstveröffentlichung.

DOUGLAS E. WINTER: *Schwarze Sonne / Black Sun.* © 1992 by Autor. Veröffentlicht in *Iniquities.* Ins Deutsche übertragen von Maximilian K. Brocken.

CHRISTOPHER FOWLER: *Delikatessen aus dem Schnellimbiß / Jumbo Portions.* © 1989 by Autor. Veröffentlicht in *Fear Magazine* (Nov. 1989). Ins Deutsche übertragen von Maximilian K. Brocken.

KEVIN J. ANDERSON: *Redmonds Privatkino / Redmond's Private Screening.* © 1993 by Autor. Erstveröffentlichung. Ins Deutsche übertragen von Maximilian K. Brocken.

GRAHAM MASTERTON: *Futter für die Schweine / Pig's Dinner.* © 1990 by Autor. Veröffentlicht in *Cemetary Dance* (Winter 1991). Ins Deutsche übertragen von Maximilian K. Brokken.

WILLIAM RELLING JR.: *Zu Hause ist es doch am schönsten / No Place Like Home.* © 1991 by Autor. Veröffentlicht in *Gauntlet.*

WAYNE ALLEN SALLEE: *Für euch, die ihr lebt / For You, The Living.* © 1992 by Autor. Ins Deutsche übertragen von Maximilian K. Brocken.